아카시아 꽃 피면

아카시아 꽃 피면

초판 1쇄 인쇄   2012년 11월 30일
초판 1쇄 발행   2012년 12월 05일

지은이   김 범 영
펴낸이   손 형 국
펴낸곳   (주)북랩
출판등록   2004. 12. 1(제2012-000051호)
주소   153-786 서울시 금천구 가산디지털 1로 168,
              우림라이온스밸리 B동 B113, 114호
홈페이지   www.book.co.kr
전화번호   (02)2026-5777
팩스   (02)2026-5747

ISBN 978-89-98268-83-1 03810

아가시아 꽃 피면

김범영 문학소설

bookLab

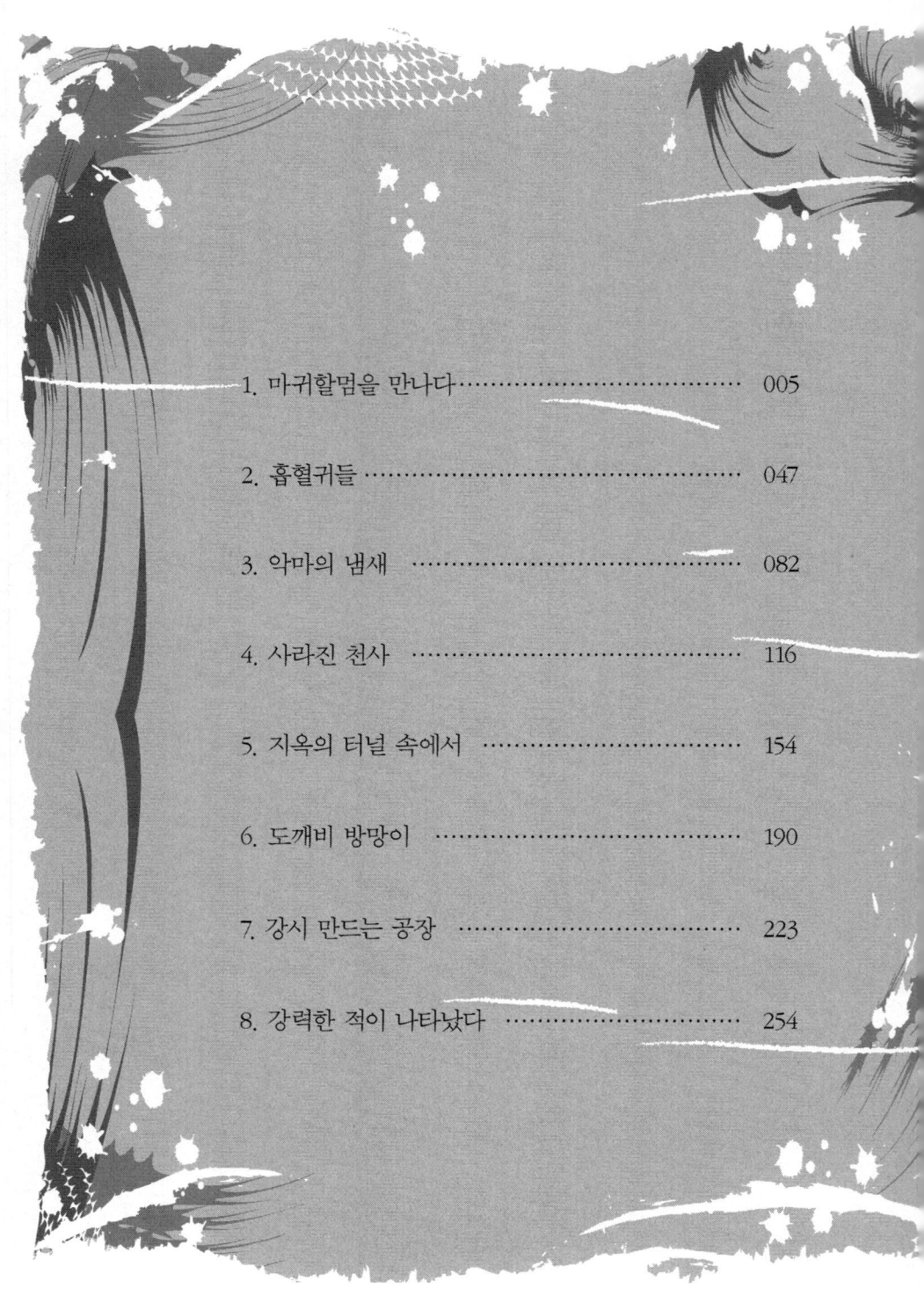

마귀할멈을 만나다

여우재.

강원도 깊은 산골 마을.

효자로 소문난 총각이 아픈 어머니 때문에 늦은 밤에도 집에 가기 위해 고개를 넘는데 여우가 무덤을 헤치고 해골을 긁는 소리에 천년 묵은 여우를 목격해서…, 라는 전설이 있는 고개 이름이 여우재다.

내가 이 마을에 이사를 온 것은 노름을 하는 아버지를 따라 18세 때였다.

이제 1년이 지나 내 나이 19살이 되었다.

나와 동네 동갑인 친구가 한 명 있었다.

안치혁이란 이름을 가진 키가 조그만 친구였다.

서울에서 이사를 온 나에게 그 친구는 늘 서울 이야기를 물어봤고, 난 서울 이야기를 입에 침이 마르도록 자랑했다.

그리고 드디어 그 친구는 나에게 가출을 도와달라는 부탁을 했다.

주머니에 달랑 2만 원이 있던 나는 결국 그 친구와 함께 가출을 하고 말았다.

시골길 완행버스 요금이 겨우 되는 2만 원을 갖고 가출을 한 나는 여우재를 떠난 지 불과 30분 만에 버스에서 내려야 했다.

아흔 아홉 굽이가 있다 해서 붙여진 쥠 사리 고개 '문재.'

안치혁의 부모님이 아들이 가출한다는 것을 알고 1톤 트럭을 몰고 따라와 버스를 세운 것이다.

문재 정상을 조금 넘어간 버스는 그렇게 나와 그 친구를 내려놓고 휑하니 사라졌다.

"내년에 아카시아 꽃 피면 내가 꼭 그곳으로 갈게."

그 친구는 나에게 그 말을 남기고 부모님을 따라 갔다.

"가려면 네놈 혼자 갈 것이지 남의 귀한 자식을 꼬여서, 못된 놈!"

그 친구 부모님은 나를 무섭게 노려보며 그렇게 욕을 하고 사라졌다.

"제기랄! 친구 부탁 들어준다는 것이 나만 뜻하지 않게 가출이라니!"

달랑 주머니에 남은 돈 1,300원을 꺼내 보며 나는 쓴 웃음을 지었다.

"그래! 어차피 아버님께 가출한다고 인사말까지 편지로 남기고 왔으니 돌아갈 수는 없고 가는 데까지 가보자."

난 그렇게 마음을 다스리며 안흥 땅을 향해 문재를 내려가기 시작했다.

흑… 흑….

안흥 땅을 지나 오원이란 마을을 막 지날 때였다.

오랫동안 걸어 온 내 몸이 녹초가 다 된 상황에서 이미 어둠이 내려앉기 시작하는 늦은 오후였다.

어디선가 울음소리가 들려 나도 모르게 그 울음소리의 근원지를 찾았다.

길가 자그마한 소나무 아래 웅크리고 앉아 우는 소녀를 발견했다.

소녀는 몹시 남루한 옷을 입고 있었는데 머리도 헝클어지고 누구에게 많이 얻어맞은 모습이었다.

"너? 누구한테 맞았니? 왜 울고 있어?"

길가에서 울고 있는 아이를 보고 그냥 지나치지 못해서 그렇게 물었다.

"오빠 어디 살아?"

귀여운 여동생이 없었던 나는 녀석이 오빠라 불러주자 그냥 뿌리치지 못하고 눈물을 흘리고 앉아있는 녀석 앞에 쪼그리고 앉았다.

"오빠? 그래! 이 오빠 시골이 싫어서 서울로 가는 중이야."

난 사실대로 말했다.

"오빠! 나도 데려가 줘!"

이제 초등학교를 막 졸업하고 새엄마의 횡포에 중학교도 못 들어간 불쌍한 소녀. 그 아이 이름은 강지현. 나이 13세. 똑똑하지 못한 아빠가 일터에 나간 사이 새엄마는 아이를 때려 내쫓은 것이다. 얼굴에 멍이 들고, 손도 상처투성이다. 녀석이 날 바라보는 눈은 간절했다. 녀석은 무척 슬픈 눈을 가진 아이였다.

그런 두 눈에 눈물을 가득 담고 매달리는 지현을 뿌리치지 못했다.

그렇게 지현과 나는 동행을 하게 되었다.

당장 먹을 것도, 잠을 잘 곳도 해결을 해야 하는 상황.

툭툭.

비까지 한 방울씩 떨어지기 시작했다.

난 지현을 데리고 우선 비를 피해 다리 밑으로 들어갔다.

"여기 잠깐만 기다려!"

난 지현을 다리 밑에 앉혀놓고 근처 구멍가게로 달려갔다.

"라면 두 봉지 주세요."

컵라면 살 돈이 모자라서 650원짜리 라면 두 봉지를 사니 주머니에 남아있던 1,300원도 사라졌다.

다리 밑으로 걸어가며 길가에서 버려진 양은그릇을 하나 주어들었다.

다리 밑에서 마른 검불들과 나뭇가지를 모아놓고 불을 피웠다.

"춥지?"

난 지현을 불가에 앉게 하며 물었다.

"응! 조금."

지현은 무척 추운 모양이다 온몸을 덜덜 떨고 있었다.

그런 녀석이 나에게 부담을 주기 싫었는지 조금 춥단다. 강원도 산골 봄은 춥다. 다리 옆 하천 둑엔 아카시아 나무 몇 그루가 서 있었는데 하얗게 꽃이 피었다.

아카시아 향기가 다리 밑까지 은은하게 퍼졌다.

"팝콘 나무야. 저거!"

지현이 아카시아 나무를 손가락으로 가리키며 말했다.

"팝콘 나무?"

"응! 저 꽃이 마치 팝콘 같잖아. 난 우리 새엄마가 밥을 안주고 내쫓으면 저 팝콘 나무를 보며 팝콘 먹는 생각을 했어. 그럼 배가 부르거든."

팝콘 나무. 정말 하얀 꽃들이 마치 팝콘을 소복하게 담은 모양이다.

"그랬어? 저 꽃은 맛도 좋은데."

"난 키가 작아서 많이 따먹지는 못했어. 낮은 가지에 있는 꽃은 조금 먹어 봤지만…. 맛은 좋더라. 오빠도 나처럼 배가 고팠던 모양이구나?"

"응! 나도 배가 많이 고팠던 때가 있었단다."

"왜? 오빠 엄마도 나처럼 계모야?"

"아니. 난 엄마가 없어. 아빠랑 둘이서 살았거든. 앞으로는 아마 너처럼 나에게도 계모가 생길 것 같지만…."

"생길 것 같지만? 그게 무슨 뜻이야?"

"요즘 우리 아빠 좋다고 따라 다니는 과부댁이 한분 계시거든. 하하…."

난 얼마 전부터 아버지를 좋다고 따라다니는 이웃동네 과부댁을 떠올리며 웃었다.

"왜? 웃어? 그 과부댁이 못생겼어? 아님 뚱뚱해?"

"아니 젊었을 땐 무척 미인이셨던 것 같아. 뚱뚱하지도 않고."

"그럼 왜 웃어?"

"아빠가 노름을 좋아하시거든. 그 때문에 살림살이는 늘 가난했지."

"그래서 오빠도 배가 고팠던 것이구나? 그런데? 그 과부댁도 아빠처럼 노름을 좋아하셔?"

"응! 둘이 아주 죽이 척척 맞아. 둘이 합치면 아마도 부부 도박단이 될 거야. 하하…."

난 주어온 양은그릇에 흐르는 냇물을 담아 불에 올려놓고 있었다. 라면이라도 끓여 먹을 생각이다. 나도 배가 고프지만 지현이 무척 배가 고픈 모양이었다.

아까부터 지현이 배에서 꼬르륵 소리가 자주 들렸다.

"오늘 저녁은 그냥 라면으로 때우자. 오빠가 내일은 맛있는 걸 사줄게."

"라면이면 어때. 배만 안 고프면 되지. 사람은 말이야. 지키지 못할 약속은 안 하는 것이 좋아."

"응? 무슨 뜻이야?"

"오빠 주머니에 돈이 없다는 것 다 아는데…. 어떻게 내일은 맛있는 걸 사줄 수가 있겠어? 그냥 하는 말이라도 난 믿고 기대게 되니깐. 지키지 못할 약속은 하지 마."

지현은 나이만 어리지 생각하고 말하는 것은 이미 애늙은이가 다 돼 있었다. 아마도 너무 일찍부터 계모로부터 심한 학대를 받아 온 것이 어린 지현이 일찍 철이 들게 만든 것이리라.

"다른 사람한테는 몰라도 지현이 너에게만은 꼭 약속을 지킬게."

난 꼭 그렇게 하리라 마음을 다짐하며 말했다.

라면 물이 끓기 시작했다.

"내가 끓일게."

지현이 라면 봉지를 내 손에서 뺏다시피 가져가 뜯고 있었다.

"네가 라면도 끓일 줄 알아?"

"피… 라면뿐이겠어? 오빠가 나랑 같이 있으면 오빤 음식 걱정은 안 해도 돼. 매일 계모가 나에게 밥해라 찌개 끓여라, 설거지해라, 빨래해라 안 시킨 일이 없으니깐."

"그렇구나. 헌데, 나랑 같이 있으면? 그게 무슨 뜻이야?"

"오빠도 갈 곳도 없고. 무작정 서울 가는 것 아냐?"

"응! 그래! 정해진 곳은 없지."

"그러니깐. 나랑 같이 있자는 거야. 이렇게 만나는 것이 어디 쉬운 줄 알아? 이건 운명이잖아. 헤헤…."

갑자기 지현이 애교를 떨며 웃었다. 어른들이나 하는 운명 어쩌고 해놓고 스스로 쑥스러운 모양이다.

"뭐? 운명? 이 쬐끄만 녀석이 웃겨."

나도 어이없어 웃고 말았다.

지현은 끓는 물에 라면보다 스프를 먼저 넣고 있었다. 어디서 국물부터 만들어 라면을 끓이는 것을 본 모양이다.

지현이 라면을 넣고 나무젓가락으로 라면을 풀며 끓이는 것을 물끄러미 바라보며 난 그래도 아버지 품에서 행복하게 자랐구나 하는 생각이 들었다.

난 그래도 고등학교를 다니다 비록 강원도로 이사를 오느라고 졸업은 못했다 하더라도 지현이 보다는 형편이 나은 편이었다.

지현이 모습을 바라보는 내 마음은 한 없이 미어지고 있었다.

누군가 이렇게 불쌍하다는 생각을 해본 것은 처음이다.

저 녀석, 내 친동생 삼았으면 좋겠다, 앞으로 저 녀석을 내 친동생처럼 보살펴 줘야지, 하는 생각이 자꾸만 마음 깊은 곳에서 생겨나기 시작했다.

"뭘 봐? 라면이나 먹자."

깊은 생각에 잠겨있는 나를 보고 지현이 나무젓가락을 주며 말했다.

"웅! 그래! 먹자!"

난 얼른 지현이 손에서 나무젓가락을 받아들고 라면 그릇 앞으로 다가앉았다.

"아직은 우리 친하지 않으니깐 한 그릇에 같이 먹을 순 없잖아? 라면 봉지에 덜어서 먹기, 어때?"

지현이 라면 봉지를 탁탁 털어서 내 손에 쥐어주며 말했다.

"무슨 말이야? 친하지 않아서?"

"오빠랑 내가 친하면 같은 그릇에서 밥을 먹어도 좋다는 뜻이야. 그렇게 친해지면…"

"음! 무슨 말인지 알겠다. 그렇게 하자. 얼른 먹어라! 많이 먹어."

난 지현이 말뜻을 이해했다. 서로 친해지면 허물없이 지내도 좋은데 아직은 아니라는 뜻 같았다. 녀석이 정말 애늙은이였다.

무척 배가 고팠는지 지현은 정신없이 라면을 먹기 시작했다.

내가 서너 젓가락 먹었을 때 이미 라면 그릇은 바닥을 드러냈다.

"···."

라면 그릇이 바닥을 드러내자 녀석이 내 생각을 했는지 미안한 표정으로 날 쳐다보았다.

"아! 배부르다."

난 지현이 미안해할 것 같아 배부른 척하며 자리에서 일어섰다.

후루룩.

지현은 라면 국물까지 말끔히 비웠다.

팝콘 나무.

녀석 말대로 팝콘을 가득 담은 그릇처럼 보이는 아카시아 꽃이 향기를 가득 담고 내 눈앞에 있었다.

꽃을 따서 한입 먹었다.

힐끗 뒤돌아보니 지현은 그릇을 냇물에 씻고 있었다.

난 배를 아카시아 꽃으로 채우려고 연거푸 따서 입으로 가져갔다.

얼마나 아카시아 꽃을 따서 먹었을까. 지현이 생각이 났다.

난 아카시아 꽃을 한줌 따서 들고 지현을 갖다 주려고 천천히 걸어왔다.

"허!"

어이없는 모습에 난 할 말을 잃었다.

다리 밑 모래 위에 지현이 새근새근 잠들어 있었다.

난 웃옷을 벗어 지현을 덮어주고 나뭇가지를 주어다 불을 피우기 시작했다.

지현이 추위를 막아주려는 의도에서였다.

그렇게 나무를 주어다 불을 피우던 나도 깊어지는 밤을 견디지 못하고 깜빡 잠이 들고 말았다.

으으….

무엇인지. 내 배를 무겁게 누르는 고통에 난 잠에서 깼다.

"… 이 녀석이!"

지현이 내 배를 베개 삼아 아직도 곤히 자고 있었다.

이미 날은 밝아오는데….

어디 가서 노동일이라도 하려면 일찍 움직여야 하므로 난 슬그머니 지현이 얼굴을 쓰다듬으며 지현을 깨웠다.

"오빠! 깼어?"

이 녀석 잠을 잔 것이 아닌 모양이다. 그러고 보니 지현을 덮어 주었던 내 웃옷이 나를 덮고 있었다. 녀석이 잠에서 깨어 나를 덮어 준 것이리라.

"오빠가 추워하기에 내가 오빠 배를 따뜻하게 해준다는 것이 그만."

지현이 얼굴에 홍조가 돌았다. 쑥스러운 모양이다. 내 배를 따뜻하게 하려고 얼굴로 내 배를 덮어 줬다는 뜻인데… 아무튼 녀석과 나의 첫 스킨십이기에 쑥스럽다는 표정일 것이다.

"어! 그랬어? 얼른 움직이자! 오빠가 약속한 것을 지키려면. 얼른 횡성까지 가야 해."

나도 녀석이 쑥스러워 할 것을 염려해서 서둘러 떠날 준비를 하기 위해 일어섰다.

"약속? 횡성?"

"응! 횡성 가면 인력시장이 있을 거야. 일을 해서 돈을 벌어야지. 걸어서 서울까지 갈 수는 없잖아."

"아! 그런 뜻이었어? 역시 오빠를 믿을 수 있겠어. 알았어! 얼른 가자!"

녀석이 활짝 웃었다.

녀석은 서둘러 냇물에 세수부터 했다.

"…"

녀석이 세수를 마치고 날 바라보는 눈치가 나보고 얼른 세수를 하라는 표정이다.

"알았어! 완전 시집살이를 하는 느낌이네."

난 투덜거리며 세수를 했지만 속으로는 무척 좋았다. 녀석이 정말 내 동생처럼 느껴지기 시작 했기 때문이다.

세수를 대충 마친 나는 서둘러 녀석과 함께 횡성으로 향했다.

새말인력.

횡성 시내로 들어가는 길목에 위치한 인력공사.

내가 지현과 함께 그곳에 도착을 한 시간은 아침 6시 조금 넘어서였다.

"오늘 일 좀 하려고 나왔습니다."

난 인력공사 사장에게 공손하게 고개를 숙이며 부탁을 했다.

"질통 져 봤어?"

사장은 나를 아래위로 힐끗 훑어보며 물었다.

혼자 다 먹었는지 살이 뒤룩뒤룩 찐 30대 중반쯤 되는 남자였다.

머리까지 짧게 밀어 버린 모습이 무척 험상궂게 보였다.

"네! 그럼요."

난 얼른 대답했다. 질통이란 건설현장에서 등에 짊어지고 모래
나 자갈 등을 나르는 통을 말한다. 아버지의 노름으로 늘 식량이
부족했던 나는 이미 오래전부터 틈틈이 해본 일이었다.

"음! 그럼! 이봐! 김 씨!"

사장은 건물 밖에서 담배를 피우고 있던 50대 남자를 불렀다.

김 씨라 부르는 50대 남자는 얼른 담배를 끄고 사무실로 뛰어
들어왔다.

"오늘 얘를 데리고 가!"

나이로 따지면 한참 많을 김 씨에게 사장은 반말을 하고 있었다.

"따라 와!"

사장의 반말에 비위가 상한 김 씨는 나에게 짜증스럽게 말했다.

"제기랄! 오늘 첫 단추가 좋지 않군!"

난 속으로 투덜거리며 김 씨를 따라갔다.

"차에 타라!"

얼마나 오래 됐는지. 금방 떨어져나갈 듯 덜컹거리는 녹슨 1톤
더블 캡 화물차 뒷좌석 문을 열어주며 김 씨가 말했다.

화물차 뒷좌석엔 40대 남자가 한 명 이미 타고 있었다. 안을 들
여다보니 앞좌석에도 한 명 타고 있었으나 뒷머리만 보여 자세히
알 수는 없었다.

"얘도 좀…?"

난 지현을 보여주며 같이 탔으면 하고 김 씨 허락을 기다렸다.

"누군데?"

김 씨는 지현이 아래위를 한 번 훑어보더니 퉁명스럽게 물었다.

"제 친동생입니다."

난 얼른 대답했다.

"흠…."

믿지 못하겠다는 표정으로 나와 지현을 다시 훑어보는 김 씨.

"오빠랑 친척집에 다녀오다가 소매치기 당했어요."

눈치 빠른 지현이 두 눈에 눈물을 가득 담고 김 씨를 바라보며 말했다.

"저런!"

차 안에 있던 사람이 먼저 안타깝다는 반응을 보였다.

"타라!"

김 씨가 마지못해 허락을 했다.

마치 기다렸다는 듯이 지현이 얼른 차에 올라탔다.

부릉 부릉.

한참을 시동을 걸려고 노력한 끝에 겨우 화물차 시동이 걸렸다.

"자네 성이 뭔가? 어떻게 불러야 하지?"

옆에 앉았던 40대 남자가 내 이름을 물어봤다.

반짝.

지현이 두 눈에 이채가 발했다.

아직 지현도 내 이름을 몰랐던 것이다.

"성기정입니다."

난 얼른 대답했다.

"오! 그래! 성 군! 노가다 일은 많이 해봤나?"

"네! 학교 다니며 틈틈이 아르바이트를."

"알바로? 성실한 학생이구먼."

40대 남자는 고개를 끄떡이며 나를 대견스럽다는 표정으로 봤다. 아마도 그 남자 자식 또는 형제 중 성실하지 못한 사람이라도 있다는 뜻인지.

"넌? 중학생이지?"

40대 남자는 지현을 보고 물었다.

"네! 전 성지현이라고 해요."

지현이 냉큼 대답했다. 헌데, 성지현이라니…. 녀석 참 눈치도 빠르고 아무튼 못 말리는 애늙은이가 분명했다.

덜컹덜컹.

우릴 태운 화물차는 심하게 덜컹거리며 시골길로 달리고 있었다.

"오늘 일을 할 곳은 서원면에 있는 축사를 짓는 현장이야. 2층 살림집에 보일러를 깔 작업이니까 질통은 그리 많이 지지는 않을 것이야. 일을 할 동안 동생은 뭘 하고 있지?"

40대 남자가 나와 지현을 번갈아 보며 물었다.

"전 근처에서 놀고 있을 게요. 걱정 마세요."

갑자기 대답하는 지현이 두 눈에 이채가 발했다. 뭔가 재미있는 놀이가 생각난 모양이다.

"놀다가 점심시간 되면 와라! 축사 주인집에서 밥해주니까 12시 전에 미리 와서 기다려라!"

김 씨가 차를 세우며 지현이를 돌아다보며 말했다.

인력공사 사장한테 반말 들은 것에 대한 짜증스런 마음이 좀 풀렸는지 조금은 자상한 말투였다.

"어제 사서 간식으로 먹던 빵이다. 아직 상하지 않았으니 가지고 가서 놀다가 배 고프면 먹어라!"

앞좌석 조수석에 앉았던 남자가 뒤돌아보며 검은 봉지에 든 것을 지현에게 줬다.

이제 갓 30세가 되었을까. 무척 젊고 잘생긴 남자였다.

"감사합니다!"

지현이 공손하게 두 손으로 받았다.

하는 행동을 보면 무척 가정교육이 잘 된 녀석 같은데 언제부터 새어머니 손에서 학대를 받은 것인지. 나를 바라보는 지현에게 난 눈을 찡끗 해 보이며 차에서 내렸다.

골짜기 깊은 곳에 축사를 짓는 현장에 도착한 것이었다.

"오빠 파이팅!"

지현이 나를 보며 주먹을 쥐어 보였다.

"그래! 이따가 보자. 멀리 가지 말고."

난 걱정스런 눈으로 지현을 바라보며 말했다.

그런 내 마음을 아는지 지현이 빙긋 웃어 보인다. 기특한 녀석. 저게 진짜 내 동생이었으면 얼마나 좋을까. 난 그런 생각을 하며 창고에서 질통과 삽을 들고 모래더미로 향했다.

탕탕.

갑자기 무슨 소리가 들려 보니 지현이 회색 한말짜리 물통을 거꾸로 들고 통속에 들어간 이물질을 털어내고 있었다.

"저 녀석 뭣 하려고 저러지."

난 고개를 갸웃거리며 작업을 시작했다.

정말 점심시간이 다 되도록 지현이 모습은 보이지 않았다. 어디가서 재미있게 놀고 있는지 걱정은 되지만 찾아다닐 수도 없고. 불안한 마음에 일을 하면서도 여기저기 두리번거렸다.

"물통 들고 저기 계곡으로 갔다네."

내 걱정을 아는지 40대 남자가 곁으로 다가오며 슬쩍 한마디 했다.

"계곡으로요?"

난 도무지 지현이 행동을 이해할 수 없다는 투로 되물었다.

"아마 물고기 잡으러 간 모양일세."

"개구리 잡으러 간 것 아닐까요?"

갓 30세가 돼 보이는 잘생긴 남자가 시멘트를 하나 어깨에 메고 가며 말했다.

"때가 어느 땐데 개구리야? 가재면 몰라도."

40대 남자가 말도 안 된다는 투로 말했다.

"여긴 높은 지대라 아직 추워요. 개구리가 아직 물속에 있지 않을까요?"

잘생긴 남자 말처럼 지대가 높아 무척 쌀쌀했다.

"아무리 추워도 아카시아 꽃이 피는 계절에 무슨 개구리가 물속에?"

40대 남자가 자신의 생각에 확신이 없는지 고개를 갸웃 거렸다.

이 녀석이 도대체 무슨 생각으로 물통을 들고 계곡으로 갔는지 나는 도무지 감이 오지 않았다.

"식사들 하세요!"

노란 점퍼를 입은 주인아주머니가 축사 신축현장 옆에 놓인 컨테이너 문을 열고 나와 큰 소리로 말했다.

"네! 갑니다! 여보게들 밥 먹으러 가세."

40대 남자가 대답을 하며 나와 잘생긴 남자에게 말했다.

"지현아! 지현아!"

난 지현이가 갔다는 계곡을 향해 큰 소리로 불렀다.

"오빠! 나 여기 왔어."

지현이 계곡으로 난 숲길에서 달려 나오며 손을 흔들었다.

난 지현이 달려오길 기다리고 서 있었다.

"어디 갔었어? 뭘 잡으려고?"

난 지현이 옷이 물에 젖은 것을 보고 물었다.

"잡긴… 어서 가서 밥이나 먹자. 돈이 없을 땐 누가 준다는 밥은 알뜰하게 챙겨 먹어야 돼. 설마 내가 점심시간에 안 올까봐? 걱정했어?"

갑자기 녀석이 징그럽게 미소를 지으며 날 쳐다봤다.

"자랑이다. 돈 없는 게."

난 손을 내밀었다. 무심코 지현을 데리고 식당으로 가려는 생각으로 한 행동인데 녀석이 냉큼 내 손을 잡는다. 녀석의 손은 무척 차가웠다. 한나절 동안 물손에서 논 것이 틀림이 없다. 도대체 뭘 하고 놀았을까?

"얼른 와라! 밥 먹자!"

김 씨가 컨테이너 박스 문 앞에서 나와 지현을 불렀다.

"네!"

난 얼른 대답하고 부지런히 걸어갔다.

차가운 녀석 손을 조금이라도 따뜻하게 해주려고 두 손으로 녀석 손을 감싸 쥐며 걸어갔다.

"쯧쯧…. 어쩌다가 소매치기를 당해서."

이미 나와 지현이 이야기를 들은 듯 주인아주머니가 안쓰러운 표정으로 나와 지현에게 밥과 국을 떠줬다.

"잘 먹겠습니다!"

지현이 씩씩하게 인사를 하고는 정신없이 밥을 먹기 시작했다.

이 녀석 분명 아침은 굶었어도 간식으로 먹던 빵을 갖고 갔는데…. 며칠 굶은 녀석 같네.

난 지현이 밥을 먹는 모습에 의문이 생겼으나 그냥 배가 고픈 모양이구나 하고 나도 배가 고팠기에 열심히 밥을 먹었다.

내가 밥을 다 먹었을 땐 또 지현이 모습은 보이지 않았다.

"허! 그 녀석! 뭘 하기에 저리 바삐 가나…."

나보다 더 궁금한 사람은 김 씨 같았다.

"제가 설거지 끝내고 한번 가 볼게요. 동생은 염려마세요."

주인아주머니는 내가 지현을 걱정하는 표정을 보고 그렇게 말했다.

"저 계곡에 뭐가 있나요?"

잘생긴 남자도 무척 궁금한 모양이다. 주인아주머니에게 호기심 가득한 표정으로 물었다.

"거긴… 고래실논밖엔 없는데."

주인아주머니도 도무지 알 수 없다는 표정이다.

"고래실논이라면? 미꾸라지 잡나."

김 씨도 알 수 없다는 표정으로 한마디 했다.

"옷에 물기만 조금 있지 깨끗하던데요. 미꾸라지를 잡으면 옷도 더러워졌을 텐데?"

40대 남자가 당치 않다는 투로 말했다.

"아!"

갑자기 주인아주머니가 뭔가 알았다는 표정을 지었다.

"뭐죠?"

김 씨가 얼른 물었다.

"고래실논 위로 올라가면 조금씩 샘물이 흐르는 도랑이 나오는데 거기 아마 가재가 많을 거예요."

주인아주머니가 자신의 생각이 옳다는 표정이다.

"네! 가재를 잡는 모양이군요. 헌데? 가재를 잡아서 뭐에 쓰려고? 오빠 볶아 먹으라고?"

40대 남자가 고개를 갸웃 하며 물었다.

"글쎄요…."

주인아주머니도 김 씨도 잘생긴 남자도 나도 모두 고개를 갸웃 했다.

다시 작업을 하는 동안 지현은 한 번도 내려오지 않았다.

오후 간식을 챙겨 준 주인아주머니가 지현이 놀러간 계곡으로 올라가는 모습이 내 눈에 보였다.

난 조금 안심이 되는 내 마음을 느끼며 이미 그 녀석과 정이 들었구나 하고 놀랐다.

하루밖에 안 됐는데 벌써 걱정을 하는 내 마음이 정말 그 녀석을 동생처럼 생각하는 것은 아닐까. 주인아주머니가 계곡에 올라가고 조금 있으니. 지현이와 함께 내려오는 모습이 보였다. 녀석 손엔 묵직하게 보이는 물통이 들려있었다.

"뭐에요? 뭘 잡았니?"

김 씨가 무척이나 궁금했던 모양이다. 쪼르르 달려가며 주인아주머니와 지현에게 물었다.

"제 생각대로 가재에요. 보세요. 얼마나 많이 잡았나."

주인아주머니가 지현이 손에 들린 물통을 들어 보이며 말했다. 회색 물통이라 안에 내용물은 겉으로 보이지 않았다.

김 씨가 물통 입구에 눈을 갖다가 대며 들여다보고 있었다.

"와! 반통은 되겠다. 많이도 잡았네."

김 씨가 놀랍다는 투로 소리쳤다.

"서울 사람들과 관광객들한테 팔면 5만 원은 받는답니다."

주인아주머니가 대견스럽다는 듯 지현이 머리를 쓰다듬으며 빙긋 웃었다.

"서울사람들이? 가재를 뭣 하려고?"

30대 남자가 의아한 표정으로 물었다.

"요즘 도시에선 술안주로 가재와 개구리가 최고 인기인데 개구리는 못 잡게 법으로 막아 놓자 가재가 멸종되는 거죠."

잘생긴 남자가 뭔가 불만스러운 투다.

"멸종이고 나발이고 우선 사람이 살아야지. 사람보다 중요한 것이 어디 있어? 생존을 위해 잡는 것은 죄가 아니야."

40대 남자가 잘생긴 남자 말에 핀잔을 주고 있었다.

"그거 나한테 팔아라!"

언제 나타났는지 몸집이 큰 50대 남자가 미소를 지으며 말했다.

"사장님 오셨어요?"

김 씨가 얼른 인사를 했다. 축사주인 남자였다.

축사 주인은 주머니에서 오만 원 권 한 장을 꺼내 지현에게 줬다. 지현이 물통을 축사 주인에게 넘겨줬다.

"나 좀 보자!"

축사 주인이 지현이 표정을 살피더니 한쪽으로 지현을 데리고 갔다. 둘은 뭔가 몇 마디 말을 주고받더니 지현이 녀석이 점퍼 속에서 검은 비닐봉투를 꺼내 축사 주인에게 줬다. 축사 주인도 다시 오만 원 권 한 장을 꺼내 지현에게 주고 지현이 등을 손바닥으로 토닥거리더니 물통과 검은 비닐봉투를 들고 검은색 승용차를 타고 사라졌다.

"저 녀석 저건 뭐지? 검은 비닐봉투에 들어있는 저것을 잡으러 다닌 모양인데 가재는 부수입이고 저게 진짜 같은데."

난 무척 궁금했지만 겉으로 내색하지는 않았다. 모두들 지현이 검은 비닐봉투를 축사 주인에게 건네주는 것을 못 본 모양이다.

"사장님도 술안주로 가재를 좋아하시나 봐요."

30대 남자가 당연하다는 투로 말했다.

"아뇨. 저 분은 다시 살려주려는 모양이에요."

주인아주머니가 묘한 미소를 지으며 주방으로 사라졌다.

"다시 살려주러?"

김 씨도 잘생긴 남자도 나도 영문을 모르겠다는 표정을 지었다.

지현이도 손에 들고 있는 오만 원 권 두 장을 만지작거리며 뭔가 불편한 표정을 짓고 있었다.

"수고했어요. 얼른 동생 데리고 가세요."

주인아주머니가 슬그머니 내 주머니에 일당을 넣어주며 작은 소리로 말했다.

"용역 소개비는 제가 별도로 지급할 것이니 안심하시고 가세요."

내가 머뭇거리자 주인아주머니가 다시 말했다.

김 씨를 바라보니 고개를 끄떡거리며 날 보고 미소를 짓는다.

40대 남자도. 잘생긴 남자도. 30대 남자도 모두 나에게 잘 가라는 표정을 지으며 고개를 끄떡거렸다.

"감사합니다! 안녕히… 계십시오!"

난 공손히 인사를 하고 지현이에게 손을 내밀었다. 녀석의 차가운 손이 내 손을 꼭 움켜쥔다.

"이 고개를 넘으면 양동이란 마을이 나오는데 거기 기차가 지나가. 기차를 타면 서울 가기 편할 거야. 잘 가!"

하루 만나서 같이 일했다고 정이 든 것인지 아니면 나와 지현이 불쌍해 보였는지 김 씨는 마지막 인사를 하는데 그 목소리가 조금 떨리고 있었다.

"가다가 경운기라도 지나가면 얻어 타고 가렴. 걸어서 가기엔 너무 멀어."

주인아주머니가 흰색 비닐봉투에 뭔가 담아 가지고 지현을 주며 말했다.

"네! 감사합니다! 안녕히 계세요!"

지현이 주인아주머니와 다른 사람들을 보며 인사를 했다.

난 지현이 손을 꼭 잡고 그곳을 떠났다.

"아까 그 검은 비닐봉투에 든 것은 뭐야?"

고개를 넘어 내리막길을 걸으며 지현에게 물었다.

"도룡뇽 알이야."

"도롱뇽?"

"응! 그거 약으로 쓴다나 뭐라나. 남자들한테 좋다던가. 아무튼 비싼 거야. 그 아저씨가 그냥 오만 원에 팔라고 떼를 써서…."

"아하! 그래서 아까 돈을 받고 뭔가 심기가 불편했구나?"

"아냐! 그 가재를 아주머니가 살려줄 것이라고 했잖아?"

"응! 그랬지."

"근데 아저씬 그거 술안주 한다고 했단 말이야. 간장에 졸여 먹으면 술안주로 일품이지 했거든. 괜히 나만 나쁜 사람 된 것 같아서 기분이 나빴던 거야."

"하하… 누가 그래? 네가 나쁘다고? 생존을 위해 잡는 건 나쁜 게 아니라고 하잖아. 잘했어. 아주 잘한 거야."

난 녀석과 맞잡고 가던 왼손을 내 몸 쪽으로 잡아당기며 오른손과 바꿔 잡고 왼손으로 녀석 어깨를 포근하게 감싸 줬다. 녀석의 얼굴이 내 가슴을 파고든다.

몸이 미세하게 떨리는 것이. 녀석이 지금 울고 있는 것이다.

"왜? 왜 그래?"

"그냥… 아빠 생각나서."

"아빠? 그래! 너의 아빤 어떤 분이셔?"

나도 그것이 무척 궁금했다. 자식을 새어머니가 그렇게 학대를 하는데 그걸 아빠가 모를 리 없었다. 그냥 방치한다는 것이 납득이 안 됐다.

"아빠 장애인이야. 뇌성마비래. 그래서 엄마가 아빠도 버리고 나도 버리고 떠난 것이고. 지금 새엄만. 얼마 안 되는 재산을 노리고 들어 온 것이라고 동네 사람들이 수근 대는데 모르겠어. 아무튼 무서워. 새엄마는…."

"그랬구나! 녀석! 그래도 반듯하게 자랐어. 기특하게."

"뭔 소리야? 뭐가 반듯하고 기특해? 오빠가 뭘 알아. 나에 대해서. 겨우 하루 같이 있어놓고."

"엉?"

"이거 알아? 우리 동네 친구들이 날 왜 마귀할멈이라고 부르는지? 모를 거야."

"마귀할멈? 네가? 왜?"

"없는 것도 뚝딱 만들어내는 내 손도 그렇지만… 내 눈에 거슬리면 두 발 못 뻗고 잔다고 하더라. 히히…."

"뭔 소리야?"

"봤잖아? 오늘 10만 원 뚝딱 벌고. 먹을 것 이렇게 받아 오는 것."

녀석이 주인아주머니가 준 흰 봉투를 들어 보이며 말했다. 봉투에는 주인아주머니가 특별히 준비를 한 삶은 계란과 찐 고구마가 들어 있었다.

"그래! 그건 오빠도 놀랐어! 어떻게 그런 생각을? 가재와 도롱뇽 알이라니? 그건 그렇고. 두 발 못 뻗고 잔다는 것은?"

"히히… 나중에 보면 알아. 급하긴."

녀석이 묘한 미소를 짓는다.

"나중에? 우린 서울까지만 같이 가는 게 아니었어?"

"이렇게 어린 친동생을 그 험한 서울 바닥에 혼자 살아가게 버린다고?"

"친동생?"

"아까 그랬잖아. 강지현이 아니라 성지현이라고. 잊었어? 오빠 입으로 친동생이라 해놓고?"

"그거야… 그분들한테 변명을 하다 보니…."

"뭐야? 벌써 내가 귀찮아졌다는 거야?"

"아. 아니야."

"그럼 서울 가서도 같이 있자. 응? 어차피 오빠도 갈 곳도 없다며?"

"그거야 그렇지만… 너랑 같이 있으려면 방을 얻어야 하는데… 우린 돈이 없잖아."

나도 사실 녀석과 이미 정이 들어서 헤어지기가 쉽지는 않았다. 돈이 문제였다. 혼자 같으면 공장 기숙사라도 들어가거나 아는 사람에게 잠시 신세를 져도 되는데 녀석이 문제였다. 그렇다고 녀석 말대로 어린 녀석을 서울에 혼자 살아가라고 한다는 것 또한 말이 안 되는 것이다. 얼마나 험악한 세상인데.

"그럼 우리 서울까지 가지 말고 양평 근처에 방을 얻자. 농촌엔 그래도 방이 쌀 거야."

"양평 근처? 네가 양평을 어떻게 알아?"

"히히… 이래서 세상은 돌고 도는 거라고 했나봐. 그 무서운 새엄마 고향이 양평이라 하더라."

"그랬구나! 그럼 방이야 시골에 얻고 산다고 하지만 일이 있어야지. 돈을 벌어야 할 것 아냐?"

"쳇! 이 오빠 이제 보니 갓 우리를 나온 병아리네. 세상을 몰라요 세상을. 농촌이라고 일이 없나? 요즘 전원주택이다 뭐다 해서 농촌에 얼마나 일이 많은데 특히 양평은 서울 사람들이 전원주택지로 가장 선호하는 지역이라 하더라. 거 뭐라 하더라! 전원주택 말고…
아하! 귀농이라 하더라. 양평은 전원주택지로 좋아한다면 여주는
귀농지로 좋아한다나 뭐라나. 그러니… 여주와 양평 중간 정도 시
골마을에 방을 구하자. 응?"

"그건 왜?"

"아둔하긴! 이리 가면 전원주택 공사가 있고. 이쪽으로 가면 귀
농 준비하는 일거리가 많고. 그 중간에 우리가 방을 얻으면 일거리
가 많잖아. 또 나도 중학교를 다녀야지. 안 그래?"

"중학교를? 네가?"

"엥? 이 오빠가 무정하네. 어떻게 친동생을 학교도 안 보내려고
생각해. 아무리 그래도 대학까지는 보내야지. 요즘 대학은 나와야
지 초등학교 졸업이 뭐야? 창피하게."

녀석이 내 눈치를 살피며 배시시 웃는다. 이미 내가 자기가 하자
는 대로 할 것이라고 확신하는 표정이다. 정말 나도 매정하게 녀석
을 밀어낼 수가 없었다.

털털털….

경운기 하나가 오고 있었다.

"아저씨! 아저씨!"

지현이 내 손을 놓고 경운기를 향해 달려갔다.

"뭐냐?"

이미 경기도 땅이라 그런지 조금은 까칠해 보이는 말투지만 자상
한 표정의 노인이다.

"양동까지 가는 데요 좀 태워다 주세요. 네?"

지현이 애교를 부리며 부탁을 한다.

"타라!"

노인이 경운지 뒤 짐칸을 머리로 힐끗 가리키며 말했다.

"감사합니다! 오빠 빨리 와!"

녀석이 노인에게 꾸벅 인사를 하고 경운기 짐칸에 올라타며 나를 부른다.

"감사합니다!"

나도 노인에게 공손히 인사를 하고 경운기 뒤 짐칸에 올라탔다.

털털털….

경운기는 요란한 소리를 내며 천천히 움직이기 시작했다.

녀석이 경운기에 앉아 다리를 펴고 주무르는 것이 무척 다리가 아팠던 모양이다.

"다리가 아팠구나?"

내가 걱정스런 표정으로 물었다.

녀석이 날 쳐다보며 고개를 흔든다. 경운기 소리에 크게 말을 하지 않으면 듣기 힘들었다.

걸어오면서 그렇게 쫑알거리던 녀석이 입을 굳게 닫았다.

녀석이 입을 닫으니 나도 자동적으로 입을 굳게 닫고 말았다.

냇가로 시원하게 뚫린 아스팔트 도로위로 우릴 태운 경운기가 달리고 있었다.

시골 도로라 지나가는 자동차도 보이지 않았다.

빨간 뾰족한 지붕에 하얀 통나무 주택 굴뚝에서 하얀 연기 모락모락 피어오르는 것을 보니 아직은 날씨가 추운 모양이다.

꼬르륵.

내 배에서 배고픈 신호를 보내는 것이 이미 저녁 시간이 지난 것을 알 수 있었다.

"돈을 벌면 우선 핸드폰이라도 사야지. 시간도 알 수 없고. 녀석과 통화도 해야 하고…."

여기까지 생각을 한 나는 스스로 놀라고 있었다. 낮에 일터에 나가 녀석과 통화라도 하고 싶은 마음이 생긴 것이다. 물론 이미 내 마음속엔 녀석을 학교에 보내고 수시로 잘 있나 전화를 하고. 그런 일상생활을 한 폭의 그림처럼 그리기 시작했다.

녀석의 말대로 우린 여주와 양평 중간 마을인 대신면 곡수리 삼거리에 위치한 어느 할머니 댁에 방을 얻어 삶을 시작했다.

시골집이지만 기름보일러가 설치돼 있는 깔끔한 방이었다.

한 달에 보증금 없이 20만 원씩 주기로 했다.

자식들이 모두 도시로 나가고 혼자 외롭게 사는 할머니는 마치 자식처럼 우릴 좋아했다.

"큰 물고기는 큰물에 살아야 돼."

녀석은 대신면에 있는 중학교를 마다하고 버스로 30분이나 걸리는 양평중학교에 들어가면서 남긴 말이다.

난 그 녀석 말대로 같은 동네에서 공사를 맡아 이곳저곳으로 일을 나가는 조경업자를 따라 양평 쪽 전원주택 일과 여주 쪽 귀농주택 공사를 하러 다니는데 제법 일거리가 많아 한 달에 20일은 일을 했다.

같이 생활한 지 한 달이 조금 넘어서. 난 녀석 핸드폰과 내 핸드폰을 샀다.

"히히… 이젠 오빠가 낮에 내 소식이 궁금하구나? 그럴 줄 알았어."

녀석이 마치 내가 핸드폰을 사다 줄 것을 미리 알았다는 투다.

녀석과 새로운 삶을 시작하면서 내겐 친구가 2명 생겼다. 물론 같이 노동일을 하는 친구였다.

곱상한 얼굴에 계집애처럼 생긴 남민혁. 하는 짓이 못마땅한 빤질빤질한 윤대규. 둘 다 나보다 한 살 위다. 민혁은 쉬는 날이면 늘 나를 데리고 낚시를 간다. 낚시 광은 아니고 물고기를 잡아 매운탕 집에 팔아 돈을 벌려는 알뜰한 친구다. 반면 대규는 계집애들 꽁무니만 쫓아다니는 친구다. 수단이 좋아서 자랑삼아 떠드는 소리를 들으면 한 달이 멀다하고 파트너가 바뀐다. 여주 공업단지 근처에 조그만 언덕이 있는데 그곳이 대규의 포인트다.

"공순이들, 대학생이라면 환장을 해서… 책 몇 권 옆에 끼고 앉아 있으면 미끼를 콱 물지."

대규가 늘 하는 말이다. 대규 이야기를 들으면 계집애들 만나면 바로 그날 끝장을 본다는 것이다.

"요즘 성적 개념이 너무 무질서 하단 말이야."

민혁은 대규 이야기를 들을 때마다 늘 그 말을 입버릇처럼 하며 못마땅해 한다.

"아카시아 꽃이 피면 가장 좋은 시기야. 모기도 없지 춥지도 않지. 걸치고 갔던 점퍼 깔고 그냥 흐흐…."

대규 녀석이 자랑하는 말끝은 항상 그렇게 끝낸다.

"길어야 1년이지. 빠르면 그날 끝내고. 아카시아 꽃이 피면 늘 난 그렇게 낚시를 시작하지."

대규 말이 사실인지 아닌지는 모르지만 그 친구 만나지 이제 한 달도 안 돼서 벌써 그 친구 파트너 여자는 한 번 바뀌었다.

처음에 본 여자는 죽은 깨가 볼에 조금 있던 대규보다 나이가 많아 보이는 여자였는데 지금은 도톰한 몸집의 대규와 같은 또래의 경상도 여자였다.

만나지 얼마 안 돼서인지 대규가 일이 끝나면 늘 기다리고 있다가 같이 어디론가 간다.

"아직 모기가 없어서…."

대규는 아직 방이 없다. 조경업자가 마련해 준 컨테이너 박스에서 민혁과 같이 잔다. 그렇다고 모기도 없는데 숲에서 하면 됐지 굳이 모텔까지 가느냐 하는 말이다.

할머니 집에 세 들어 살기 시작한 지 2달이 조금 넘었을 때 그 계집애 같던 민혁은 몸이 아프다는 이유를 대고 서울로 올라갔다. 지현이 녀석이 학교에서 늘 늦게 귀가를 하므로 혼자 지내는 시간이 많아지자 자연스럽게 난 대규와 가깝게 지내게 되었다.

지현이 왜 늦게 귀가를 하는지. 그 이유를 물어보면 공부를 열심히 하느라 늦어진다고 대답한다. 남들보다 2개월이나 늦게 학교에 입학을 한 지현이 같은 반 친구들 수준을 따라 가려면 열심히 많이 배워야하는 것은 사실이다. 어리지만 애늙은이 같은 녀석이기에 그 녀석 말을 난 믿었다.

"이거 들고 따라와!"

대규가 책 두 권을 내게 던지다시피 주며 말했다.

한자로 '法學通論'이라 쓰인 책과 '刑法'이라 쓰인 책이다.

"이제부터 넌 법대생이야. 잊지 마!"

대규는 그렇게 날 데리고 계집애들 낚시터에 처음 동행을 하게 되었다.

"요즘은 모기가 있어서 숲엔 작업하기가 힘들어. 관광지로 가야 돼. 실륵사라고 있는데 그 근처에 멋진 바위들이 강가에 있어. 거기 큰 소나무 하나가 있는데 얼른 가면 명당자리를 잡을 수 있을 거야."

대규는 행정학 책을 옆구리에 끼고 걸으며 말했다.

난 대규를 따라 여주로 가는 버스를 타고 한강을 건너기 전에 검문소 옆에서 내렸다.

"잘해 임마!"

대규가 내 어깨를 탁 쳤다.

강가로 조금 내려가니 큰 바위들 가운데 잘생긴 제법 큰 소나무가 한그루 서 있었다.

대규는 그 소나무를 중심으로 하류 쪽을 바라보며 앉았다.

"넌 거기 앉아."

난 대규가 앉으라는 상류 방향으로 앉았다.

"그냥 책을 읽는 척하면 말을 걸어 올 거야. 그럼 법대생인 척하면 돼."

대규가 손에 책을 펼치고 책을 읽는 자세 그대로 고개도 돌리지 않고 말했다.

저 검문소가 보이는 길목에 한 무리 여자들이 나타났다.

대규 눈에 이미 그들이 보인 것이다.

난 법학통론을 꺼내 펼쳐 보았다.

"제길! 무슨 한자가 이리 많아. 읽을 수가 없잖아."

내가 투덜거렸다.

"누가 읽으래. 그냥 읽는 척하라니깐."

대규가 작은 소리로 얼른 말했다.

한 무리 여자들이 이미 지척에 다다르고 있었다.

"어머! 여기 경치 좋다! 애들아! 우리 여기서 사진 좀 찍고 가자!"

여자들이 우르르 몰려오며 호들갑을 떨었다.

난 여자들 얼굴을 바라 볼 용기가 없어서 얼른 책을 읽는 척했다.

"와아! 경치 정말 짱이다."

호들갑을 떨던 여자 하나가 내 앞으로 와서 섰다. 고개를 숙이고 있었지만 그 여자의 신발이 내 무릎 앞에 보였다.

"어머! 아저씨 법대생이에요?"

거리낌 없는 여자의 도발적인 물음에 난 나도 모르게 고개를 끄떡이고 말았다.

"어느 대학이에요? 고대? 연대? 서울대?"

그 여자의 물음에 고개를 끄떡인다는 것이 공교롭게도 '서울대?'라고 물은 뒤였다.

"서울법대 다니세요?"

그 여자가 다시 확인하듯 물었고 난 고개를 끄떡였다.

"아저씨!"

그 여자가 작은 소리로 날 불렀다.

처음으로 난 고개를 들어 그 여자를 봤다.

나와 비슷한 나이의 눈이 서글서글한 도톰한 얼굴을 갖은 여자였다.

그 여자 눈이 반짝 이채를 띠었다. 그 여자도 내 얼굴을 처음 본 것이다.

"옆에 앉아도 돼요?"

"네!"

그 여자 물음에 난 짧게 대답했다.

그 여자는 내 왼쪽에 살며시 앉았다.

힐끗 대규를 보니까 그 친구 옆에도 어느새 한 여자가 다가서 말을 걸고 있었다.

"애들아! 먼저 가! 난 이 아저씨랑 이야기 좀 하다가 갈게."

내 옆에 앉은 여자가 함께 온 여자들에게 하는 말이다.

"잘 해봐! 우린 간다."

도대체 몇 명이 왔는지 난 그 여자들을 쳐다 볼 용기도 없었다.

떠드는 소리가 없는 것이 이미 모두 사라진 모양이다.

"아저씨 이름이 뭐예요?"

내 옆에 앉은 여자가 나에게 묻는 말이다.

본명을 절대 가르쳐주면 절대 안 돼. 대규가 나에게 늘 입버릇처럼 한 말이다.

"강지혁."

난 지현이 이름이 생각나서 얼른 그렇게 둘러댔다.

"전 박혜경. 지난 대입 시험에 미끄러지고 지금은 노는 중이에요."

"아! 그래요? 그럼 저와 나이가 비슷하네요."

"몇 살이신데요?"

"이제 20살."

"동갑이네요. 그럼 우리 말 놓고 편하게 이야기하죠?"

"아! 네! 그러죠. 뭐."

"만나서 반갑다! 지혁아!"

혜경이 나에게 손을 내밀었다.

노동일이나 하는 내가 법대생이라는 포장을 하고 위선 속에 만난 그녀 박혜경.

내가 뜻하지도 않게 그녀에게 이끌려 그날 모텔까지 직행을 하고 말았다. 내가 낚시를 한 것인지 그녀가 낚시를 한 것인지. 나에게 다가온 첫 여자의 추억은 달콤한 환상 속에 그렇게 스치듯 지나갔다.

왜? 녀석이 마귀할멈인지 그날 집에 돌아와서 난 알았다.

"킁킁…."

녀석이 내 몸에 코를 대고 냄새를 맡기 시작했다.

"어느 여시 냄새가 나는데? 누구야?"

지현이 토끼눈을 뜨고 날 노려보며 물었다.

"무슨 말이야? 여시는 무슨?"

난 제대로 변명도 못하고 머뭇거렸고.

"핸드폰 줘봐."

녀석이 내 주머니에서 핸드폰을 뺏듯 꺼내들었다.

"이게 누구야? 뭐 혜경? 누구야? 이 여시가 누구냐고? 왜 말을 못해? 얼른 말해?"

"오늘 처음 만난 여자야. 친구 하기로 했어."

내가 왜 녀석에게 그런 해명까지 해야 하는지 나 자신도 도통 알 수 없었다.

"친구 좋아하시네? 친구하고 몸을 비비고 그랬냐? 온몸에 여시 냄새가 아주 코를 찌르네. 코를 찔러."

녀석이 갑자기 혜경이 전화번호로 전화를 걸기 시작했다.

"무슨 짓이야? 이리 안 줘?"

난 얼른 녀석 손에서 핸드폰을 빼앗아 종료 버튼을 눌렀다.

"으앙…."

갑자기 녀석이 주저앉아 울기 시작한다.

"무슨 일인고?"

녀석 울음소리가 워낙 크자 할머니가 놀라 뛰어 들어왔다.

"아무것도 아니에요."

난 얼른 놀란 할머니를 안심시키고 있는데 녀석이 내 손에서 다시 핸드폰을 빼앗아 들고 밖으로 뛰어 나갔다.

"아무것도 아닌데? 아가가 울어? 아기를 울리면 오빠가 안 되지."

할머니가 날 못 믿겠다는 표정으로 말했다.

"네! 제가 좀 잘못 해서…. 죄송합니다. 다음부턴 이런 일 없도록 하겠습니다."

난 얼른 할머니를 돌려보내고 싶었다. 녀석이 혜경에게 전화를 걸어 무슨 말을 할지 모르기 때문에 얼른 녀석을 따라 가려는 급한 마음에서였다.

"암! 그래야지. 하나뿐이 오누이가 싸우면 되나."

눈치도 없는 할머니는 도무지 내 앞을 비켜줄 생각을 하시지 않는다.

한참이 지나 녀석이 생글생글 웃으며 들어와 내게 핸드폰을 돌려주고서야 할머니는 밖으로 나가셨다.

할머니가 나가고 난 급히 밖으로 나와 혜경에게 전화를 걸었다.

"혜경아!"

내가 무슨 변명이라도 해야겠다는 생각에 먼저 그녀를 불렀다.

"더 이상 할 말이 없어. 뭐? 대학? 법대생? 야! 어디서 애 딸린 홀아비가 성형수술은 해 가지고… 어려 보여서 깜박 속았잖아. 다신 연락하지 마. 시발! 재수 옴 붙었네."

그녀가 투덜대며 전화를 끊어 버렸다. 내가 다시 전화를 해도 그녀는 다시는 받지 않았다.

그녀 이야기를 다 듣지 않아도 녀석이 그녀에게 뭐라고 말을 했는지 훤하다.

내가 아빠며 성형 수술을 해서 젊게 보이는 것뿐이다. 뭐 대충 그런 말을 한 것 같다.

"이… 마귀할멈 같은 녀석이!"

난 나도 모르게 입 밖으로 튀어나온 마귀할멈. 그 말을 하고서야 녀석이 학교 친구들 사이에 왜 마귀할멈이라는 별명이 붙었다는 것인지 알 수 있었다.

"흐흐… 그래서였어. 녀석 별명이 그래서 마귀할멈! 흐흐…"

난 허탈하게 웃으며 방으로 들어왔다.

"…"

녀석은 이불을 깔고 엎드려 울고 있었다.

"지현아! 왜 울어?"

난 얼른 녀석 옆에 앉아 녀석 등을 토닥거렸다.

"오빠! 이제 나와 헤어지고 싶은 거지? 날 버리려는 거야?"

녀석이 얼른 내 품속으로 얼굴을 파묻으며 울음 섞인 음성으로 물었다.

"아냐! 내가 왜 널. 절대 아냐! 우린 오빠와 동생이잖아. 내가 널 버리는 일은 절대 없을 거야. 그러니 울지 마라!"

난 두 손으로 녀석 얼굴을 포근하게 안아줬다.

"정말?"

녀석이 내 품에서 벗어나 내 얼굴을 빤히 쳐다보며 두 눈을 반짝 빛냈다.

"암! 약속할 수 있어. 절대 널 버리는 그런 일은 안 해."

"그럼 손가락 걸고 맹세해."

녀석이 새끼손가락을 내민다. 난 얼른 녀석 새끼손가락에 내 새끼손가락을 걸었다.

"도장, 복사. 히히… 그 약속 잊지 마? 다시 그런 일이 있으면 혼난다. 알았어?"

"어! 그래 알았어."

"뭐? 법대생? 어디서 허풍만 늘어 가지고. 그래도 진실 하나만 있다고 믿었더니 어디서 그런 허풍을 배웠어? 그 대규 오빠 따라 다니더니 물들었지? 다신 대규 오빠랑 놀지 마. 알았어?"

"아. 알았어!"

난 녀석 앞에서 마치 고양이 앞에 쥐처럼 쩔쩔매고 있었다.

녀석과 함께 살아온 지 벌써 3개월 가까이 되면서 마치 정말로 녀석과 오누이가 된 듯 깊은 정이 들었던 것이다.

"뭐해? 얼른 씻고 와! 밥 먹어야지. 설마 그 여시랑 저녁까지 먹고 온 것은 아니지?"

"앙! 아니지 그럼! 얼른 씻고 올게."

난 얼른 수돗가로 나갔다. 마당 한 쪽에 있는 수도꼭지를 틀고 시원한 물을 두 손으로 받아 얼굴에 연거푸 퍼붓다시피 했다. 시원했다. 정신이 맑아졌다. 젠장! 대규 그놈 따라갔다 이게 무슨 꼴이람. 난 스스로 생각해도 내가 한심하다는 생각이 들었다.

"뭘 해? 빨리 들어오지 않고?"

녀석이 방문을 열고 소리쳤다.

"앙! 그래 들어간다. 들어가."

난 얼른 녀석이 기다리는 방으로 들어갔다. 방 가운데 조그만 상 위엔 이미 녀석이 차려놓은 따뜻한 밥과 국이 나를 기다리고 있었다.

"학교 갔다 오면서 미나리랑 밭에서 솎아낸 얼갈이배추를 좀 갖고 와서 무쳤어. 맛있지?"

녀석이 내가 반찬을 먹는 모습을 보며 물었다.

"웅! 지현이 반찬 솜씨는 최고야."

정말 그랬다. 어느새 난 녀석 반찬에 길들여지고 있었다. 식당 반찬보다 녀석이 만들어주는 반찬이 맛있고 좋았다.

"킁킁… 이런 오빠! 밥 먹고, 얼른 옷부터 세탁하게 벗어. 그 여시 냄새 때문에 골치가 아프네."

녀석이 갑자기 내 옷에 코를 대고 냄새를 맡으며 말했다.

"알았어!"

"히히…."

녀석이 갑자기 웃는다.

"왜?"

"오빠가 이제야 수수께끼를 푼 모습이네."

"무슨 수수께끼?"

"내가 왜? 마귀할멈인지 그 것을 말이야. 히히…"

이런 진짜 마귀할멈 같은 녀석이 눈치도 빠르네. 그건 또 어떻게 알았을까.

"오빠 얼굴에 그렇게 쓰여 있어. 나를 보는 눈길이 이런! 마귀할멈 같은 녀석! 하는 내용이 그대로…"

캭! 녀석 진짜로 마귀할멈이 아닐까? 그런 것도 다 알고. 난 녀석이 무척 신통하다는 생각이 들었다. 뭐라 할 말이 없는 나는 그냥 입가에 미소를 띠며 녀석을 바라보았다.

"명심해! 오빠랑 내가 한 방에서 생활한지 벌써 3개월째야. 이미 오빠 냄새라면 내 코에 저장이 됐다고. 여시 냄새가 조금만 묻어도 바로 알게 되니깐. 두 번 다시 그런 일이 있으면 혼날 줄 알아? 엉?"

"아, 알았다니깐."

"좀 억세지만 아직은 냉이 국이 먹을 만하지?"

"응! 맛있는데."

"내년엔 메주로 된장을 집적 담아야겠어. 시장 표는 맛이 없어. 그치?"

"아냐! 난 네가 해주는 것은 다 맛있어."

"엥? 이 오빠가 왜 갑자기 날 비행기 태우기 시작하지? 또 샛길로 빠지려는 수작 아냐?"

"샛길이라니?"

"또 법대생 행세를 하며 여시하고 놀려는 수작 아니냐고?"

"아니야! 절대 아니라니깐."

호호…. 이거 내 꼴이 이게 뭐야. 저 녀석 손아귀에서 난 완전히 꼼짝을 못하잖아. 난 정말 내 꼴이 우스웠다. 이걸 그냥! 콱! 난 그렇게 녀석을 혼내주고 싶었지만 실행에 옮기지는 못했다. 정말 녀석이 친동생 같아서…. 내가 야단치면 울까봐. 녀석 마음에 상처를 줄까봐 난 그렇게 하지 못했다.

새어머니 학대에 못 견디고 집을 뛰쳐나온 어린 녀석이 저렇게 밝게 웃고 떠드는 것도, 나에게 친동생처럼 잔소리와 간섭을 심하게 하는 것도, 아마 가슴 속 깊이 슬픔을 감추느라 애쓰는 모습 같아 내 눈엔 오히려 녀석이 한없이 불쌍해 보인다.

"이제부터 돈 벌어오면 다 나한테 맡겨. 허튼 데 다 쓰고 언제 서울 갈래?"

"서울? 너 서울 가고 싶구나?"

"큰 물고기는 큰물에서 살아야 한다고 했잖아. 벌써 잊었어?"

"그래서 서울로 가려고? 방 얻을 돈 모아서?"

"당근. 내가 알아보니 서울 변두리 싼 곳은 500만 원 정도 보증금이면 얻을 수 있더라. 월세도 한 달에 30만 원 정도고… 음… 월세가 아닌 전세라도 얻으면 좋은데 그건 서울 가서 열심히 벌어서 마련하자고. 알았지?"

"녀석! 서울 가려는 마음을 아직 접은 게 아니었구나? 알았다! 얼른 벌어서 서울로 가자."

"서울 가면 방 두 개짜리를 얻어야 돼. 나도 이제 다 컸으니 언제까지 오빠랑 한 방에서 자. 알겠어? 나와 오빠는 괜찮다 하더라도 남들 눈엔 이상하게 보이거든. 히히…."

녀석이 무슨 생각을 했는지 얼굴을 붉히며 웃는다.

"자! 이 통장 네가 관리해."

난 그동안 모아놓은 돈이 들어있는 통장을 녀석에게 맡겼다.

"헤! 이 오빠가 정말 날 믿는구나! 고마워. 믿어줘서."

"마! 오빠가 동생을 안 믿으면 어떻게?"

"그럼! 그럼! 이제야 오빠가 철이 드는구나. 역시 남자는 여자를 알아야 철이 든다고."

"무슨 말이야?"

"누가 모를 줄 알고? 그 여시랑 잠까지 잔 것 다 알아! 오빠가 부쩍 어른스러워졌거든. 하지만 그 여시는 절대 안 돼? 진실이 없이 사귄 여자는 오래 못가. 사랑은 진실해야 하거든. 언젠가는 그 거짓이 드러나고 서로 속이고 속은 사실을 알면 사랑은 깨지더라."

"호! 너 정말 모르는 게 없구나?"

"우리 아빠와 엄마 이야기, 그리고 친구 녀석 부모님 이야기를 인용한 것뿐이야."

"그래? 아무튼. 그렇다 해도 넌 역시 별명이 잘 어울려. 애늙은이. 마귀할멈. 흐흐…."

"헤… 친구들이 그 별명 괜히 지어 줬겠어? 다 겪어보고 지어준 별명이야."

"아주 맘에 든 모양이네. 별명이?"

"응! 맘에 들어. 친구 녀석들이. 나에게 그 별명을 지어준 결정적 계기는 따로 있거든."

녀석이 밥을 다 먹고 보리차를 컵에 따라 내 앞에 놓으며 묘한 미소를 짓는데 무슨 재미있는 이야기가 있는 모양이다. 난 아직 남은 밥을 얼른 입에 떠 넣고 보리차를 마시며 녀석 얼굴을 바라보았다. 빨리 이야기를 시작하라고 재촉하는 표정으로.

"급하긴! 상이나 치우고 말해 줄게."

마귀할멈 같은 녀석 이미 내 속을 훤히 들여다보고 있었다.

난 얼른 일어나 같이 상을 치웠다.

"설거지까지 해줄 기세네?"

"으으… 설거지 해달라는 말이구나? 알았다! 하지! 우리 귀여운 동생 손에 습진이라도 생기면 안 되니깐."

난 얼른 팔소매를 걷어 부치고 설거지를 시작했다. 내가 설거지를 하는 동안 녀석은 방을 열심히 청소했다.

흡혈귀들

　"강림이라는 동네에 경대라는 총각이 있었는데 첫선을 보러 나간 자리에서 상대 여자가 너무 아름답고 집안도 빵빵해서 자기도 모르게 허풍을 떨었대."

　설거지와 방청소가 끝나고 이브자리를 깔고 나란히 누워 녀석이 이야기를 시작했다.

　"뭐라고 허풍을 떨었는데?"

　"눈에 보이는 것이 면사무소 공무원이라 자기가 공무원이라고 했지. 사실은 쥐뿔도 없는 늙고 병든 홀어머니를 모시고 있는 가난한 화전민이었는데."

"저런!"

"오빠나 그 총각이나 다를 게 없어. 읽을 줄도 모르는 책을 들고 법대생 행세를 한 오빠나 선을 보러가 만난 여자를 놓치기 싫어 허풍을 떤 총각이나. 오히려 그 총각이 오빠보단 용서가 되네."

"엥? 잘못했다니깐."

"알았어! 오빠하고 비교하지 않을게. 그 총각은 위대했거든."

"뭐? 위대해?"

"웅! 자신이 사랑하는 아내에게 거짓말을 한 죄책감에 정말 열심히 공부해서 공무원이 됐거든. 처음엔 결혼까지만 거짓말을 하자, 하고 어떻게든 결혼을 하려고 했는데 결혼을 하고 나니 거짓말이 탄로 나면 아내가 실망을 할 것이 염려되어 잠시 발령대기 중이라고 둘러대며 하루하루를 버티다가 도저히 진실을 털어놓고 잘못을 빌 용기가 나지 않아 머리를 싸매고 공부를 해서 공무원 시험을 보는 길로 방향을 틀었대. 결과는 9급 공무원에 당당히 합격을 했지. 그리고 그 합격증을 들고 아내에게 그동안 거짓말을 한 것을 털어 놓고 용서를 빌었대."

"그래서 아내가 용서를 했어?"

"아냐!"

"뭐? 그럼 헤어지기라도 했어?"

"아니! 아내도 함께 그 총각에게 용서를 빌었어. 그 아내도 거짓말을 했거든."

"뭐? 무슨 거짓말을? 아하! 돈 많은 집 딸인 척했구나? 가난한 집 딸이었어?"

"아니! 그 여자는 결혼이 첨이 아니었대. 한번 결혼에 실패를 한 여자였어. 임신도 했었고. 중절수술인가? 그것도 했다더라."

"이런! 그 여자가 더 나쁜 거짓말을 했구나. 해서 어떻게 됐어?"

"괜히 그 총각이 위대하다 했겠어? 그 총각은 오히려 아내의 과거를 포근히 감싸줬다는 후문이야. 지금 새말에 가면 그 총각 이야기가 화젯거리야. 그 총각은 완전 스타가 됐고. 식당이나 슈퍼마켓에서도 그 총각에게 물건을 공짜로 주려고 안달이야."

"허!"

"오빠도 한 번 그렇게 해봐! 열심히 공부해서 정말 사법고시 한 번 도전해봐?"

"야! 난 겨우 고등학교도 졸업 못했어. 무슨 사법고시? 사법고시가 무슨 어린애 장난으로 보여? 그건 우리나라에서 가장 어려운 시험이야. 옛날 같으면 과거에 급제라도 할 정도 능력이 돼야…."

"이런 사고방식이 우리나라를 발전을 안 시킨다니깐! 말을 꺼낸 내가 잘못이지."

녀석은 입을 닫았다.

잠시 적막이 흐르고 녀석 모습을 살피던 나는 이미 녀석이 잠이 들었다는 것을 알았다.

"녀석! 나에게 그 메시지를 전달하려고 이야기를 꺼낸 것이었구나. 오빠가 사법고시에 합격해서 검사라도 되면 좋겠지. 허나 그게 어디 쉬운 이야기냐? 우선 방을 구할 돈을 벌기도 바쁜데…. 녀석! 참!"

난 잠이 든 녀석의 모습을 들여다보며 기특한 생각에 미소를 지었다.

"할머니 다녀올게요!"

아침에 일어나 일터로 나가며 난 주인할머니에게 늘 그랬듯 인사를 했다.

"… 오늘은 늦잠을 주무시나…?"

항상 인사를 하면 오냐! 하고 인사를 받으시던 할머니가 오늘은 아직 일어나지 않았나보다. 기척이 없다. 어제 산에 나물을 뜯으러 다녀오셔서 피곤하셨나보다.

"여든 셋인데도 팔팔하셔. 산에 올라가면 젊은 사람도 따라가지 못해."

이웃집 젊은 아주머니가 하던 말이 생각났다. 그렇게 할머니는 늘 산에 다니시며 나물과 약초를 캐서 용돈을 벌고 건강도 유지했다.

"그냥 가! 내가 이따가 아침 해서 할머니랑 같이 먹을게."

녀석이 잠자다 말고 방안에서 한마디 했다.

"그래! 알았다!"

난 서둘러 조경업자가 기다리는 느티나무 삼거리를 향해 달려갔다. 이미 시간이 다 됐기 때문이다. 성격이 까다로운 조경업자 사장은 일꾼들이 5분만 늦으면 일당에서 5,000원을 공제한다. 그게 뭐 약속을 지키기 위한 방편이라나. 늘 입버릇처럼 떠드는 말이 사람은 약속을 잘 지켜야 한다. 인간 공동체는 약속을 지키는 것부터 그 시작이다. 라고 잘난 체하는 사장이 일이 끝나는 시간은 잘 안 지킨다. 이런 저런 핑계를 다 동원해서 꼭 30분이라도 더 일을 시킨다. 점심시간도 12시부터 1시까지라고 해놓고. 12시 10분은 돼야 밥을 먹으러 식당으로 가고 12시 50분만 되면 일을 시작하자고 재촉한다.

오후 5시 30분에 작업 종료를 해야 하는데 늘 오후 6시는 돼야 작업을 종료한다. 그런 까닭에 일을 하는 친구들이나 인력공사에서 지원을 나온 인부들이나 모두 불평이 많다. 능률도 오르지 않는다. 어떡하면 시간을 때울까. 사장 눈치나 보며 일을 하다가 사장이 자리만 비우면 바로 연장을 집어 던진다. 똑똑한 것처럼 잘난 체하는 사장이지만 내가 보기엔 가장 멍청한 사장이다. 나 같으면 그렇게 일을 시키지 않는다. 스스로 먼저 약속 시간을 지키고 가끔은 능률을 위해 일찍 작업을 종료해주고 회식도 시켜주고 그렇게 할 것이다.

내가 조경업자 멍청한 사장을 따라 다니며 배운 것이 있다면 바로 그것이다.

출발 5분 전에 도착을 했는데도 내가 가장 늦게 왔다. 당연히 사장은 핸드폰 시계를 들여다보며 곱지 않은 시선으로 날 노려봤다.

"성 군! 좀 일찍 나올 수 없나? 혼자 늦게 오니까 다들 기다렸잖아!"

30대 후반 얍삽하게 생긴 사장은 그냥 지나치는 예가 없다. 오늘도 기필코 한마디 하고 간다.

"죄송합니다! 할머니가 인사를 안 받으셔서 좀 늦었습니다."

난 사실대로 이야기를 했다.

"늙으셔서 하루 종일 산에 돌아다니시니 좀 피곤하겠어. 너무 걱정 마."

조경업자와는 먼 친척뻘이라던가. 그래도 할머니 이야기가 나오니 관심을 갖긴 했다.

"오늘은 양평 조회장 별장에 나무 심는 것을 일찍 끝내고 고기라도 구워먹자."

조경업자가 제법 인심을 쓰는 척 하고 말했지만 우린 다 안다. 늘 입버릇처럼 떠드는 일상적인 말이라고. 아직 한 번도 실행에 옮긴 적이 없으며 나무를 다 심어도 이런 저런 핑계로 다른 일을 시키며 오후 6시나 돼야 작업을 종료할 것이라는 사실을 조경업자보다 우리가 더 잘 안다.

"비가 오려나."

대규가 차창 밖으로 고개를 내밀어 하늘을 쳐다보며 말했다.

"왜? 오전 10시 10분쯤 비가 오면 좋겠지? 아니면 오후 3시 10분에 오면 좋겠어?"

조경업자가 비꼬는 말투다. 오전 10시가 넘어서 작업이 중단되면 무조건 한나절 일당으로 친다. 오후 3시가 넘어서 우천으로 작업이 종료되면 무조건 하루 일당으로 친다. 이건 노동일을 하는 현장에선 언제부터인가 철칙처럼 전해진 공통사항이다.

허나 이것 역시 이 멍청한 조경업자에겐 안 통하는 말이다.

비가 10시가 넘어서 오면 억지로라도 비를 맞으며 12시까지 일을 시키고 종료한다. 물론 10시 전에 비가 한 방울이라도 내리면 얼른 작업을 종료하고 그날 인건비는 없다. 오후에도 마찬가지다. 3시 전에 비가 오면 얼른 작업을 마치고 한나절 일당만 주는데 오후 3시 이후에 비가 오면 이런 저런 이유를 들어 꼭 비를 맞으면서도 6시까지 일을 시킨다. 비가 너무 많이 와서 도무지 일이 안 되면 하다못해 집 창고에 들어가서 청소라도 시킨다.

툭툭.

양평으로 향하는 우리가 탄 봉고 승합차 앞 유리창에 빗방울이 하나 둘 떨어지기 시작했다.

"제기랄! 오늘 일당도 날아갔군."

대규가 작은 소리로 투덜거렸다.

그 작은 소리도 들었음인가 조경업자가 힐끗 대규를 훔쳐보며 입가에 미소를 띤다.

10시가 다 됐을 때. 이렇게 비가 한 방울씩 떨어지면 바로 작업종료를 시키는 조경업자지만 지금은 아니다.

"이까짓 비에 일을 못해."

하면서 기어코 9시 50분까지 일을 시키고 종료한다. 공짜로 일을 시킬 수 있는 절호의 기회를 그는 절대 놓치지 않는다.

조경업자는 바로 그런 생각에 지금 묘한 미소로 대규를 힐끗 보는 것이다.

오늘도 인건비 안 나가고 공짜로 3시간씩 일을 시킬 수 있다는 생각에 그는 흐뭇한 미소를 지었다.

그렇지만 조경업자의 입가에 미소도 사라지게 만드는 전화가 내게 걸려오고 있었다.

이제 막 아침을 하려고 일어났을 우리 귀여운 마귀할멈의 전화였다.

아니 어쩌면 내가 일터로 나가기 무섭게 일어나 아침준비를 했는지도 모른다.

"어! 그래! 일어났어?"

난 핸드폰을 열고 녀석의 전화를 받았다.

"오빠! 큰일 났어! 할머니가 이상해."

"할머니가? 왜? 어떻게 이상한데?"

"숨을 쉬지 않아. 몸도 차갑고."

"뭐라고? 숨을 쉬지 않아?"

내가 녀석과 통화를 하는 내용을 들은 조경업자는 급히 차를 세웠다.

"뭐야? 할머니가 뭐 어떻다고?"

"돌아가신 모양입니다."

조경업자 물음에 내가 대답했다.

"이, 이런!"

조경업자는 급히 차를 돌렸다. 집을 떠난 지 불과 30여분 만이었다.

"어, 난데. 명이 어머니께서 돌아가셨나봐. 얼른 다들 오라고 해."

조경업자는 운전을 하면서도 이곳저곳으로 계속 전화를 했다.

비틀비틀 마치 술 취한 사람처럼 승합차는 아슬아슬하게 오가는 차량을 비켜갔다.

"야! 운전 똑바로 해 임마!"

언덕너머 저수지 아랫동네에 사는 고물상 아저씨가 차창을 내리고 욕을 하며 지나갔다.

"개새끼!"

조경업자 입에서도 욕이 튀어 나왔다.

몇 군데 더 전화를 하고 조경업자는 핸드폰을 조수석에 던져놓고 속도를 내기 시작했다.

뿌연 안개가 강줄기를 따라 마치 하얀 백사처럼 꼬불꼬불 움직이고 있었다.

"안개가 낀 것을 보면 비는 오지 않을 모양이네."

대규가 강가에 안개를 가리키며 아는 체했다.

"저기압으로 안개가 바닥으로 깔리는 거야. 비는 올 거야."

용역으로 나온 아랫마을 강 씨 아저씨가 확신하듯 말했다.

강씨 아저씨는 대신인력이라는 용역사무실에 나간다. 하루 일당이 7만 원인데 용역비 1만 원원을 주면 자기가 갖고 가는 돈은 6만 원이다.

강 씨 아저씨 말을 밑받침이라도 하듯 후두둑 소리를 내며 빗방울이 굵어지기 시작했다.

"으앙…. 할머니! 할머니! 으앙…."

집에 도착하자 마귀할멈 녀석의 울음소리가 들렸다.

아직 아무도 오지 않은 방 안에 싸늘하게 식은 할머니 시신을 붙잡고 녀석 혼자서 울고 있었다.

"명이 어머니!"

조경업자가 방으로 뛰어들어 할머니 시신을 확인하고 털썩 주저앉았다.

"돌아가셨어요?"

내가 확인하듯 물었다.

"그래! 돌아가셨다. 에고… 그렇게 정정하시던 분이 이게 뭔 일인고."

조경업자는 안타까운 시선으로 할머니 시신을 물끄러미 바라보더니 이불로 할머니 얼굴을 덮어 버렸다.

"괜찮아. 할머니는 하늘나라에서 더 건강하게 사실 거야."

어느 드라마나 소설에서 단골로 등장하는 위로 말이 내 입에서도 나왔다.

난 녀석을 일으켜 어깨를 감싸주며 밖으로 나왔다.

"오빠도 그런 말을 할 줄 아네. 그건 드라마나 동화책에서 나오는 말이잖아. 하늘나라가 어디 있어? 다 꾸며낸 말이야."

녀석이 퉁명스럽게 말했다. 불과 몇 개월 동안 할머니와 정이 많이 든 모양이다. 녀석 눈이 벌겋게 충혈된 것을 보니 많이 울었나보다.

"녀석! 그렇게 친할머니처럼 따르더니. 많이 울었구나?"

"웅! 갑자기 오빠가 아침에 인사를 해도 기척이 없는 것이 이상해서 할머니 방에 들어가 보니 할머니가 숨을 제대로 쉬지 못하시는 거야. 나에게 무슨 말을 막 하시는데… 무슨 말인지 알아들을 수가 없었어. 너무 작은 소리로 뭐라 하시더니 갑자기 꼬르륵 하고 소리가 나고 축 늘어지셨거든. 몸도 많이 차가웠어. 아마 추워서 그러셨나봐. 할머니 불쌍해서 어떡해…."

"그럼 네가 할머니 방에 갔을 땐 살아 계셨구나?"

"웅! 그랬어. 몸은 이미 차갑게 식어 있었지만 분명 말을 하셨거든. 그 말이 무슨 뜻인지 모르지만 분명 나에게 말씀을 하셨어."

"뭐라 했는데?"

"몰라! 하나도 기억이 안나."

녀석을 데리고 밖으로 나와 길가에 놓인 나무 벤치에 앉아 있는데 사람들이 하나 둘 모이기 시작했다. 할머니 죽음을 듣고 달려온 동네 사람들이었다.

"아이고! 아이고!"

갑자기 통곡 소리가 들렸다. 할머니 딸이 옆 동네에 산다 하더니 아마 그 딸이 도착을 한 모양이다.

"아이고! 엄마! 이게 무슨 일이야? 아이고! 아고!"

할머니 시신을 안고 통곡을 하는 저 딸. 울음소리가 왠지 가식처럼 느껴지는 것은 왜일까?

조경업자가 명이 어머니라고 할머니를 부르는데 바로 지금 통곡을 하는 딸 이름이 명이였다.

할머니의 막내딸이다. 할머니는 자식이 모두 세 명인데 아니 낳기는 모두 여섯 명을 낳았다고 하는데 셋은 죽었다지 아마. 아무튼 두 명은 저 명이라는 딸의 오빠들이고. 둘 다 서울에서 제법 먹고 살만 하다는 소리를 조경업자를 통해 들었는데 1년에 단 한 번 돈 몇 푼을 던져주다시피 주고 가는 것이 고작이란 말을 들었다.

아주 불효막심한 놈들이라고 조경업자는 늘 말했다.

"그만 울어요! 앞으로 며칠 밤낮 울어야하니 그만 그쳐요. 그리고 일단 여주의료원 장례식장에 전화를 했으니 어머니를 병원으로 모시는 것이 어떠세요?"

조경업자가 명이라는 할머니 딸을 위로하며 물었다. 명이라는 할머니 딸은 이미 50대를 바라보는 나이였다. 조경업자보단 한참 많은 나이다.

"그건 네가 알아서 해라!"

명이라는 할머니 딸은 언제 울었느냐는 듯 할머니 곁에서 일어나 밖으로 나와 돌로 된 마루턱에 걸터앉았다.

앵앵….

여주의료원 장례식장에서 참 빨리도 차를 보냈다. 우리가 할머니 집에 도착을 하고 이웃에서 명이라는 딸이 도착을 한 후 겨우 10분 만이다.

할머니 시신은 그렇게 빠르게 여주의료원 장례식장으로 이송됐다.

"넌! 얼른 학교에 가라!"

난 마귀할멈 녀석을 떠밀 듯 학교로 보냈다.

집안 청소도 하고 설거지도 하며 나도 여주의료원 장례식장으로 갈 준비를 하고 있었다.

오전 10시쯤 됐을 때다.

덜컹.

할머니 방문을 열고 누군가 방을 뒤지고 있었다.

나와 보니 마당에 고급 승용차가 한 대 서있었다.

"뭐하세요?"

내가 황당해서 곱지 않은 시선으로 물었다.

"그런 넌! 누구냐?"

나이 50대 정도 되는 할머니 방을 뒤지던 남자는 오히려 날 이상한 눈으로 노려보며 물었다.

"전 이방에 세 들어 사는 사람인데요."

난 내 방을 손으로 가리키며 말했다.

"난 이 방에 사시던 분의 아들이다. 어머니 짐 정리를 하는 중이니 간섭 말아라!"

할머니 아들이라고 하는 50대 남자는 그 말을 남기고 다시 할머니 방을 샅샅이 뒤지기 시작했다. 뭔가 찾는 모습이다.

"오늘 여기 이웃에 사는 명이 왔었나?"

그 남자는 찾는 것이 없는지 손에 들었던 할머니 베개를 방바닥에 집어 던지며 신경질적으로 내게 물었다.

"네! 왔었는데요."

난 몹시 불쾌했지만 얼른 대답했다.

"그년이 가져갔군! 젠장! 한 발 늦었어."

50대 남자는 투덜거리며 할머니 방을 나와 문을 떨어질 듯 확 닫고 승용차를 타고 휑하니 사라졌다.

"도대체 뭘 찾는 거지? 이 조그만 할머니 집문서라도 찾나? 그럼 이제 우린 어떡하지? 다른 곳으로 이사를 해야 하나."

난 몹시 마음이 복잡했다.

대충 문을 닫고 할머니를 모신 장례식장으로 가기 위해 버스 정류장으로 향했다.

"같이 가자!"

대규가 저만치 골목길에서 달려오며 소리쳤다.

"얼른 와!"

난 가던 발걸음을 멈추고 대규를 기다렸다.

"헉헉… 3일 동안은 우리도 바쁘겠다."

대규가 하는 말은 장례식장에 가서 우린 조문객들을 맞아야 하므로 힘들 거란 뜻인데 그렇게 말을 하는 대규가 곱게 보이지는 않았다. 아무리 힘들어도 돌아가신 분에겐 그렇게 말을 하는 자체가 예의가 아니라는 생각 때문이다.

아! 물론 할머니 자식들처럼 돌아가신 어머니 방에서 뭔가를 찾기에 바쁜 그들보단 그래도 대규가 훨씬 나은 편이지만 말이다.

"얼른 가자! 조문객들 받으려면 일손이 부족할 거야. 우리가 도와야지."

숨을 헐떡거리고 온 대규를 앞세우고 난 서둘러 버스 정류장으로 걸어갔다.

"난 우리 민주와 데이트 약속이 있는데."

대규가 아쉽다는 말투다. 민주란 그때 나와 같이 소나무 아래서 만난 여자 이름이다. 대규 녀석 맘에 들었는지 요즘 보면 다른 여자들과 사귈 때보단 조금 진지하다.

"결혼까지 가려는 모양이지?"

"야! 그런 무서운 말이 어디 있어? 결혼은 인생의 무덤이라고. 즐길 때 실컷 즐겨야지. 결혼은 무슨…. 너! 혹시라도 앞으로 여자 사귈 때. 결혼하자 뭐 그런 말은 절대 금물이야. 알아? 그럼 혼인빙자 간음죄라던가 뭐 그런 법이 있다더라. 조심해. 항상 입조심."

대규는 다른 건 몰라도 여자관계에 대해선 박사다. 아마 그런 박사 학위가 있다면 대규가 가장 먼저 받아야 하지 않을까.

"혹시 여자가 우리 결혼할 거지? 하고 물어도. 대답을 회피해. 그래! 하고 냉큼 대답하지 말고. 알았어? 여자들이 그런 말을 유도하는 경우가 있어. 그건 너와 정말 결혼을 하려는 것이 아니고 널 옭아매려는 수작이니깐. 넘어가지 말고 멍청아! 그런 말로 네가 결혼 이야기를 꺼내도록 유도를 하는 여자는 일찍 쫑 내. 알아? 계속 관계를 유지하다가는 나도 실수를 할 때가 있거든. 특히 술 같은 것 막 먹지 말고. 사람이 술에 취하면 자기도 모르게 그런 말에 넘어가거든. 여자들이 술을 먹자고 꼬이는 작전에 넘어가면 끝이야. 너야 술을 먹지 않으니 그건 안심이지만. 아무튼 여자를 만나는 것도 다 치밀해야 돼. 머리 회전이 빨라야 한다고."

대규의 수다는 버스가 도착하지 않았다면 계속 이어질 뻔했다.

"아이고… 아이고…."

장례식장에 나와 대규가 도착을 했을 땐 이미 할머니의 딸과 두 아들은 도착을 해서 통곡소리를 내고 있었다.

"아이고… 아이고…."

두 아들 옆에는 며느리들인지 여자 둘이 앉아 같이 통곡을 하는데 이상하게도 아들도 며느리도 눈에 눈물은 한 방울도 흐르지 않았다.

명이라는 할머니 딸은 그래도 눈에 눈물이라도 흘렸다.

"얼른 이리와!"

조경업자가 대규와 나를 발견하고 손을 까딱거리며 불렀다.

"빨리 점심상 차려야지. 너희들은 술상부터 준비하고."

나와 대규에게 술상을 준비하란다. 현제 온 조문객이라곤 할머니 두 아들과 딸 그리고 며느리와 사위 동네 사람들 몇 명이 고작이었다.

"술은 누가 먹는다고?"

내가 의아하게 생각하며 조경업자 들으라고 대규에게 큰 소리로 물었다.

"상주들은 줘야 하니까 얼른 준비해."

조경업자가 내 의도를 알아차리고 누가 먹을 것인지 알려주고 있었는데… 어머니가 돌아가셔서 이제 도착한 사람들이 어디 목구멍에 밥이 들어가고 술이 들어가는가? 하루 종일 굶고 슬퍼해도 모자라는 판에 술을 먹는다? 이건 내 상식으론 이해가 안 됐다.

"상민아!"

할머니의 큰 아들이 조경업자를 불렀다. 여기 오기 전에 할머니 방부터 뒤지고 온 그 50대 남자다.

"네! 형님?"

"술상 멀었느냐?"

내 상식을 깨고 술상부터 찾는 파렴치한 상주. 나도 모르게 두 주먹이 쥐어졌다. 으이그, 저걸 확 두들겨 패서 할머니 옆에 같이 묻어줘 하는 생각이 굴뚝같았으나 난 꾹 참았다.

"지금 갑니다! 얼른 갖다드려."

조경업자는 대답을 하면서 나와 대규를 독촉했다.

난 얼른 장례식장 전용 식당에 가서 찌개와 간단한 안주를 상에 담아 소주와 함께 가져왔다.

"이리 줘!"

조경업자가 술상을 받아 상주들 앞에 갖다 놓았다.

"야! 한잔 하자!"

큰 아들이 둘째 아들을 부르고. 둘째 아들은 사위를 부르고 사위는 며느리들을 불러서 술상에 빙 둘러 앉았다.

"어머니가 갑자기 돌아가셨다는 전화를 받고 급히 오느라 밥도 못 먹었네."

큰아들이란 놈 입에서 저런 말이 나오다니 기막힌 노릇이다.

"형님도 그랬소? 나도 배고파 혼났소."

둘째 아들도 큰아들이나 다를 게 없었다.

"엄마 돌아가셨는데 술이 목에 넘어가우? 아이고…. 불쌍한 우리 엄마."

명이라는 딸이 두 오빠를 핀잔주며 다시 곡을 하기 시작했다.

슬금슬금 사람들 눈치를 보던 며느리들이 울상을 지으며 마지못해 술상에서 떨어져 할머니 영정 앞에 앉아 곡을 하기 시작했다.

그렇거나 말거나 두 아들과 사위는 이미 소주잔이 몇 차례 오고 갔다. 후루룩 후루룩 소리를 내며 찌개그릇을 들고 맛있게 먹고 있었다.

전이며 홍어 무침까지 말끔히 먹어치운 두 아들과 사위는 이미 얼큰하게 취기가 돌기 시작했다.

그때서야 곡수리 이장과 동네 어른들이 우르르 몰려왔다. 언덕 넘어 저수지 마을 대평리 이장도 같이 왔다. 우리 마귀할멈 녀석이 갑자기 아프면 돈이 많이 들어간다고 의료보험을 들어야 한다나 뭐라나 하면서 곡수리 이장을 만나 부탁을 하는 자리에서 대평리 이장까지 알게 된 것이다. 마귀할멈 녀석이 우리가 살 곳을 삼거리를 택한 것은 이리 가면 여주 저리 가면 양평도 모자라서 한쪽은 양동과 강원도로 가는 길목을 택한 것이다. 아무튼 마귀할멈 녀석은 도무지 그 생각을 짐작하기도 힘든 녀석이다. 할머니네 집 또한 아래 삼거리 위 삼거리가 있는데 그중 여주 쪽으로 가까운 아래 삼거리에 있었다. 불과 30여 평 되는 대지에 15평 남짓한 방 두 개짜리 낡은 집이지만 도로에 붙어 있어서 구멍가게라도 하면 용돈은 벌 수 있는 위치라고 할머니는 우리 마귀할멈에게 말했다.

"아이고… 아이고…."

동네 사람들이 몰려오자 술상을 급히 치우고 목소리 높여 통곡을 하는 두 아들과 사위.

"갑자기 상을 당해서 뭐라 위로를 해야 할지."

대평리 이장이 할머니 큰아들에게 위로의 말을 하다말고 고개를 돌려 버린다. 입에서 술 냄새가 확 풍기기 때문일 것이다.

"너무 슬퍼서… 괴로워서 술을 그만…."

눈치 빠른 둘째 아들이 얼른 변명을 한다.

"아이고…. 어머니! 갑자기 돌아가시면 이 아들은 누굴 의지하고 살란 말입니까."

큰아들이 둘째 아들 말에 장단이라도 맞추듯 갑자기 할머니 영정 앞에 엎드려 통곡을 시작했다.

대평리 이장도 다른 동네 사람들도 그런 두 아들을 바라보는 시선이 곱지는 않았다. 다들 아는데 그들만 모른다. 그렇게 가식적인 행동이 얼마나 마을 사람들 눈에 나쁘게 비친다는 것을….

더욱 꼴불견은 저녁에 일어났다.

친척들과 이웃들이 많이 모이자 노름판을 시작했다. 조문객들은 그렇다 치고 밤이 늦어지자 상주들이란 놈들이 하나 둘 노름판에 끼어들었다. 이미 술에 취해 몸도 가누기 힘든 두 아들은 무엇이 그리 즐거운지 돈을 딸 때마다 환호성을 질렀다.

"아프지 않고 주무시다가 갑자기 돌아가셨으면 호상이죠."

好喪!

어떻게 어머니가 돌아가셨는데 그게 호상이란 말을 자식 입에서 나올까 의구심이 생겼다.

"뭐? 호상? 이놈! 네 어미가 죽었는데 그게 좋단 말이냐? 고얀 놈!"

할머니 아들에게 당숙이 된다는 노인이 참지 못해 야단을 쳤다. 부글부글 타는 가슴에 기름을 뿌렸는가?

"어디서 못된 놈들을 자식이라고 감싸주던 원주 댁이 불쌍하지."

"저걸 자식이라고 낳고 미역국을 먹은 원주 댁이 안됐어."

"지 에미 죽었는데 술이나 쳐 먹고 한심한 놈들."

여기저기서 상주들에게 욕설을 하기 시작했다.

귀가 있어 들었는지 슬그머니 일어나 밖으로 사라진 두 아들과 사위는 그날 밤새 돌아오지 않았다. 아마 어디 가서 술에 취해 깊이 잠들었을 것이다.

언제부터인가 두 며느리도 소리 없이 사라져 보이지 않았다.

밤새 끝까지 할머니 영정을 지킨 것은 명이라는 딸과 나의 귀여운 마귀할멈뿐이었다.

"저게 누구여? 손녀딸인감?"

아들딸보다 더 슬피 울고 할머니 영정을 지키는 마귀할멈을 보고 사람들은 궁금해 했다.

"할머니가 돌아가셨다고 학교 선생님께 허락을 받았어. 나 3일간 안 나가도 돼."

마귀할멈 녀석이 시키지도 않은 것은 잘했다. 어린 녀석이 학교나 갈 것이지 할머니 영정을 지킨다 하고 밤이나 새고.

"오빠! 졸려."

두 눈이 천근처럼 무거워 보이는 마귀할멈 녀석을 나는 한쪽에 눕히고 이불로 덮어 줬다.

이불을 덮어주기 무섭게 금방 잠이 든 마귀할멈 녀석 난 한 동안 옆에서 녀석을 지켜줬다.

"자넨 누군가?"

할머니 아들의 당숙뻘 된다는 노인이 내게 다가와 슬쩍 물었다.

"돌아가신 할머님 댁에 셋방을 얻어 사는 사람입니다."

"아! 그럼! 저 아이도?"

"네! 제 동생입니다."

"어쩌다… 부모님은 어디 계시고 둘이?"

"돌아가셨습니다. 사고로…"

난 마귀할멈 녀석이 동네 사람들한테 둘러대던 거짓말을 그대로 써먹었다. 아니 이건 마귀할멈 녀석이 내게 신신당부를 한 것이다. 오빠도 똑같이 말하지 않으면 사람들이 우릴 이상하게 보니까 명심해 하면서….

하긴 부모도 없이 두 남매만 한 방에서 살아간다 하니까 이상하게 보는 눈도 많았다. 특히 대규부터 그랬다. 뭐 눈엔 뭐만 보인다고 마귀할멈 녀석을 대규는 여자로 보는 모양이다. 나와 그렇고 그런 사이로 의심부터 했던 대규가 요즘은 마귀할멈 녀석을 더 챙긴다. 녀석이 자다가 이불을 걷어차면 번개같이 달려와 덮어줬다.

"너만 오빠냐? 나도 오빠지."

요즘 대규가 입버릇처럼 하는 말이다.

어젯밤 나갔던 두 아들과 며느리는 한나절이 다 돼서 얼굴에 기름기가 번들번들 해서 들어왔다. 어디 맛있는 식당가서 배부르게 먹고 온 모양이다.

사위란 놈은 아직 코빼기도 보이지 않는다. 아마 두 아들과 어울리지 못하고 집에 가서 아직까지 퍼질러져 자는 모양이다.

"아이고… 아이고…"

명이라는 딸 혼자서 아직도 할머니 영정을 지키고 있었다.

"얘야! 너도 저기 저 아이 옆에 가서 눈 좀 붙여라!"

당숙뻘 된다는 노인이 마귀할멈이 자는 곳을 가리키며 명이라는 딸에게 말했다.

마치 그 말을 기다리기라도 한 것처럼 명이라는 딸은 냉큼 가서 마귀할멈 옆에 이불을 깔고 누웠다.

"자! 네놈들은 어서 이리와 조문객을 맞아야지 뭘 하느냐?"

당숙뻘 된다는 노인의 불호령에 두 아들과 며느리는 마지못해 엉거주춤 할머니 영정 앞으로 걸어갔다.

"객들이 오면 아이고… 아이고… 하면서 곡을 해야 하느니라. 조문을 마친 객들이 상주에게 인사를 하면 같이 예를 다해 맞이하고."

당숙뻘 되는 노인이 두 아들과 며느리에게 장례식 예절을 가르치고 있었다.

50이 넘은 두 아들이 아직도 그런 예절을 몰라서 저런 후레자식 노릇을 하는 것은 아닐 텐데 남들 눈이 있으니 몰라서 그랬을 것이라는 생각이라도 마을 사람들 눈에 심어주려는 마음 같았다.

"네! 네!"

당숙뻘 되는 노인의 뜻을 알았던지 대답은 냉큼냉큼 잘도 한다.

아직 알려지지 않았음인가 조문객은 그리 많지 않았다. 가끔 한 명씩 다녀갔다.

점심시간이 다 돼 사위가 나타났다. 사위 손엔 서류 봉투가 들려 있었는데 그걸 큰아들에게 슬쩍 전달하고 뭐라 귓속말을 했다.

"강지현이 누구야?"

큰 아들이 서류 봉투를 열고 서류를 확인하더니 우리 마귀할멈을 찾는다.

무슨 일인지 큰일 났다. 내 친동생이라고 동네 사람들한테 속이고 녀석 이름을 성지현이라고 했는데 갑자기 왜? 강지현이란 이름을 찾을까

"전데요? 왜 그러세요?"

워낙 큰 목소리에 녀석이 잠이 깨어 일어났다.

"어째서 우리 어머니 집문서가 네 이름으로 바뀌었지?"

큰아들은 금방이라도 마귀할멈 멱살이라도 잡을 기세로 물었다.

"제가 샀거든요. 할머니께서 제게 팔았어요."

마귀할멈 녀석은 태연하게 대꾸했다. 나도 모르는 일이었다.

"여기 보면 80만 원에 매매가 됐다고 하는데? 80만 원에 산 것이냐?"

"네! 그래요."

"그 집이 겨우 80만 원 값어치 밖에 안 된단 말이냐?"

"할머니께서 돈이 필요 없다고 하시며 80만 원만 받으신다고 했어요. 그거 이장님들도 아는 사실이에요."

마귀할멈 녀석이 곡수리 이장과 대평리 이장을 보며 마치 자기 말이 맞지 않느냐고 묻는 표정이다.

"그렇다네. 우리가 증인이라네."

두 이장이 동시에 나서며 큰아들에게 말했다.

"너도 모르는 일이냐?"

큰아들이 명이라는 여동생을 보며 화풀이를 하는 목소리로 물었다.

"그 돈 80만 원 엄마가 절 주셨어요. 얼마 전에…."

잠자다 깬 명이라는 딸은 부스스한 얼굴로 말했다.

"젠장!"

큰아들은 서류 봉투를 휙 집어 던지며 마귀할멈을 잡아먹을 듯 노려보다가 많은 눈들이 자신을 지켜본다는 것을 알고 억지로 미소를 지으며 자리에 가서 앉았다.

"네 친동생이라며? 왜 성이 틀려?"

대규가 강지현이라는 말을 들은 모양이다.

"엄마가 간난 아기인 저 녀석을 데리고 다른 아버지를 얻었었거든."

난 조금 전에 급히 생각해낸 것을 말했다.

"그런 일이?"

"에구! 불쌍한 오누이구먼."

많은 사람들이 듣고 오히려 나와 마귀할멈을 동정하는 말이 들리자 대규도 큰아들도 더 이상 다른 말이 없었다.

마귀할멈 녀석은 나를 바라보며 슬쩍 자신의 옆구리에 감춘 엄지손가락을 치켜세운 손을 보여줬다.

사람들이 큰아들에 향한 분노가 조금 수그러들자 큰아들이 슬그머니 명이라는 딸에게 다가갔다.

"어머니 귀금속들은? 네가 가졌느냐?"

"아냐 나도 몰라! 갑자기 얼마 전부터 어머니 귀금속은 보이지 않았어."

"그럼 저 강지현이라는 아이가 오고부터? 아님 그 이전부터?"

"벌써 오래전이야. 쟤들은 이제 3개월 정도 됐고 어머니 귀금속은 반년도 더 됐어. 아마 팔아서 용돈 쓰신 게 아닐까?"

"어디 그럴 어머니냐? 시어머니가 물려 준 귀금속이라고 만지지도 못하게 한 것을 너도 알잖아? 그걸 파실 어머니냐고?"

"나도 집안 구석구석 다 찾아 봤어. 보이지 않더라. 이미 반년 전부터."

"어머닌 그걸 어디다 뒀지 젠장."

"그까짓 옛날 귀금속 얼마나 간다고."

"네가 몰라서 그래. 그거 무척 비싼 거야. 조선시대부터 내려온 골동품이거든."

"뭐? 그게 얼마나 가는데?"

"아마 한 몇 천 아님 그 이상."

"쳇! 그걸 믿으라고? 지금 장난하는 거지?"

명이라는 할머니 딸은 믿지 못하겠다는 표정이다. 허나 큰아들 표정은 심각했다.

"얼마 전 골동품 감정 방송에서 어머니 팔찌와 비슷한 물건이 나왔는데 가짜로 밝혀졌지만 당시 감정원들이 하는 말이 있어 진품일 경우 그 값어치는 돈으로 환산할 수 있는 게 아니라고."

"헉! 그럼? 몇 억이 될지도 모른단 이야기야?"

"쉿! 둘째가 알면 큰일 나."

저쪽에서 걸어오는 둘째 아들을 발견한 큰아들이 손가락으로 입을 가리며 자리로 돌아갔다.

명이라는 딸 얼굴에 화색이 돌기 시작했다. 그녀는 한 가지 비밀을 알고 있었다. 오빠들은 모르는 자기만 아는 비밀 그래서 명이라는 딸은 지금 무척 행복했다. 어머니 돌아가신 슬픔은 이미 잊은 지 오래다.

"그래! 어머니가 돌아가시기 전에 분명 저 지현이란 아이에게 무슨 말을 했다고 했어. 그건 나만 아는 비밀이야. 저 아이에게 그걸 물어보면 돼. 분명 그 귀금속들을 어디에 뒀다고 알려줬을 테니까."

그녀는 그렇게 생각을 하며 속으로 이미 돈벼락을 맞는 환상에 젖었다.

"저어…. 당숙님!"

그녀가 당숙뻘 된다는 노인을 조심스럽게 불렀다.

"무슨 일이냐?"

"저 아이가 자식들인 우리들보다 더 엄마 영정을 지키느라 고생했잖아요. 아마 배가 무척 고프고 힘들 거예요. 제가 데리고 나가 뭐 좀 먹이고 올게요."

"오! 어떻게 그런 기특한 생각을? 얼른 다녀와라!"

당숙뻘 되는 노인은 명이라는 할머니 딸이 이 순간만큼은 대견해 보였다.

그녀는 얼른 우리 마귀할멈을 데리고 밖으로 나갔다. 나 역시 녀석의 안전을 생각해서 뒤따라갔다.

"가자! 이쪽으로 가면 불고기 맛있게 하는 집이 있어. 오늘은 아줌마가 사 줄게 많이 먹어라!"

그녀는 나와 녀석을 자기 승용차에 태우고 장례식장을 벗어났다. 가까운 곳에도 음식점이 많은데 굳이 먼 곳으로 가는 이유는 혹시나 모를 오빠들 때문일 것이다.

따라와서 비밀 이야기를 들으면 안 되니깐.

하지만 세상사 모든 것이 다 자기 생각대로 될까.

그녀가 나와 마귀할멈 녀석을 데리고 불고기집에 간 사이 대규의 가벼운 입이 사고를 치고 있었다.

"아까 나간 지현이가 할머니 돌아가시기 전에 유언을 들었다던데 무슨 이야긴지 생각이 안 난다고 하더라고요."

곡수리 이장이 아무도 할머니 임종을 지켜본 사람이 없다는 말에 톡 튀어나와 떠든 말이다.

그 말을 들은 큰아들 입가엔 행복한 미소가 번지기 시작했다.

아무것도 모르는 둘째 아들 표정은 묘한 반응을 보이기 시작했다.

열심히 핸드폰을 만지작거리는 것이 무슨 검색을 하는 모양인데 표정이 수시로 바뀌고 있었다. 점점 즐겁고 행복한 표정으로.

아무것도 모르는 명이라 부르는 할머니 딸은 손수 불고기를 떠서 지현이 앞에 놓아 주며 본격적으로 질문을 시작했다.

"새벽에 어머니 돌아가시기 전에 무슨 말을 했다고 했지?"

"네! 했어요."

"무슨 말을 했는데?"

"듣긴 들었는데… 무슨 말인지 하나도 모르겠어요."

"뭐라 하셨는데?"

"음! 거 뭐라더라 수철이 아래 팔찌 그러시던데 그게 무슨 뜻인지."

"뭐? 수철이? 수철이가 누구지? 다른 이야기는 못 듣고?"

그녀 역시 무슨 뜻인지 도통 모르겠다는 표정이다.

"저보고 가지라고."

"뭐? 너보고 그걸 가지래?"

"네! 수철이 밑에 팔찌 너 가지렴, 하고 돌아가셨어요."

"너? 혹시 거짓말 아니야?"

"네! 정말이에요 저도 그게 무슨 뜻인지 하나도 모르겠어요."

"정말 다른 말씀은 없었어?"

"그 전에 하신 말씀이…. 명명명 아니고 그랬든가 아니 명명명 말고 그랬든가 아무튼 그런 말씀이셨어요."

"무슨 말이야? 도통 알 수가 없잖아 차근차근 다시 말해봐? 첨부터."

"그러니까 제가 할머니 방에 들어갔더니 할머니가 숨을 쉬시는 걸 몹시 힘들어 하시기에 할머니를 부르며 몸을 일으키려고 하자 할머니가 차가운 손으로 제 손을 잡으시고 명명명 말고 수철이 밑에… 팔찌 네가 가지렴, 하시더니 축 늘어지셨어요."

나는 마귀할멈 녀석이 하는 말은 도무지 무슨 뜻인지 하나도 모르겠다. 그건 그녀도 마찬가지였다. 그녀는 음식을 먹지도 않고 마귀할멈 녀석이 준 수수께끼를 푸느라 정신이 없는 모습이다. 덕분에 나와 마귀할멈 둘만 불고기를 맛있게 먹었다.

장례식장에 돌아온 마귀할멈은 다시 큰아들 소환을 받고 밖으로 나갔다. 나 역시 녀석의 안전을 핑계로 따라갔다.

"금방 불고기를 먹었다니깐 아이스크림이나 먹자 아저씨가 사줄게."

큰아들은 나와 마귀할멈 녀석을 데리고 장례식장 뒤 골목에 있는 빵집으로 들어갔다. 거기서 아이스크림도 팔았다.

"어머니 임종직전에 네가 어머니께 들은 말이 있지?"

"네! 조금 전에 아줌마에게 다 말해 드렸는데."

"뭐? 명이에게?"

큰아들은 무척 놀라는 표정이다.

"네! 할머니께서 하신 말씀 그대로 전했어요."

"뭐라 하셨어? 얼른 말해봐?"

"명명명 말고 수철이 밑에 팔찌 네가 가지렴, 하고 말씀 하셨어요. 저도 아줌마도 그 뜻이 뭔지 몰라요. 아저씨는 알아요?"

"명 명 명 말고 수철이 밑에 팔찌? 흠! 무슨 말이지…. 도통 모르겠다. 그게 다야?"

"네! 그 말씀을 끝으로 돌아가셨어요."

"흠! 천천히 먹고 오렴."

큰아들 역시 마귀할멈 녀석이 던진 수수께끼 때문에 자리에서 일어나 고개를 갸웃 거리며 나가 버렸다.

"너! 언제 할머니 집은 샀어? 나도 모르게?"

난 녀석과 둘이 남자 먼저 그 이야기부터 꺼냈다.

"히히… 오빠 이름으로 하려다가 여시들 만나서 잘못하면 날릴까봐 내 이름으로 했다. 거기 방이 두 개 이제부터 하나는 오빠 방 하나는 내 방 알았지? 그리고 언제까지 그 조경업자 아저씨 따라 다닐 수는 없잖아. 중고차라도 하나 사서 오빠가 직접 사장 해라. 인터넷에 광고도 하고. 뭐 조경업자 그 아저씨는 그런 것도 모르니 일거리가 별로 없잖아. 요즘은 인터넷이 대세야. 내가 홈페이지 만드는 방법 배워뒀어. 멋지게 만들어서 광고 해줄게. 오빤 일거리 나오면 그 대규 오빠처럼 여시 밝히는 오빠 말고 착실한 오빠들 구해서 사장 노릇해. 그래야 성공하지 알았어?"

녀석! 참 기특한 생각을 했구나. 역시 나의 사랑스런 마귀할멈이다. 난 녀석을 한 참 말없이 바라보았다.

"히히… 내가 대견스러워 미치겠지? 철없는 오빠를 데리고 살려면 나라도 똑똑해야지 어쩌겠어?"

"그래! 참 대견스러워 미치겠다. 어떻게 그런 생각을?"

난 정말 녀석이 어린아이가 맞나 의구심이 들 때가 한두 번이 아니다.

마귀할멈 녀석과 아이스크림을 먹고 장례식장에 돌아왔을 때 돌아가신 할머니 시신이라도 뜯어 먹을 듯 흡혈귀들이 두 눈을 번뜩이기 시작했다. 큰아들 흡혈귀와 명이라는 딸 흡혈귀도 모자라 둘째아들 흡혈귀에 며느리들과 사위 흡혈귀까지….

덩달아 무슨 보물찾기라도 되는 줄 알았나. 사돈에 팔촌까지 침을 질질 흘리고 마귀할멈에게 서로 접근하려고 야단들이었다.

덕분에 그날 밤은 술판도 도박판도 없었다.

모두의 관심은 오로지 단 하나의 수수께끼를 푸는 데 온정신을 집중하기 시작했다.

- 명 명 명 말고 수철이 밑에 팔찌 -

심지어 대규도 조경업자도 그 단어를 풀기위해 온정신을 다 집중하는 눈치였다. 당연히 조문객들은 나와 마귀할멈이 땀을 뻘뻘 흘리며 맞이해야 했다.

"찾았다!"

밤 12시가 막 넘어가는 시간에 둘째아들이 환호성을 질렀다.

사람들 이목이 둘째아들에게로 집중됐다.

"어머님이 갖고 계시던 팔찌가 조선시대 명성황후께서 차시던 팔찌로 밝혀졌어요. 어머님이 명성황후 후손이시잖아요."

"저놈의 입!"

둘째의 떠벌림에 큰아들이 발끈했다.

"와! 그럼 그 팔찌가 얼마짜리야? 몇 억짜리 아닐까?"

사람들이 수군수군 거렸다.

흡혈귀들의 눈에 불꽃이 튄다.

할머니의 굳은 피를 다 빨고 시신을 갈기갈기 찢어서라도 그 팔찌를 소유할 욕심들이다.

내 눈엔 할머니의 자식들 모두 흡혈귀로 보였다.

"명명명… 말고 수철이 밑에 팔찌…."

이미 그들 마음속엔 할머니 죽음은 잊은 지 오래다. 오로지 그 수수께끼를 풀려는 마음뿐이다. 연신 입가엔 그 단어를 되뇌며 왔다 갔다 했다. 먹잇감을 찾는 흡혈귀처럼.

"장지는 어디로 할 건가요?"

당숙뻘 되는 노인에게 대평리 이장이 물었다.

"명이 아범 묘지 옆이 양지바르고 좋네."

"아 네! 그럼 비석은 쓰지 않아도 되겠네요?"

"그럼! 명이 아범 비석이면 됐지. 명이 아범 비석이 높지는 않아도 넓어서 명이 어머니 묘비로 같이 사용해도 좋을 거야. 나중에 새로 하나 다시 만들어 세우든지."

'?'

열심히 조문객을 맞이하던 난 대평리 이장과 당숙뻘 된다는 노인의 대화를 듣고 뭔가 번뜩 떠오르는 것이 있었다. 그 수수께끼의 비밀을 풀 것 같았다.

"히히…. 오빠가 젤 먼저 그 수수께끼를 풀었구나?"

녀석이 배시시 웃으며 옆으로 다가와 작은 소리로 물었다.

이런! 마귀할멈 같은 녀석! 내 표정만 보고 벌써 눈치를 챘다니 무섭다 무서워.

"뭔데?"

녀석이 옆구리를 손가락으로 쿡 찌르며 작은 소리로 묻는다.

"비석."

"뭐? 비석?"

"할머니 자식들 이름이 명수 명철 명이 그래. 명명명 명자를 빼면 수철이가 되지. 즉 할아버지 비석 뒤 가족들 이름 중 명자 말고 수철이 밑에 그 팔찌가 묻혔다는 이야기야."

"햐! 오빠 천재다. 그 머리로 꼭 사법고시 합격해라 알았지?"

녀석이 호들갑을 떤다.

너무 작은 소리로 말해서 아무도 들은 사람은 없었다.

"너보고 가지라고 했으니 네가 찾아 가질래?"

"아니! 난 필요 없어."

"엥? 왜? 그거 진짜 비싼 골동품인지도 모르는데?"

"오빠도 그 물건에 욕심이 있어?"

"나라고 다르겠니? 욕심이란 것은 인간들 공통사항이잖아. 조물주가 그렇게 만들어 놨대. 그러니 욕심이 있다고 나쁘다고는 못하지. 다만 할머니가 돌아가셨는데 지켜야 할 도리는 지켜야 한다는 것이지. 그게 인간의 최소한 양심이니깐."

"히히…. 아직 말을 하지 않은 것이 하나 있어."

"뭘?"

"할머니 말씀 말이야."

"뭐라고? 무슨 말씀을 하셨는데?"

"팔찌는 가짜래 반지와 목걸이도 가짜고 시어머니와 할아버지한
테 속았대. 히히…."

"그걸 왜 말 안 해? 그걸 말했으면 다들 저렇게 흡혈귀는 안됐을
것 아냐."

"뭐? 흡혈귀? 적절한 표현이야. 히히… 그 말은 하나 마나야 내
말을 누가 믿겠어."

녀석 말이 맞았다. 그 말을 하나 마나 저들은 그걸 찾으려고 혈
안이 됐을 테니깐 역시 녀석은 마귀할멈이고 애늙은이였다.

"만약에 말이야 할머니가 잘 못 알고 있었다면? 그 팔찌가 진짜
라면?"

"으으… 우리 오빠가 언제부터 저들과 같은 흡혈귀가 됐지?"

"흐흐… 나라고 안 될 이유가 없다니깐."

"오빠! 아빠가 노름꾼이었다고?"

"응! 그랬지."

"할아버지도 노름꾼이었대. 진짜는 노름으로 날리고 가짜를 만
들어 놨대."

"뭐? 할머니가 그렇게 많은 말씀을 하셨다고?"

"얼마 전에 할머니랑 나물을 캐러 갔을 때 그때 말씀하셨어. 가
짜란 이야기도 그때 하셨고 그래도 모양은 예쁘다고 그러셨지."

"아하! 그랬구나."

"이장 아저씨들을 증인으로 불러야 한다는 생각도 할머니 생각

이셨어. 집을 나에게 팔면 자식들이 반발이 심할 것이라 하시면서 그렇게 하신 거야. 할머니도 자식들이 저렇게 나올 줄 이미 알고 계셨어. 해서 내가 생각한 것이 있는데 지금부터 그걸 이용하려고 히히…."

마귀할멈 녀석이 뭔가 재미있는 놀이를 생각한 표정이다.

"저기요!"

녀석이 갑자기 사람들 모인 곳으로 나가며 큰 소리로 말했다.

"뭐냐?"

큰아들이 제일 먼저 반응을 했다.

"수수께끼를 풀었어요. 명명명… 말고 수철이 밑에 팔찌. 그 뜻을 알았어요."

저 녀석 어쩌려고. 난 마귀할멈 녀석의 행동에 무척 당황했다.

"오! 그래? 뭐냐? 그 뜻이?"

흡혈귀들이 호기심을 보이며 우르르 몰려들었다.

"조건이 있어요. 알려주는 대신 여기 할아버지께 할머니 장례식 비용부터 내세요. 100만 원씩 내시면 그 분께만 가르쳐 드릴게요."

녀석이 당숙뻘 된다는 노인을 지목하며 말했다.

으으… 저 녀석 나중에 그 반발을 어떻게 받으려고 저럴까. 가짜라는 것이 밝혀지면 죽이려고 할 텐데… 난 녀석의 입을 막아야 한다고 생각했다. 하지만 이미 늦었다. 막을 수가 없었다.

큰아들부터 둘째, 명이 순서대로 지갑을 열어 돈을 당숙뻘 되는 노인에게 줬다.

"말씀드릴게요. 수수께끼는 우리 오빠가 풀었는데요. 비석 뒤에 가족들 이름이랍니다. 명수 명철 명이. 앞에 글자를 빼면 아래로 수철이. 즉 비석 밑에 팔찌가 묻혔답니다. 헌데 이 말이 중요해요. 며칠 전 할머니께서 저와 나물을 캐러 갔는데 그때 말씀이 팔찌 이야기를 하셨는데 할아버지께서 노름으로 그 진품 팔찌는 날리시고 가짜를 만들어 놨다 하시더라고요. 그래도 모양은 예쁘다 하셨어요."

녀석 말이 끝나기 무섭게. 흡혈귀들은 우르르 밖으로 뛰쳐나가 각자 차를 몰고 할아버지 산소를 향해 경주를 하기 시작했다.

"그게 사실이냐? 할머니 팔찌를 할아버지가 노름으로 날렸다는 이야기가?"

당숙뻘 된다는 노인이 녀석에게 물었다.

"네! 사실이에요. 모양은 예쁘니 저보고 갖고 싶으면 가지라고 했어요."

"그랬구나. 그런데? 어떻게. 할머니 장례식 비용 생각을 다 했니? 어린 것이?"

"아까 할아버지랑 이장님들께서 장례식 비용 걱정을 하시는 걸 들었어요."

"허! 기특한 아이구나. 네 덕에 장례식 비용은 걱정을 덜었구나."

노인은 녀석 머리를 쓰다듬으며 흐뭇해했다. 동네 사람들도 녀석을 기특하다고 한마디씩 했다.

녀석은 내 걱정도 한방에 날려 버렸다. 그 팔찌가 가짜란 이야기를 분명히 했으니 가짜로 밝혀져도 녀석에게 해를 입히려는 생각은 안 할 것이다.

흡혈귀들을 한 방에 날려버린 마귀할멈. 녀석은 정말 마귀할멈이 맞다. 녀석 덕에 흡혈귀들은 가짜 팔찌를 찾아 부푼 꿈속에 성실히 장례를 치렀고 조문객들은 흡혈귀 본 모습을 못 봤으니 흠이 될 수 없었다. 아쉬움이 하나 있다면 녀석이 좀 성급하게 밝히는 바람에 더 얻어먹을 수 있는 불고기와 아이스크림을 한번으로 끝냈다는 것이다.

오호라 인간사 뉘라서 피할까
죽은 어미 애통함은 잊었는가
피를 달라 고기를 달라 매달리니
악마가 무엇일까. 흡혈귀가 무엇일까
자식 놈들이 악마 아니라 할까
이놈들이 흡혈귀가 아니라 할까
시뻘건 눈으로 몰려드는 흡혈귀들
마귀할멈 한 방에 쫓아내니
다시 자식들이 되어 돌아왔구나

장례식은 순조롭게 끝났다.
놈들은 인심 쓰듯 부조금 남은 것을 동네 이장에게 맡기며 할머니 무덤에 비석이라도 하나 세워 달라고 부탁을 하고 하나 둘 떠나갔다.

악마의 냄새

다시 한 달이 지나갔다.

그 한 달 동안. 우리 집은 새롭게 단장을 했다.

집 현관에 간판도 달았다.

정현조경.

방도 한 칸 더 만들었다. 녀석 생각이다. 잠잘 곳 없는 일꾼들을 쓰려면 방이 하나 더 있어야 한다나. 뭐라나. 아무튼 간판 글씨부터 색깔까지 녀석이 다 체크했다.

간판을 달고 그 다음날부터 난 조경업자한테서 해고를 당했다.

"호랑이새끼를 키웠네."

그 조경업자가 날 해고시키며 그렇게 불편한 심기를 드러냈다.

130만 원을 주고 1톤 트럭도 하나 구입했다. 다행히도 내겐 면허증이 있었다. 녀석의 성화에 못 이겨 일이 없는 날 학원을 다니며 두 달 전에 2종 면허증을 획득했다.

"1종은 따지 마."

"왜? 1종이 더 좋잖아?"

"1종을 따면 나중에 궁해지면 택시기사나 다른 기사로 취직을 해야 하잖아. 그건 싫어."

"왜?"

"오빠가 밤에 안 들어오면 싫단 말이야."

그 것이 녀석이 나에게 2종 면허증을 따도록 종용한 이유였다.

녀석은 우리가 쓰던 방을 난 할머니가 쓰던 방을 사용했다.

"벽에 문을 하나 뚫어."

"왜?"

"밤에 혼자 자는 건 무섭단 말이야. 문 열어 놓고 얼굴이라도 보고 자야지."

녀석의 성화에 녀석이 잠자는 방과 내가 잠자는 방 사이 벽에 작은 문을 하나 냈다.

잠자리에 누워서 서로 얼굴을 볼 수 있게 만든 문이었다.

"쳇! 이게 무슨 방을 따로 쓰는 거냐?"

내가 불평을 털어 놓으면 녀석은 한마디도 지지 않는다.

"따로 쓰는 것 맞잖아? 옷 갈아입을 땐 문 닫으면 되지 뭘 그래?"

가끔 녀석이 능글맞아 보인다.

간판은 나의 이름 끝 자와 녀석의 이름 끝 자를 따서 정현조경이라 이름 지었다.

고사리 같은 손으로 녀석이 직접 홈페이지도 만들어 인터넷에 광고를 시작했다. 그 결과 간판을 달고 홈페이지를 오픈한 지 꼭 3일 만에 첫 고객이 문의를 해왔다. 고객이 견적을 요구하는 장소는 강원도 땅이다. 양동에서 강을 따라 하류로 내려간 시골 마을이다. 강가에 휴양시설을 지어놓고 정원을 꾸미려는 것이다.

"첫 손님이니깐 잘해! 사업은 이미지가 중요한 거야. 머리를 써서 예술품으로 만들어. 돈보단 이미지가 중요하니깐."

시어머니 같은 마귀할멈 녀석이 견적을 넣으러 가는 날 아침부터 잔소리가 심했다.

"알았어!"

난 정말 이상하게 변했다. 녀석의 잔소리가 정말 너무 좋았다. 잔소리를 듣지 않으면 뭔가 허전했다. 이상한 병에 걸렸다.

작지만 맑은 물이 흐르는 강을 따라 꼬불꼬불 한참을 내려가니 시골 학교도 있고 제법 큰 마을이 나왔다.

판대.

마을 이름이다. 그 마을에서 조금 더 내려가니 높은 바위들이 병풍처럼 둘러 싼 계곡으로 휴양주택들이 즐비하게 늘어서 있었다.

내가 견적을 넣으러 간 곳은 그중 가운데 정도에 위치한 제법 규모가 큰 건물이었다.

"제주도 가 보셨나?"

주인은 나이가 거의 60은 돼 보였다. 나를 만나자마자 그런 질문을 먼저 했다.

"아뇨. 아직 안 가봤는데요."

"그래요? 그럼 사진을 보여 드리지."

주인은 자신들이 제주도 여행을 갔던 사진을 꺼내 그중 하나를 내게 보여줬다.

"그 사진이 제주에 있는 우리 천주교 성지인데 아치 형식으로 돌을 쌓은 문 보이지요? 우리 정원에 그런 문을 화단으로 통하는 곳에 만들고 싶은데 가능하실까?"

주인이 준 사진을 보니 타원형으로 아치를 만든 돌탑이었다.

"뭐 나무와 꽃이야 생각해서 자리를 찾아 심으면 그만이지만 난 특별한 정원을 만들고 싶네. 가능하면 부탁드림세."

주인이 다시 말했다.

"네! 가능합니다. 한 번 만들어 보겠습니다."

난 자신 있게 대답했다. 아직 한 번도 만들어보지 못한 건축물이지만 해볼 만 하다는 생각이었다.

"그거 이쪽과 이쪽으로 두 개만 만들어 주시고. 아! 크기는 일정하지 않는 게 좋겠소. 그래야 자연스러우니까. 여긴 작은 연못 하나를 만들고. 흔한 물레방아 연출 보다는 돌 사이에서 물이 나오는 방법을 한 번 연구해 보는 것이 어떻소?"

주인이 여기 저기 정원을 돌아다니며 자기 구상을 이야기했다.

"네! 연못은 8자 형식으로 하나는 좀 크고 하나는 좀 작게 만들면 자연스러울 것 같고요. 한 쪽에서 물이 나오는 것보단 가운데서 이렇게 큰 바위를 연출하고 그 틈새에서 물이 떨어지면 자연스러울 것 같네요."

난 나의 생각을 주인에게 전했다.

"오! 젊은 사람이 예술적 재능이 있으시네. 좋아요. 한 번 같이 연구해서 멋진 정원 한 번 꾸며 보도록 합시다. 공사비 지불은 어떤 방식이 좋으실까? 일당으로도 좋고. 아님 얼마 하고 딱 잘라 받으셔도 좋고."

주인은 내가 무척 맘에 드는 모양이다. 난 공사비 계산을 하느라 머리를 굴리고 있었다.

"너무 싸게 해주려고 하다간 실패작이 나와. 너무 비싸게 견적을 넣으면 맡기지도 않을 테고. 그래서 견적이 어려운 거야."

마귀할멈 녀석의 잔소리가 아직도 귓가에 생생한데 정말 어떻게 말을 해야 좋을지 고민이었다.

"이렇게 합시다. 일을 하다보면 자꾸 손 볼 때가 생기고 만들고 싶은 것도 생기고. 만들다 보면 뜯어 고치고 싶을 때도 있고. 그렇다고 맘에 들지 않는데 그냥 지나치기도 그렇고. 허니… 일당제로 합시다. 대신 일당은 후하게 치고. 사장 인건비는 기술자 인건비의 두 배로 받고. 응?"

주인이 내건 조건은 좋은 조건이다. 처음이라 견적을 넣기도 힘든데 절대 손해 볼 염려도 없고. 작품을 만드는데 시간에 길 염려도 없으니… 한 번 멋진 작품을 만들어 보고 싶었다. 해서 그렇게 주인 의견을 받아들이기로 했다.

"대충 얼마나 걸릴 것 같소?"

주인이 공사 기간을 묻는 말이다.

"15일 정도면 가능할 것 같네요."

"그럽시다. 뭐 바쁜 건 없지만. 친구들이 놀러 온다고 성화니… 아마 한글날엔 몰려들 올 겁니다. 그 전에만 마무리 되면 좋겠소만?"

주인은 시간이 넉넉한 것으로 말했지만 사실 한글날은 코앞에

다가와 있었다. 벌써 무덥던 여름은 지나가고 서늘한 바람이 부는 9월 달도 10여 일 남겨두고 있었다. 무엇보다 사람부터 구해야 했다. 조경업자 일이 없을 땐 대규가 도와준다고 하지만 그렇지 않으면 인력공사에 의존 할 수밖에 없는 형편이었다.

아카시아 꽃피던 5월 말경 마귀할멈을 만났으니 벌써 마귀할멈과 내가 이곳에 정착한 지 4개월이 되었다.

첫 공사를 맡은 기쁨으로 즐겁게 집으로 돌아오니 마귀할멈 녀석도 기쁜 소식을 들고 왔다.

"왜?"

녀석이 생글생글 웃고 있어서 내가 물었다.

"오빠가 첫 공사 맡은 것 축하해 주는 의미에서 내가 먼저 번 기말고사 성적을 공개하겠어."

"뭐? 그게 언제 쩍 이야긴데 이제 해."

"사실 나…. 전교 1등 했다. 뭐 그러려고 양평중학교에 들어간 거였지만."

"오! 축하해! 헌데? 그러려고 양평중학교에 들어갔다는 것은 무슨 뜻이야?"

"사실은…."

녀석은 말을 꺼내려다 머뭇거린다.

"뭔데? 빨리 말 안 해? 얼른 해."

난 녀석 옆구리를 꼬집으며 독촉했다.

"사실은 말이야. 그 무서운 새엄마 아들이 올해 양평중학교에 들어갔다고 들어서. 아! 뭐. 그 애 보고 싶어서는 아니고… 매일 자기 아들 자랑을 해서. 공부도 늘 1등을 하고, 생기기도 잘생기고 착하고, 하면서….”

“해서?”

“내가 그 여자 아들보다 공부를 잘한다는 것을 보여주려고…
혹….”

녀석이 갑자기 내 품에 안기며 울기 시작한다. 난 잠시 녀석을 그
냥 포근히 안아 주기만 했다. 뭐라 녀석을 위로해야 하는데 위로할
말이 생각나지 않았다.

“오빠한테 미안해.”

잠시 울던 녀석은 얼른 눈물을 손으로 대충 닦으며 나에게 미안
하단다.

“뭐가? 네가 뭐가 미안해?”

“오빠한테 미리 이야기 못해서… 그리고 어쩌면… 어쩌면….”

“뭔데?”

“내가 자기 아들을 이겨서… 내 위치가 그 여자한테 발각될지도
몰라.”

“그게 뭐 어때?”

“어쩌면 날 다른 곳으로 쫓으려고 하지 않을까? 아님 찾아와서
못살게 하지 않을까? 아무튼 어떤 방법이든 다 동원해서 내가 자
기 아들과 같이 학교에 다니는 것을 막을 거야.”

“음! 그럼. 학교를 옮기자? 그럼 너도 덜 힘들고 네 새엄마도 널
괴롭히지 않을 테니까.”

“아니야. 이미 늦었어. 여길 뜨기 전엔 안 돼. 이미 학교에 내 거
주지가 기록돼 있는데 찾아오려면 못 찾겠어?”

“그럼! 서울로 갈까?”

"안 돼. 여긴 오빠가 사업을 하기엔 가장 좋은 자리란 말이야. 여기서 돈을 벌어. 서울에 집을 살 수 있는 돈을 모을 때까지 열심히 일이나 하셔. 괜히 내 걱정을 하는 척하며 이사 갈 궁리 하지 말고? 알았지?"

녀석이 다시 표정이 밝아졌다. 나에게 시무룩한 표정 보이기 싫어서 억지로 밝은 표정을 짓는 것이다.

"알았다! 헌데? 그 새엄마 아들 정말 잘생겼어? 네가 반할 정도로? 너! 오빠보다 그 녀석 좋아하는 건 아니겠지?"

난 녀석 마음 풀어주려고 장난을 쳤다.

"잘생기긴… 밥맛이야. 애들도 다 그 녀석 안 좋아해. 그 여자를 닮아서 자기 잘난 척을 많이 하거든. 어떻게 닮아도 눈 코 귀 표정까지 똑같아. 재수 없게."

녀석은 새엄마에게 한이 많았다. 얼마나 못되게 굴었으면 이렇게 착한 녀석 마음에 깊은 상처를 남겼을까. 내가 직접 그 여자를 한 번 보고 싶어졌다. 도대체 어떻게 생긴 여자일까 하는 생각에서.

"그럼? 그 녀석이 2등 했니?"

"히히… 잘난 척 하다가 큰 코 다쳤지. 나 말고 여자들 2명한테 더 떨어졌어. 녀석은 4등. 자기 반에서도 2등이야."

"3반까지 있다며?"

"응! 난 1반. 지영인 3반. 영혜는 2반 그 녀석도 2반. 영혜가 2등 했는데 나보다 종합점수에서 26점 뒤지고. 그 녀석은 영혜보다도 14점 모자라. 히히…"

녀석은 생각만 해도 흐뭇한 모양이다. 이럴 땐 영락없는 어린애다. 애늙은이도 마귀할멈도 이럴 땐 녀석과 관계가 없는 듯 보인다.

"아무튼 축하해! 장한 내 동생 1등을 축하한다!"

난 두 팔을 벌렸다.

"히… 알았어!"

녀석은 내 뜻을 알고 얼른 달려와 내 품에 안겼다. 녀석이 두 팔로 내 허리를 힘껏 안는다. 제법 녀석 힘이 강해졌다.

"오빠도 축하해! 사업 잘 될 거야. 우리 얼른 돈 많이 벌어서 서울로 진출하자? 땅을 사서 집을 짓거나. 집을 살 수 있을 때가진 절대 안 돼 알았지? 여기서 꼭 돈 벌어서?"

"알았어! 오빠가 약속할게. 너도 꼭 대학까지 보내주고."

난 정말 그렇게 하리라 마음속으로 다짐했다.

"고마워! 난 오빠가 없으면 이젠 못 살아. 오빠도 그렇지?"

"그걸 말이라고? 나도 이젠 너 없으면 못 살아. 그러니 우리 이 젠… 계속 같이 살자."

"계속? 그 말 정말이지?"

"그럼! 그럼! 정말이지."

"지금 그 말 잊지 마. 그리고 꼭 지켜."

"암! 꼭 지킬게."

나와 녀석은 서로 꼭 안고 서서 한참을 떨어질 줄 몰랐다.

몸이 아프다고 서울로 갔던 민혁이 내가 사람이 필요하다고 전화를 하자 얼른 내려왔다.

"이야! 민혁 오빠!"

마귀할멈 녀석이 학교에서 돌아오자마자 민혁을 발견하고 쪼르르 뛰어가 민혁이 품에 안긴다. 민혁과 난 내일부터 작업에 들어갈 재료를 구입해서 차에 실어 놓고 있었다. 당연히 나도 옆에 있었는데 녀석이 민혁이만 반갑다고 달려가 안기는 모습에 난 무척 서운한 생각이 들었다.

"오빠! 왜 이렇게 오랜만에 온 거야? 놀러 오고 그러지. 지현이 보고 싶지 않았어? 난 오빠 보고 싶었다."

녀석이 민혁을 안고 애교를 부린다.

"그랬어? 몰랐네. 지현이 날 보고 싶어 하는 줄."

"치! 이번엔 오래 있을 거지?"

"그래! 오래 있으마."

"금방 올라가기만 해봐."

"알았어! 오래 있을게."

"자! 약속!"

녀석이 새끼손가락을 민혁에게 내민다. 민혁이 녀석 새끼손가락에 자신의 새끼손가락을 걸고 약속을 하고 있었다.

녀석이 힐끗 나를 보며 눈을 찡끗 거린다. 젠장! 저러니 마귀할멈이지. 민혁이 저 녀석한테 꼼짝없이 잡혔잖아. 내가 사람이 없다는 걸 알고 녀석이 수작을 부린 거야. 민혁이 넘어간 것이고···. 난 녀석이 왜 민혁에게 쪼르르 달려가 안기며 아양을 떨었는지 이제야 알았다. 모두가 내 사업을 돕겠다는 녀석의 깊은 속내였다.

"내일부터 일할 준비는 다 됐어?"

녀석이 민혁이 품에서 벗어나며 나에게 물었다.

"그래! 다 준비했어."

"이건 뭐야?"

녀석이 화물차 적재함에 있는 에폭시 본드를 가리키며 물었다.

"그건 에폭시 본드라는 것인데 돌을 붙이는 본드야. 아치형 돌탑을 만드는데 시멘트를 넣으면 나중에 오래되고 비를 맞으면 시멘트 물이 흘러서 꼭 백화현상처럼 보기 싫단 말이야. 그래서 본드로 시공하려고."

"해본 거야?"

"아니! 이번에 처음 시공해 보려고."

"오! 오빠가 제법 멋있어 보이는데? 맞아. 사업을 하려면 남이 안하던 방식을 접목시키는 것도 중요한 수단이고 포인트야. 제법인데."

녀석이 내 옆구리를 주먹으로 툭 치며 말하는 꼴이 이건 애들인지 어른인지 구분이 안가는 모습이다. 역시 마귀할멈이 맞다.

"하하…."

녀석 모습이 재미있었는지. 민혁이 웃음을 터뜨렸다.

"남이 안하던 방식은 창조적이라 좋은데 문제는 안전성이야. 공사는 항상 안전이 최우선이라고. 이 본드로 붙이면 안전하기는 한 거야?"

"하하하…."

녀석의 한 술 더 뜨는 참견에 민혁은 웃음을 참지 못했다.

"암! 안전하지 돌이 깨지면 깨졌지 떨어지지는 않아. 아주 단단하게 접착되거든."

난 민혁이 웃든 말든 녀석에게 설명을 했다. 늘 있는 녀석의 참견이고. 난 그런 녀석이 좋았으니깐. 그런 녀석의 참견에 자세히 설명을 해주는 재미로 산다고나 할까. 난 그렇게 이상한 병에 걸렸다.

"흠! 좋은 재료야! 좋은 재료를 쓸 때는 작업도 좋아야해. 접착되는 부분을 매끈하게 해야 하는데 어떻게 할 거야?"

"…"

민혁이 웃음을 그치고 호기심 있게 내 얼굴을 바라본다. 둘 이야기가 신기한 모양이다.

"그라인더로 자르면 자연미가 없어서 해머드릴로 다듬어서 붙이려고."

"그러면 면이 일정하지 않을 수도 있어. 내가 보기엔 가장자리는 오빠 생각대로 자연미를 살리기 위해 해머드릴로 다듬더라도 가운데 접착부분은 그라인더로 일정한 면을 만드는 것이 좋다고 보는데? 그래야 본드로 붙여도 접착이 단단하게 될 것 아냐?"

"와! 지현이 너! 언제부터 그렇게 기술자가 된 거야?"

녀석의 참견을 듣고 있던 민혁이 놀라워했다.

"히… 오빠가 하는 일인데 내가 관심을 가져야지. 우리 오빠가 매일 일하고 들어오면 그건 이랬으면 좋았을 걸, 저랬으면 좋았을 걸 하면서 수다를 떨거든. 그래서 주워들었지. 히히…"

"그랬냐?"

녀석의 말을 듣고 민혁이 나에게 묻는다. 난 고개를 끄떡거렸다.

"그렇다 해도 지현이 넌 천재다. 네가 예술적인 재능이 우리보다 뛰어나."

민혁이 그냥 녀석을 치켜세우느라고 한 말인지 정말 민혁이 보기엔 녀석이 그런 재능이 있는지 모르지만 난 그런 것에 관심을 갖지 않고 무심코 흘려보냈다.

"오빤 이제부터 우리 집에서 잘 거야?"

녀석이 새로 만든 방을 힐끗 보며 묻는다.

"그래! 왜? 불편하냐?"

"아니! 불편하지 않으니깐 오래 있어?"

"알았다!"

"오빠! 난 저녁 준비할게."

녀석이 날 보고 눈을 찡끗 하며 부엌으로 들어갔다.

"허! 너보다 저 녀석이 더 어른 같아! 저거 애가 맞아?"

민혁이 내 옆으로 슬그머니 다가와 작은 소리로 묻는다. 혹시나 부엌으로 들어간 녀석이 듣지 않을까 염려가 되는 모양이다.

"그래서 저 녀석 별명이 애늙은이고 마귀할멈이잖아."

"뭐? 마귀할멈? 하하…."

민혁이 재미있다는 듯 웃는다.

다음날. 아침 일찍 녀석이 잠에서 깨기도 전에 서둘러 민혁과 나는 첫 고객의 정원을 꾸며주기 위해 일터로 향했다.

아직은 낮의 기온이 몹시 따갑기 때문에. 새벽에 일을 하는 것이 능률적이라고 녀석이 슬쩍 내게 일러줬다. 녀석은 참 모르는 게 없다.

나이도 어린 녀석이 어디서 들은 것은 많아서. 귀엽게도 옳은 말만 골라서 한다.

먼동이 트는 이른 아침이라 오가는 차량도 없는 시골 도로를 난 시원하게 달리고 있었다.

윙, 윙.

산골 작은 집 마당엔 일찍부터 말린 벼를 탈곡하는 소리가 요란하게 들렸다. 아직도 옛날 발로 밟아서 탈곡을 하는 탈곡기는 농사를 전문으로 하는 집이 아닌 서울에서 전원생활을 위해 내려와 집에서 먹을 것만 심어 탈곡을 하는 사람들이 주로 이용한다. 기계를 부르면 바쁘다는 핑계로 잘 오지 않고, 삯도 많이 줘야 하므로 옛날 탈곡기를 사서 발로 밟아 탈곡을 하는 재미도 쏠쏠하다고 한다.

새벽부터 주인 혼자서 열심히 말린 벼를 탈곡하는 것을 보면 이 집도 전원생활을 위해 내려온 사람들 같았다.

긴 커브 길을 돌아 강가에 도착을 하니 낚시꾼들이 보인다. 견지 낚시라 하던가. 물살이 센 곳을 골라 실타래 같은 것으로 낚시를 하는 사람들이 보였다.

새벽부터 낚시를 하는 사람들이 보이는 것은 오늘이 휴일이란 뜻이다.

일요일.

우리 마귀할멈이 하루 종일 집에서 뭘 하고 놀까. 갑자기 난 녀석이 생각났다.

"일요일인줄 알았으면 녀석을 데려 오는 건데."

내가 혼자 중얼거렸다.

"뭐? 지현이를? 그 애를 왜?"

민혁이 내 중얼거림을 듣고 내게 물었다.

"집에 혼자 있으면 심심할 건데 여기 따라오면 물고기라도 잡으며 놀잖아."

난 녀석이 걱정됐다. 할머니라도 있을 땐 같이 나물이라도 뜯으러 다녔는데 할머니 돌아가신 후로는 녀석이 일요일이면 부쩍 외로워한다.

"그래서 어제 지현이가 나보고 족대를 사다 달라고 했나!"

"뭐? 민혁이 너보고 족대를?"

"그렇다니깐. 차에 실어놓고 아직 못 줬는데…"

민혁이 거기까지 말을 했을 때다.

"으… 시끄러워! 누가 내 말을 하지?"

우리가 앉은 의자 뒤에서 녀석 소리가 들렸다.

"엉! 너 거기 있었어?"

"히히… 새벽에 여기 들어와서 잤지. 오빠랑 같이 가려고. 쳇! 난 오빠가 근처에만 있어도 냄새를 맡는데 오빤 날 등 뒤에 두고도 모른다니… 으으…"

녀석이 투덜거리며 일어나 앉았다.

"너도 자동차 기름 냄새와 매연 연기를 맡아 봐라! 다른 냄새가 맡아지는지."

"그걸 변명이라 해? 저래가지고 무슨 사업을 한다고. 사업하는 사람은 변명도 그럴싸하게 할 줄 알아야 하는데 오빤 한참 배워야겠어."

"알았다! 알았어! 운전 중엔 말시키면 안 된다며? 자기가 그렇게 말해놓고. 쳇!"

"아! 그랬지. 히히… 어린애가 가끔 실수를 할 때도 있는 거야. 어른이 돼서 그것도 이해 못하냐? 오빠가 돼 가지고 동생이 실수 한번 했다고. 쳇!"

"하하…. 기정이 네가 졌다. 하하…"

녀석의 능청에 민혁이 웃음을 참지 못하고 말았다.

여름 휴가철이 지난 지 오래 됐는데 일요일이면 강가에 텐트가 늘어서고 낚시와 피서를 즐기는 사람들이 아직은 많이 있다.

"안녕하십니까?"

현장에 도착을 한 나는 주인에게 인사를 하며 차에서 재료들을 내렸다.

"뭣부터 시작하시려오?"

주인이 커피를 두 잔 타가지고 나와서 나하고 민혁에게 주며 물었다.

"여기도 있는데요."

녀석이 주인에게 하는 말이다. 손가락으로 자신의 입을 가리키며….

"허! 꼬마 일꾼이 있는 줄 몰랐네. 잠시 기다리려. 따끈한 음료수라도 가져올게."

주인이 입가에 미소를 띠며 다시 집안으로 들어갔다.

주인은 금방 데운 우유를 한잔 들고 나와서 녀석에게 줬다.

"아이고 미안! 꼬마 손님이 너무 작아서 보이질 않았다오."

주인도 넉살 좋게 농담을 했다.

"대신 제가 오늘 물고기 잡아서 나눠드릴게요."

녀석이 차에서 족대를 내려 들고 흔들어 보이며 말했다.

"오! 기대 되는데 고마워요."

주인은 미소를 지으며 녀석에게 눈을 찡끗 했다.

"우유 잘 마셨어요. 이따 점심도 줄 거죠?"

"암! 당연할 걸 물으시나?"

"혜… 그럼 전 물고기 잡으러. 슝…."

녀석이 주인에게 인사를 꾸뻑 하고는 물가로 달려 나갔다.

"저런! 아직 추울 텐데…. 해라도 뜨면 물에 들어가지."

주인이 녀석 등 뒤에 대고 안쓰러운 듯 중얼거린다.

"쟨 철인이에요."

민혁이 걱정 말라는 투로 말했다.

"오늘은 우선 아치형 돌탑을 만들 받침부터 제작해서 세우려고요. 내일부터 좀 시끄러울 겁니다. 그라인더와 해머드릴을 써야 하니까요."

내가 아까 주인이 질문한 대답을 이제 했다.

"괜찮아요. 내일은 나도 볼일이 있어서 서울 갔다가 3일 후에나 옵니다. 집도 부탁합니다. 여긴 도둑이 없는 마을이라 누가 뭐 훔쳐가진 않지만 가끔 불량 청소년들이 집에 들어와서 술과 담배를 하고 쓰레기를 버려서 그게 좀…."

주인은 그런 일을 한 번쯤 당해본 모양이다.

"네! 문단속 잘하고 퇴근할게요."

난 대답을 하고 작업을 시작했다. 우선 합판을 돌탑 넓이가 되는 60cm로 잘라 둥글게 휘어 아래 철로 단단히 받쳤다. 그래야 그 위에 돌이 올라가 본드가 굳을 때까지 버텨주기 때문이다. 또한 아래 양쪽에 기초를 50cm 깊이로 파고 콘크리트를 넣고 철근을 몇 개 세웠다. 기초가 튼튼해야 돌탑이 오래 견디기 때문이다. 하나는 아치형 돌탑 문 넓이를 4m로 하나는 3m로 해서 크기가 다르게 만들기로 했다. 하나는 들어가는 문 역할을 하나는 나가는 문 역할을 하는 위치에 세우기로 했다. 건물 오른쪽에 천연적인 큰 바위가 있으므로 그 아래 연못을 만들기로 했다. 아치형 돌탑에서 작은 도랑을 만들어 그 속으로 물이 흐르게 할 생각이다. 도랑은 소나무를 반 바퀴 돌아 연못으로 들어가도록 만들 계획이다. 내 의견에 민혁도 만족하는 표정이다. 주인은 나보고 알아서 잘 설계를 하라고 했는데 그게 더 부담이 된다. 잘못해서 주인 맘에 들지 않으면 그야말로 큰일이다. 난 종이 위에 대충 펜으로 설계도를 그렸다. 주인에게 보여주고 만족 여부를 물어보려는 생각인데 그 마귀할멈 녀석이 나타났다. 목마르다고 물이 필요하다는 것이 녀석이 물가에서 일터로 온 이유였다.

"이게 무슨 설계도야? 마치 지렁이 기어가는 것 같잖아. 보면 뭐가 뭔지 알겠어? 이리 줘봐!"

녀석이 내 손에 든 종이를 빼앗아 한쪽 돌 위에 앉아 한참을 뭘 하고 있었는데 녀석이 그런 재주가 있었는지 정말 몰랐다.

"봐! 이 정도는 돼야지."

녀석이 가지고 온 설계도를 본 나는 무척 놀랐다. 그림을 예쁘게 잘 그렸기 때문이다. 돌탑모양도 연못도. 나무 하나 하나를 정성들여 그렸다.

"허! 그렇게 조경을 할 생각이신가?"

내가 녀석 솜씨에 놀라 잠시 멍하니 서 있는 사이 주인이 그 그림을 본 모양이다.

"아! 네! 맘에 드십니까?"

"흠! 설계는 맘에 드네. 아주 맘에 들어. 그림 솜씨도 일품이구면."

주인은 그 그림을 내가 그린 것으로 착각을 했다. 난 녀석이 그린 것이라 막 설명을 하려는데 녀석이 손가락으로 입을 가리는 시능을 하며 쏜살같이 냇가로 달아났다.

그 모든 것을 민혁이 다 지켜봤다. 민혁이 역시 나에게 손가락으로 입을 가리는 것이 아닌가.

결국 녀석 덕에 난 주인에게 칭찬을 받는 꼴이 됐다.

마귀할멈 녀석. 어딜 가나, 뭘 하나 역시 마귀할멈이 틀림없었다. 남들은 물고기를 잡으려고 해도 잘 잡지 못하는데 점심을 먹으러 온 녀석 손엔 공사장에서 쓰는 한말짜리 물통이 들려있었는데 반통은 잡아왔다. 큰 물고기들은 없는 강이라 피라미와 송사리 같은 작은 물고기가 반말은 됐던 것이다.

"으아! 이 꼬마 일꾼이 날 놀라게 하는구먼."

주인이 무척 놀라워했다.

"이건 아저씨 드세요. 전 오후에 잡아 가지고 가면 돼요."

녀석은 냉큼 물고기를 주인에게 줬다.

"아이고. 고마워라! 이거 내일 서울 가는데 가지고 가서 자랑을 해야 하겠네. 우리 손자들이 좋아할 거야."

"히히… 오후 내내 손질을 해야 하실 거예요."

"괜찮아요. 늙은이가 할 일도 없었는데 잘됐지 뭐요."

주인은 무척 만족하는 눈치다.

아무튼 마귀할멈은 남들과 틀렸다. 오후에 나가서 또 그만큼 잡아왔다. 특히 손질까지 깨끗이 해서 가지고 왔다. 집으로 돌아오는 길에 녀석은 곡수리 이장과 대평리 이장에게 골고루 나눠주고 집엔 한번 먹을 정도만 가지고 왔다.

"오빠가 매운탕 좋아 하니까 오늘은 매운탕 끓여 먹자!"

그러던 녀석이 오늘은 무척 피곤했던 모양이다. 방으로 들어간 녀석이 조용해서 들여다보니 잠이 깊이 들었다. 하는 수 없이 난 솜씨를 발휘해서 매운탕을 끓이고 밥을 했다.

할머니가 심어 놓은 호박 넝쿨에 요즘 애호박이 많이 열렸다. 난 물고기와 감자를 넣고 끓인 물에 호박잎과 애호박을 넣고 고추장을 풀었다. 된장도 조금 넣었다.

"막걸리 한 잔 정도는 괜찮지?"

민혁이 막걸리를 한 병 사가지고 왔다. 술을 잘 안 먹는 민혁이지만 막걸리는 간혹 한 잔씩 한다.

"잘 됐네! 나도 한잔 하지 뭐."

"너도? 그러다 지현이 알면 혼나려고?"

"세상모르고 잠들었어. 내일 아침에나 일어날 거야. 오늘 무척 피곤했나봐."

"어린 녀석이 얼마나 재미있었으면 하루 종일 고기를 잡나! 아무튼 대단해."

"아마 녀석이 휴양주택 주인에게 점수를 따려고 무척 애를 쓴 모양이야. 우리 잘 봐달라고 그런 거지. 기특한 녀석이야 나이도 어린데"

"기정이 너! 동생 하나는 잘 됐다. 부러워."

"녀석이 추울 텐데 오늘은 보일러나 빵빵하게 돌려야지."

난 얼른 보일러 스위치를 누르고 온도를 높였다.

그날 밤 녀석이 밤새 한 번도 일어나는 것을 못 봤다. 무척 피곤해서 그렇거니 생각 했는데 아침에 일어나 일터로 가며 녀석이 자는 방을 들여다보니 녀석이 몹시 아픈 모습이었다. 깜작 놀란 나는 방으로 들어가 녀석 이마에 손을 대 보았지만 열은 없었다.

"오빠! 난 괜찮아! 어서 일어나 가!"

녀석이 내 인기척에 잠에서 깨어 일어나며 밝게 미소를 지어줬다.

"정말 괜찮은 거야? 아픈 것 같은데?"

"응! 괜찮아! 이따 저녁에 봐!"

내가 걱정스런 표정으로 녀석을 보자 녀석 얼른 자리를 털고 일어나며 건강한 척 하는데 왠지 어색하다. 어딘가 몹시 아픈 모습인데….

"오빠는 일 갔다 올게. 학교 잘 다녀와!"

난 걱정이 됐지만 항상 건강하던 녀석을 믿기에 민혁과 일터로 갔다.

어제는 맑고 깨끗한 날씨였는데 오늘은 하얀 덩어리 안개가 강을 타고 물처럼 흐르고 있었다. 강이 보이는 고갯길 정상에 올라서니 마치 어제 매운탕과 같이 마시던 막걸리 생각이 났다. 계곡을 타고 흐르는 안개가 마치 막걸리를 잔에다 따르는 그림처럼 보였던 것이다.

휴양주택 정원 조경공사를 할 장소까지 가는 동안 차량 속도를 거의 내지 못하고 기어서 갔다. 불과 몇 미터 앞에서 불쑥 불쑥 나타나는 경운기와 농기계들은 운전을 하는데 너무도 위협적인 존재였다.

운동을 한답시고 안개 속을 걸어 다니는 노인들은 더욱 위험했다. 어떤 때는 바로 코앞에서 확인이 되는 아찔한 순간이 많았다.

노인들은 특히 차량이 스스로 비켜갈 것이라 믿는데 그 생각이 더욱 위험했다. 운전자들이 어디 항상 앞만 보고 운전을 할까. 그들도 사람인데 담배를 피우는 사람은 담배를 피우기 위해 고개를 숙이기도 하고, 다른 곳을 보기도 하며. 특히 이렇게 경치가 좋은 곳을 지날 때는 구경을 하느라 고개를 옆으로 돌릴 때가 많다. 운동을 하더라도 차량 소리가 들리면 반드시 차량이 지나가는 것을 확인하고 비키는 습관이 서로의 안전을 위해 반드시 필요하다.

더욱 안개가 자욱한 도로 위를 걷거나 뛸 때는 운전자가 사람을 잘 발견할 수 있게 안전띠라도 착용하고 다니는 것이 좋다.

난 운전을 하면서 그 잠깐 동안 많은 위험 요소를 발견하고 스스로 놀랐다. 교통사고가 많은 이유를 알게 된 것이다.

현장에 도착을 하니 주인이 첫 기차를 타러 금방 떠난 모양이다. 우리가 오면 마시라고 따뜻한 커피를 두 잔 타서 끓는 물에 컵을 담가 놓고 갔다. 커피가 식지 말게 하려는 주인의 세심한 배려에 난 감사했다. 기차역이 가깝다보니 주인은 자동차를 타고 다니지 않았다. 아마 걸어서 갔을 것이다. 이곳 판교역엔 서울 가는 아침 첫 기차가 5시 40분에 있다. 우리가 도착한 시각이 5시 50분. 주인은 이미 20분 전에 집을 떠나며 커피를 타 놓은 것인데 아직도 뜨겁다. 일을 시키려면 사장도 일꾼들에게 이와 같이 해야 되지 않을까. 난 새삼 좋은 교훈을 하나 얻었다.

한 잔의 커피.

그 효과는 뛰어났다.

그 정성만큼이나 일을 하는 내 마음은 더욱 정성을 다했다. 기분도 좋았다. 커피 한 잔을 남기고 간 그분의 마음이 고마워 더욱 정성을 다했고, 감사하는 마음으로 일했다.

서늘한 아침 차가움 녹여 줄
따뜻함을 담아 놓은 한 잔의 커피
나 없는 빈자리에 올 손님을 위해
향기 가득 마음을 담은 커피 한 잔

정성이 커서 하루 종일 배부르고
그 효능에 하는 일이 힘들지 않다
피곤함을 잊고 작업에 열중하니
최고의 작품이 아니나올 리 만무하다

그날.
나는 아치형 돌탑을 만족할 만한 작품으로 만드는 데 성공했다.
민혁은 연못을 멋있게 만들었다.
하루의 작업으로 모자라기 때문에 아직은 미완성이지만 아주 흡족한 작업이었다. 모두 그 주인이 남기고 간 따뜻한 커피 한 잔의 위대한 힘이었다.
작업을 마치고 집으로 놀아오니. 마귀할멈 녀석은 또다시 방에 누워 꼼짝을 안 한다.
이상해서 들어가 보니 녀석이 많이 아픈 표정이다.
"오빠랑 병원에 갔다 오자."
난 녀석을 차에 태우고 양평 병원으로 향했다.
"막 머리가 아프고. 온몸이 쑤시고 그래."
한 번도 아프다는 이야기를 하지 않던 녀석이 정말 많이 아픈 모양이다.

"얼른 다녀와라! 밥은 내가 해 놓을게."

민혁이 걱정스런 표정으로 병원으로 향하는 나에게 말했다.

병원으로 향하는 내 자동차는 속도를 내고 있었다. 하루 종일 사라질 생각도 안 하는 안개 덩어리는 한강 그 넓은 강줄기를 따라 천천히 흐르며 다행히도 도로까지 올라오진 않았다.

"오빠! 천천히 가도 돼! 바쁘다고 급하게 차를 몰면 위험한 거야."

녀석의 버릇이 어딜 갈까. 아프다는 녀석이 또 잔소리를 해댄다.

"응! 그래! 천천히 갈게."

난 녀석의 잔소리를 듣고 차량 속도를 늦췄다. 마음은 급한데 녀석의 말을 도무지 거역할 수가 없었다. 정말 이상한 병에 걸렸다.

"으으…"

녀석 입에서 고통스런 신음이 흘러 나왔다.

"많이 아파? 어디가?"

난 몹시 당황해서 급히 물었다.

"몰라! 어서 가기나 해."

갑자기 녀석이 얼굴을 붉힌다. 뭐지? 난 고개를 갸웃 거리며 서둘러 병원으로 갔다.

"아! 축하합니다!"

녀석을 진찰한 의사가 내게 하는 말이다.

"네? 무엇을?"

"동생분이 이제 숙녀가 됐군요. 초경입니다. 생리를 시작했다는 뜻입니다. 생리통이 심해서 그렇지 약을 지어 드릴 테니 가지고 가서 드시면 괜찮을 겁니다."

"아!"

난 드디어 걱정하던 마음이 사라졌다. 무척 다행이었다. 특별히 어디 아픈 것이 아니므로 난 표정이 밝아졌다.

"헤…."

녀석이 쑥스러운 표정으로 미소를 짓는다.

"녀석!"

난 녀석 어깨를 감싸주며 병원을 나섰다.

"잠깐 빵집에 들렀다가 가자!"

"오빠! 빵집은 왜? 빵 먹고 싶어?"

"아니! 너 첫 생리 축하해주려고. 케이크 사야지."

"으으…. 창피하게. 민혁이 오빠한테 다 알리고 싶어? 하지 마! 그럼 죽는다! 알았어? 오늘 일은 오빠와 나만 아는 거야? 절대 비밀. 알지?"

녀석이 정말 창피한 모양이다. 난 그렇지 않은데 녀석은 그래도 여자라고. 웃겨, 정말.

"알았다! 그럼 그렇게 하자."

난 역시 녀석 말을 고분고분 들었다.

"오늘 성과 어땠어? 작품이 될 것 같아?"

녀석이 또 나의 일에 관심을 갖기 시작했다. 아픈 것이 사라진 모양이다. 진통제 한 방에… 마귀할멈을 이기는 것이 진통제가 맞나?

"응! 그래! 사실은 말이야…."

난 주절주절 아침에 커피 이야기부터 모조리 다 했다. 정말 이상한 병에 걸린 게 맞다.

"오호! 오빠가 오늘 제대로 공부했네. 바로 그런 거야! 그게 사장이란. 가장 외롭고 고독한 직업을 향한 첫 걸음이야."

"외롭고 고독한 직업?"

"뭐든 혼자 결정하고 혼자 책임져야 하니까. 누가 사장 편이 있는 줄 알아? 임금 인상해달라고 데모는 해도 사장이 힘들다고 돕자고 모금운동 하는 사람이 있는 줄 알아? 퇴근 시간이 조금이라도 지나면 수당 달라고 하지만 자기가 좀 늦으면 슬그머니 숨기려고나 하지. 하다못해 밥 한 끼라도 사장이 사줘야 한다고 믿거든. 자기들이 사서 사장을 주려는 생각은 절대 없어. 그게 사람이잖아. 그러니 사장이란 직업이 세상에서 가장 외롭고 고독하고 힘든 자리야."

"와! 너 대단하다! 마귀할멈인줄은 알았지만 이 정도일 줄은."

"다 친구들한테 주어들은 것들이야. 헤…그럼에도. 사장은 그런 직원들을 기분 맞춰주고 달래고. 능률적으로 유도를 해야 하잖아. 그러니까 가장 어려운 자리이기도 해."

정말 녀석은 들은 것도 많다. 녀석의 말이 하나도 틀리지 않다. 사장이란 직업 자체가 고독하고 외로우면서도 힘들고 어려운 자리니까. 한 가지 더 보탠다면 돈을 쓸 줄 알아야 하고 아낄 줄도 알아야 한다는 것이다. 또한 남들이 보면 가장 화려해 보이고. 있어 보인다는 자리이기 때문에 먹으려는 자는 있어도 주려는 자는 없다는데 그 어려움이 더하다.

허나… 녀석은 그 것은 알까?

청소년이란 자리도 하고 싶은 것은 많은데 할 수 없는 것이 더 많다는 것을. 아마 녀석은 그 것을 알기에 자기가 하고 싶은 것을 오빠인 나를 대타로 내세우는 것은 아닐까?

"킁킁… 이거 안 되겠어?"

녀석이 차에 올라타서 집으로 돌아오는 길에 조수석에서 내 몸에 냄새를 맡더니 토끼눈을 치뜬다.

"또 뭐지?"

난 녀석이 트집을 잡을 짓을 하나도 안 했기 때문에 오히려 녀석의 행동이 의아했다.

"어제 매운탕 끓여서 먹으며 막걸리를 마셨지?"

"엉?"

"다 알아! 온몸에서 막걸리 냄새가 난다고. 내가 말했지! 오빠 냄새는 모조리 내 코에 저장되어 있다고. 누굴 속이려고?"

"딱 한 잔 했어. 민혁이 사온 것을…."

"또? 남의 탓으로 돌리는 못된 습관! 그게 더 나쁜 거야! 술은 백해무익하대. 몸에 좋은 것이 하나도 없다는 뜻이야. 난 담배냄새와 술 냄새가 제일 싫단 말이야. 으앙…."

녀석이 갑자기 울음을 터뜨렸다.

"아! 알았어! 다신 술 안 마실게. 웅?"

난 얼른 길가에 차를 세우고 안전띠를 풀고 조수석으로 몸을 엎드려 녀석을 안아주며 달래기 시작했다.

"그 여자가 술도 마시고 담배도 피운단 말이야. 난 그래서 싫어."

녀석 기억 속에 있는 그 새엄마란 여자는 바로 악마 차체였다. 그렇기에 내 몸에서 그 여자 추억을 되새기는 것이 싫은 모양이다.

"그 여자가 담배 냄새가 나는 입으로 막 욕하고 때릴 때는 아픈 것보다 그 냄새 때문에 숨을 쉴 수가 없어서 더 힘들었단 말이야.

거기다가 술 냄새까지 합쳐지면 며칠을 난 밥도 못 먹고 숨도 못 쉬고. 씻고 또 씻어도 그 냄새가 지워지지 않았어. 그 냄새 자체가 악마의 냄새야. 오빠도 내게 그런 냄새를 주고 싶어?"

"아니! 미안해! 잘못했어! 다신 술도 안 먹을게."

난 녀석에게 항복을 선언했다. 그때서야 녀석이 배시시 웃는다.

동네 건달 녀석들도. 아버지의 매서운 회초리도 무서워하지 않던 내가 정말 이 녀석에겐 꼼짝을 못한다.

불쌍한 녀석. 어쩌다 그런 못된 새어머니를 만나서 그런 슬픈 추억을 가슴속에 간직하게 됐을까. 악마의 냄새라. 좋은 표현이다. 술 먹고 담배 피우고 그 고약한 악취를 자신은 모를 테지만 녀석 말 대로 그건 악마의 냄새다. 특히 청소년에겐 더욱 그렇다. 건강을 해칠 뿐 아니라 녀석처럼 그 냄새가 코에 저장되면 가장 아픈 추억으로 남을 수 있으니까 가족들에겐 더욱 조심해야 할 문제다.

"그럼! 우리 이제부터 둘이 데이트를 할까? 오빠가 지현이 숙녀가 된 기념으로 옷을 하나 사 줄게. 다니면서 맛있는 것도 사 먹고?"

난 녀석의 기분을 풀어 줄 속셈이었다.

"좋아!"

녀석은 기다렸다는 듯 허락을 했다.

난 차를 안전한 공터에 세우고 양평 시장 통으로 녀석을 데리고 갔다.

"떡볶이 먹을까?"

"내가 애들이야? 숙녀가 무슨 길가에서 떡볶이를?"

녀석이 장난기가 발동한 것을 보니 기분이 풀린 모양이다.

"그럼? 뭐 먹을래?"

"순댓국 한 번 먹어보자! 난 순대와 순댓국은 아직 한 번도 안 먹어봤어."

"그래? 그럼 오늘 우리 동생 순댓국 맛 좀 보게 해줘야지."

난 너스레를 떨며 녀석 손을 잡고 순댓국 집으로 들어갔다.

"어! 지현아!"

누군가 녀석을 알아보고 반가워했다. 같은 또래 여학생이다.

"어! 지영아!"

녀석도 반가워한다.

"여기 순댓국 먹으러 왔어?"

녀석이 지영이에게 물었다.

"아냐! 여기가 우리 엄마 식당이야."

"아! 그래? 여긴 오리 오빠."

녀석이 날 자랑스럽게 소개했다.

"안녕하세요."

지영이가 나에게 인사를 했다.

"어! 반가워!"

난 미소를 지으며 인사를 받았다.

"얘가 내가 말했던 3반 지영이."

녀석이 지영이를 소개했다. 바로 3반에서 1등을 했고 전체에서 2등을 한다는 그 아이였다.

"우린 톱 스쿨이란 클럽의 같은 회원이야."

녀석이 자리에 앉으며 내게 슬그머니 말해줬다.

"엥? 톱 스쿨이 뭔데?"

"혹시 멘사라고 들어 봤어? 라틴어로 둥근 탁자(Round Table),

달(Month), 마음(Mond)이라는 뜻을 가지고 있는 멘사는 지능지수가 상위 2%(IQ 148 이상)인 사람들의 모임이야. 1946년 영국에서 지능지수 상위 0.5%인 사람들의 모임으로 인류의 이익을 위해 인간 지능을 규명하고 발전 지능의 본질과 특징. 유용성을 연구 멤버들의 지적··사회적 기회의 증진의 목적으로 처음 설립됐대. 멘사는 설립 이후 30년 간 1000~2000명의 회원만을 보유한 채 크게 확산되지 못했고 이후 그 기준을 지능지수 상위 2%인 사람들로 확대했고, 1976년 미국의 월간지인 리더스 다이제스트(Reader's Digest)에 퍼즐을 연재하면서 일반인들에게 알려져 회원이 크게 급증했대. 해서 우리도 학급에서 1~2등을 하는 학생들이 모여서 앞으로 학교의 교육향상과 발전, 우리들의 미래를 연구하기 위한 모임이야."

녀석의 말을 듣고 난 큰 충격을 받았다. 멘사에 대해서 자세히 알고 있는 것도 그렇지만 문제는 톱 스쿨이란 모임이다. 물론 그 취지야 좋게 시작했지만 공부를 잘하는 애들과 못하는 애들이 어울려 배워야하는 학교인데 이건 잘못하면 잘하는 애들과 못하는 애들 간에 어떤 장벽이 생길 우려가 있기 때문이다. 그 장벽이란 한 번 생기면 다시는 허물어지기 힘든 깊은 상처로 남기 때문이다.

"그건 누구 생각이지? 처음에 누가 그런 생각을 한 거야?"

"멘사 출신 수학 선생님이."

"뭐? 미쳤군! 머리가 나빠도 한참 나빠. 그게 무슨 멘사 출신이냐?"

"왜 그래, 오빠?"

"몇 명 되는 너희 톱 스쿨 회원을 다른 애들은 어떻게 보겠어? 부러워할까? 아님 시기하고 질투할까? 잘난 체한다고 왕따나 시키지 않으면 다행이지. 도대체 언제부터야? 톱 스쿨이 생긴 것이 언제부터냐고?"

난 무척 흥분해있었다.

"한 10일 됐어."

내가 몹시 화가 난 표정으로 묻자 녀석이 기어들어가는 목소리로 대답하며 울먹거린다.

"혹시 벌써부터 너와 친하게 지내던 애들이 널 멀리 하거나 그렇지는 않아?"

"애들이 좀 달라졌어요. 막 뒤에서 수군수군 거리고 잘 어울리려고 하지도 않아요. 그건 너도 마찬가지지?"

내 물음에 지영이가 대답하며 녀석에게 묻는다. 자기 말이 맞지 않느냐고. 녀석도 고개를 끄덕거린다.

"봐라! 벌써 너희들은 왕따가 되기 시작했어. 오빠가 내일 학교로 갈까? 아님 네가 직접 해결할래?"

난 녀석의 능력을 알기에 녀석에게 기회를 주고 싶었다. 괜히 내가 나서면 녀석의 입지가 선생님들에게 나쁜 인상을 주기 때문에 내가 나서는 것은 녀석에게 좋지 않다.

"너희 오빠 말이 맞아! 우리 그 모임 그만두자. 응?"

지영이가 녀석에게 말했다.

"알았어, 오빠! 내가 내일 애들에게 말해서. 톱 스쿨 해체하자고 할게."

"오빠 생각을 받아들여서 고마워."

난 녀석 등을 손바닥으로 툭 쳤다.

"뭐… 오빠도 내 의견 다 받아주잖아. 당연한 걸. 히히…. 이제 우리 순대나 먹자."

"그래! 난 너와 지영이만 믿을게."

"네! 지현이 오빠 말이 다 맞아요. 그거 잘못된 모임이에요. 우리 둘이 내일 나가서 애들과 의논할게요."

지영이가 녀석 얼굴을 마주보며 그렇게 하자는 표정을 지었다. 녀석도 고개를 끄떡이는 것이 잘 해결될 것 같아 마음이 놓였다.

"여기 순댓국 두 그릇만. 부탁해."

난 얼른 지영이에게 순대 국을 주문했다. 지영이 어머니는 시장 보러 나가시고 지금은 일을 돕는 아주머니 혼자뿐이었다. 지영이가 반찬도 날라 오고. 물도 가지고 왔다.

"오빠도 많이 드시고 너도 많이 먹어라!"

순댓국이 나오고 지영이는 주방으로 들어가며 말했다.

"그래! 잘 먹을게."

나와 녀석은 순댓국을 먹기 시작했다.

"이거 새우젓 넣고 먹으면 더 맛있대."

내가 새우젓을 녀석 앞으로 밀어 줬다. 녀석은 아직도 고민이 많은 모양이다. 내가 말을 한 것이 맞는다고 생각은 들은 모양인데 그 수학선생과 모임 아이들을 어떻게 설득 하느냐 하는 고민 같았다. 하지만 난 녀석을 믿는다. 충분히 다 해결을 할 수 있을 것이라고.

순댓국을 다 먹고 녀석 옷을 사러 옷가게로 갔다.

날씨가 쌀쌀해지므로 겨울을 대비해서 두툼한 오리털 파카를 하나 샀다.

"오빠 것도 하나 사."

녀석이 내 생각을 한다. 내가 안사면 녀석 마음도 편하지 못할 것 같아 나도 하나 샀다. 녀석과 똑같은 하늘색 옷으로 샀다.

"히히…. 꼭 커플 옷 같다."

녀석이 옷을 들고 좋아한다. 나와 같은 옷을 산 것 역시 녀석 뜻이다.

"쳇! 난 저기 블루 색깔이 더 좋은데…."

"아냐! 이게 더 좋아! 칙칙한 색깔은 사업에도 안 좋아. 밝은 색깔이 손님들에게 밝은 인상을 주거든."

녀석! 이제 내일 학교에 가서 해결할 준비가 끝난 모양이다. 내 사업에 관한 잔소리를 시작하니까.

"알았어! 쳇!"

난 녀석의 옆구리를 주먹으로 치는 시늉을 하고 자동차 있는 곳으로 달렸다.

"어! 오빠가 동생을 치려고 하네! 붙잡아서 혼내줘야지. 거기 안 서!"

녀석이 내 장난에 호응을 했다.

내 믿음대로 녀석은 다음날 학교에서 톱 스쿨이란 모임을 해체시키는 데 성공했다.

난 아치형 돌탑을 두 개다 작품으로 완성을 시켰다. 처음으로 맡은 조경공사. 10여일을 걸려 난 만족할 만한 작품을 만들고 말았다. 주인은 아주 만족해하며 공사비를 지불하는 동시에 노트북을 하나 녀석에게 선물했다. 물고기 값이라는데 아무튼 녀석은 복도 많다.

　단 하나 녀석이 노트북을 소유한 후부터 난 점점 소외되는 느낌이었다. 녀석이 노트북을 만지는 시간이 늘어나면서 나와 놀아주는 시간은 줄었기 때문이다.

사라진 천사

녀석의 말대로 위치가 좋았기 때문일까. 지나가다 찾아 문의하는 손님들이 많았다.

토요일과 일요일이면 녀석이 사무실로 쓰기위해 하나 구입한 중고 컨테이너 박스에 하루 종일 앉아서 전화도 받고 손님들 문의하면 친절하게 답변까지 한다. 해서 녀석에게 붙여진 이름이 하나 더 생겼다. 손님들 사이에서 녀석은 조경박사로 통한다.

해서 녀석을 부를 땐 모두 성박이라 부른다. 성은 성씨고 박사란 뜻이다. 해서 언제부터인가 전화를 하는 손님이 "거기 성박이죠?"

하고 묻는다. 좀 황당하지만 그래도 난 녀석이 기특해서 좋다.

그러나 시골 마을 전체를 하얗게 눈이 내리던 그날부터 갑자기 조경 공사는 중단됐다.

겨울철엔 작업을 할 수 없기 때문이다.

민혁은 겨울철엔 집에 가서 지낸다 하며 서울로 올라갔다.

녀석은 방학을 했다. 마치 자유를 얻은 듯 녀석 표정은 밝아졌다.

"오빠! 이젠 일도 없고 나도 방학을 했으니 여행 한 번 하자. 응?"

"어디로?"

"나 아직 안 가본 곳 많아. 비행기도 안 타봤고."

"그럼 제주도 갈까?"

"비쌀 텐데…."

"배 타고 가면 돼! 트럭도 끌고 가면 자유롭게 돌아다닐 수 있으니 좋지."

"무슨 소리야? 트럭을 배에 싣고 가면 돈이 많이 들어. 얼마나 있다가 온다고 트럭까지? 그냥 가서 빌리는 것이 쌀 걸."

"가서 오래 있다가 오려고. 너 방학 끝날 때쯤."

"아주 살림을 차려라. 돈이 좀 모였어요. 그래서 언제 서울로 진출할래?"

녀석이 토끼눈을 치뜬다.

"그게 아니라 여기선 어차피 일이 없잖아. 제주도는 겨울이 춥지 않으니 일거리가 있을 것 아냐?"

"아! 맞다! 언제부터 오빠가 이렇게 똑똑해졌지?"

"다 너한테 배웠다. 쳇!"

"헤… 알긴 아는구나. 그러고 보면 내가 오빠 선생님이야 그렇지?

혜혜… 스승과 제자."

녀석이 자신과 나를 손가락으로 가리키며 말했다.

"트럭을 끌고 가야 일거리가 있으면 일을 하지. 참! 먼저 왜?"

"아! 제주도에 별장을 진다던 그분?"

"그래! 전화번호 있지?"

"아마 있을 걸. 내가 찾아서 전화해볼게."

녀석은 쪼르르 컨테이너 박스로 들어갔다.

난 아랫마을 구멍가게로 향했다. 오늘은 얼큰한 라면 생각이 나서다. 구멍가게는 가깝게 있었다. 약 5분 걸어가면 길가에 다 쓰러져가는 옛집을 몇 달 전 헐고 새로 조립식으로 지은 곡수리 부녀회가 운영하는 구멍가게가 나온다. 사람들은 다 이기적이라서… 늘 입버릇처럼 술과 담배는 왜 필요한지 모르겠다고 녀석과 죽이 맞아 장구치고 북치던 아주머니들이 이젠 장사를 한답시고 술과 담배를 판다. 녀석이 그 아주머니들에게 이것들은 왜 팔아요? 하고 묻자 아주머니들은 이거 안 팔면 돈이 안 돼, 하고 대답했다며 녀석이 한심하다는 투로 나에게 말했던 기억이 있다.

"에고. 눈이 와서 일거리가 없나봐? 어쩌고 있어?"

나보다 녀석을 걱정해서 묻는 아주머니들. 그만큼 녀석의 인기는 동네 아주머니들 사이에서도 최고였다.

"여행 가자네요."

"여행? 그래! 그거 좋은 생각이야. 할 일도 없는데 한 번 다녀와!"

"그럼! 그럼! 겨울방학인데 좀 데리고 갔다 와."

내가 한마디 하자 아주머니들은 한목소리로 녀석을 데리고 여행을 가라고 한다. 정말 모를 녀석이다. 어떻게 하면 아주머니들이 자기 자식보다 더 챙길까.

라면을 사가지고 집으로 오니 녀석이 싱글벙글 하는 꼴이 제주도 별장공사를 하러 간 사람과 통화가 잘 된 모양이다.

"뭐래?"

난 다 알면서 물었다.

"방하고 먹을 것 다 대준다고 오래. 자동차도 준대. 갈까?"

"너 벌써 다 간다고 대답했지?"

"아냐! 오빠가 허락을 해야 약속을 하지. 오빠하고 의논한다고 했어."

"어쩐 일이래? 우리 마귀할멈이? 내 허락을 받으려 하고?"

"히히…. 이건 이 근방 일터가 아니잖아. 제주도까지 가야 하는데…. 한 번 가볼까?"

"이건 여행이 아니잖아? 일하러 가는 것이지."

난 노란 양은 냄비에 수돗물을 받아 가스 불에 올려놓으며 물었다.

"오빠가 라면이 먹고 싶었구나?"

"응!"

"날씨가 쌀쌀할 땐 라면 국물이 최고지. 히히… 제주도 조경은 3~4일이면 끝난대. 그럼 며칠 신나게 구경하고 오면 돼. 어때?"

"그래? 오! 그럼! 돈 안들이고 여행하는 거네?"

"맞아! 히히…. 오케이?"

"응! 그래!"

내가 승낙을 하자 녀석은 얼른 다시 전화를 하고 있었다.

"박 사장님! 오빠가 승낙했어요. 내일 비행기로 내려갈게요. 사나흘 일 끝나면 며칠 구경도 하다가 올 건데 방도 그렇고 차도. 며칠만 더? 감사해요."

녀석은 역시 빈틈이 없었다. 녀석은 전화를 끊으며 나에게 눈을 찡끗 했다.

"잘했어!"

난 녀석을 칭찬해줬다.

"난 준비할게."

녀석은 방으로 들어갔다. 아마도 내일 여행을 떠날 준비를 하려는 것이리라. 자기 것만 아니고 내 것까지 꼼꼼히 챙길 것이다.

"라면 다 됐다! 라면 먹자!"

라면이 다 끓고 녀석을 부르자 쪼르르 나와 라면을 번개같이 먹어 치우고 생글생글 웃으며 다시 방으로 들어가 버렸다.

"저렇게도 좋을까! 여행을 저렇게 좋아 하는데 앞으로 시간 있을 때마다 자주 여행을 데리고 가야지."

난 속으로 그렇게 다짐했다. 여행 한 번 가다고 하니 저렇게 좋아 하는 모습을 보니 녀석은 영락없는 어린애다. 마귀할멈 모습은 어디에도 없다. 천진난만한 어린애로 돌아 온 녀석.

다음날 난 그런 녀석을 데리고 제주도로 향했다.

눈보라가 심하게 몰아치는 김포 공항에서 비행기를 탔는데….

제주도를 오니 마치 봄 날씨 같았다. 녀석은 심하게 멀미를 해서 1시간 내내 고통스러워했다.

멀미약을 준비 안 한 내 잘못이다.

"히히… 괜찮아."

녀석은 제주공항에 내리며 내가 멀미약을 챙기지 못해 미안해하는 마음을 알고 괜찮은 척했지만. 얼굴은 말이 아니다. 너무 핼쑥

해진 녀석 얼굴이 마치 환자처럼 보였다.

"어! 성박! 얼굴이…? 어디 아프신가?"

공항까지 마중 나온 박 사장은 녀석 얼굴을 보며 걱정하는 눈치다.

"괜찮아요. 멀미를 해서…."

녀석이 밝게 미소를 지어 보인다.

"아! 멀미! 지독하지. 암! 비행기를 첨 타면 그야말로 죽을 맛이지. 아무튼 고생했네. 갑시다."

박 사장이 몰고 온 회색 승용차를 타고 우린 박 사장이 인도하는 대로 어디론가 갔다.

처음 오는 곳이라 어디가 어딘지 알 수 없었다.

어느 마을 하얀 색 통나무로 지은 깨끗한 펜션 앞에 도착을 한 박 사장은 자동차를 주차장에 세웠다.

"다 왔네. 성박! 멀미는 괜찮으신가?"

"네 괜찮아요."

녀석이 환한 미소를 지으며 대답했다.

"형! 여긴?"

난 차에서 내리며 박 사장에게 물었다. 박 사장은 나보다 나이가 10살 이상 차이가 난다. 해서 그냥 형이라 부른다.

"신풍리란 곳이네. 자! 들어가지. 배가 무척 고플 텐데 짐 풀고. 어디 나가서 저녁부터 먹자고."

박 사장 말을 듣고 핸드폰 시계를 보니 벌써 오후 6시가 다 돼간다.

"네!"

녀석이 냉큼 대답하며 박 사장이 열어주는 방으로 짐을 들고 들어갔다. 나도 무거운 짐을 들고 방으로 따라 들어갔다. 무척 넓고 깨끗한 방이다.

"뭐 구경도 하다가 간다고 하니 10일간 방을 빌렸네. 끌고 다닐 차는 내일 현장에서 주지. 좀 고물차지만 쓸 만하다네."

"감사합니다."

녀석이 얼른 인사를 했다.

"고마워요. 형!"

나도 감사의 인가를 했다.

"고맙긴. 나도 일꾼이 없어서 짜증나던 판에 성박 전화를 받고 마치 구세주를 만난 느낌이었네."

"제주도엔 일꾼이 없나요?"

"아니! 일꾼이 없다고 하기보단 육지에서 온 사람들을 심하게 경계한다고 봐야 할까! 아니면 불신한다고 봐야 할까. 육지 것들! 육지 것들! 하면서 곱게 대하질 않아! 일도 잘 안하고 약속도 안 지켜. 자기네들끼리는 약속을 잘 지키는지 모르지만 육지에서 온 사람과의 약속은 지키질 않아. 대부분 그래."

"아니! 어찌 그럴 수가? 그래서 어떻게 거래를 해요? 공사현장에서 일을 하는 노동자도 맡아하는 업자도 다 약속을 중요시해야 거래가 이뤄지죠. 정말 그래요? 약속을 안 지켜요?"

"그렇다니깐. 내일 틀림없이 일을 해 준다 약속하고 아침이 되면 누가 돈을 많이 준다면 그곳으로 가고 아는 사람이 일을 해 달라면 그곳이 먼저고. 동네 잔치집이 있다는 핑계도 있고. 5일장이라는 핑계도 대는데 5일장이 무슨 상관이냐? 물으면 5일장인데 막걸리 한 잔 해야죠. 한다니깐. 누구 약 올리는 것도 아니고."

박 사장 말을 들으면. 정말 타지에서 공사하나 하느라 무척 애로 사항이 많았던 모양이다.

"자기 아버지 앞에서 담배나 피우고 입에 존댓말은 배우지 못했는지 반말이나 찍찍하고… 아무튼 후레자식들이야."

박 사장 눈에 제주도 사람들은 나쁘게 각인된 듯하다.

"오빠랑 내가 제주도 여행을 하면서 풀어야 할 수수께끼가 생겼네."

녀석이 묘한 미소를 지으며 말했다.

"그래! 한 번 풀어보자."

내가 웃으며 말했다.

"수수께끼라니?"

박 사장이 의아한 표정을 짓는다.

"그런 게 있어요."

녀석이 배시시 웃는다. 설명하기 곤란하다는 뜻이다.

"아무튼 밥이나 먹으러 가자고. 참! 하나 주의할 점이 있는데 이곳은 뱀을 믿는 동네야. 사람들이 예수님이다, 부처님이다 하며 믿는 종교랑 같은 분류로 보면 돼. 여기 사람들은 뱀을 그렇게 숭배하는데 방에다 항아리 같은 것을 놓고 그 속에서 뱀을 모시는 것을 안칠성, 밖에서 항아리 같은 그릇에 뱀을 모시는 것을 바깥 칠성이라 부르지. 즉 칠성신이라 해. 허니 남의 종교를 무시하는 말은 절대 금물이고. 뱀을 모시는 항아리 같은 그릇에 비가 안 들어가게 짚이나 어떤 뚜껑을 만들어 덮은 곳을 보면 훼손하거나 열어보면 큰일 나니까 조심. 알았지?"

"햐! 그런 종교도 있어요?"

녀석이 호기심을 갖는다.

"어떤 종교나 마찬가지로 자신들이 믿는 것만 세상 최고라 하듯이 이곳엔 칠성신이 세상 최고라 하는데 젊은 사람들은 믿는 사람이 없고 나이든 분들만 간혹 믿는데 많이 사라지고 있는 종교라 할 수 있지. 사람들은 이기적이라서 자기가 믿는 종교는 참이고 다른 사람이 믿는 종교는 거짓이다 이단이다 하며 하찮게 여기는데 그게 바로 종교 전쟁의 불씨가 되는 것이지."

녀석이 호기심을 보이자 박 사장은 아는 지식을 모조리 털어내기 시작했다.

"언젠가 전설의 고향 드라마에서 이곳 옆 동네 토산리를 배경으로… 처녀가 시집을 갔는데 첫날밤, 신랑이 불을 끄고 신부와 달콤한 잠을 자고 아침에 일어나 보니 처녀가 잠든 베개 옆에 뱀이 한 마리 똬리를 틀고 있더라는 것이야. 칠성신은 믿는 사람이 어딜 가든 따라간다는 전설이지. 그 드라마가 나가고 이곳 처녀들의 혼사 길이 막혔다는 후문이지."

"정말 그런 건 아니죠?"

녀석이 초롱초롱한 눈으로 박 사장을 바라본다. 역시 순수한 어린애다. 그걸 믿다니 말이다.

"그거야. 성박이 생각 하시기에 달려있지 않을까?"

박 사장이 미소를 지으며 말했다.

펜션에서 밖으로 나온 우린 박 사장 차를 타고 다시 어디론가 갔다. 저녁을 먹으러 식당으로 가는 것인데 오랜만에 만나서일까 아니면 녀석을 대접하려는 박 사장 생각인가.

"생선회 좋아하시나?"

박 사장이 녀석에게 물었다.

"네! 좋아해요."

녀석이 냉큼 대답했다. 해서 박 사장은 바닷가 횟집으로 우릴 안내했다.

방금 종교문제로 거론된 토산리라는 마을 바닷가였다.

"종교를 생각하지 말고 음식만 생각하시게."

박 사장이 회를 시켜놓고 녀석에게 은근슬쩍 장난스럽게 말했다.

"그건 왜요?"

"뱀을 생각하면 음식 맛이 떨어지니깐."

"엥? 생각하라는 거예요? 말라는 거예요? 잊고 있었는데 상기시키시는 이유가 뭐죠? 회를 시켜놓고 절 먹지 못하게 만들려고요? 아까우셨구나?"

녀석이 박 사장 농담을 제대로 받아들인다.

"하하…. 역시 성박 말솜씨를 따라갈 수가 없어."

박 사장이 두 손을 번쩍 들며 항복하는 시늉을 한다.

"헤헤…. 죄송해요. 어른께 농이나 하고."

녀석이 얼른 사과한다. 아마 그것이 박 사장을 더욱 꼼짝 못하게 하는 녀석의 고단수였다.

"으으… 내가 말을 말아야지. 이거 또 졌군. 아무튼 성박이 왔으니 이제 우리 정원이 제주도에서 가장 아름다운 정원으로 탄생될 것이라 기대가 되네."

"엥? 저도 부려먹으시려고요?"

"아니 그럼! 내가 성박이 온다고 하니 좋아했지. 동생이 온다 하면 아마 생각을 더 해 봤을 거야. 성박이 와야 믿음이 간다니깐.”

박 사장이 녀석 몰래 나에게 눈을 찡끗 거렸다. 그건 녀석을 놀리는 것이 아니라 나에게 미안하다는 뜻이다. 정말 박 사장은 녀석을 좋아했다. 물론 박 사장 뿐만 아니라 모든 손님들이 녀석만을 좋아했다. 녀석이 귀여워서가 아니다. 녀석은 정말 타고난 재능이 있었다. 탁 보면 머릿속에 설계가 그려지는 모양이다. 어린 녀석이 그 방면엔 타고 난 천재였다.

회가 나오자 녀석은 맛있게 먹기 시작했다. 이미 비행기 멀미 후유증은 사라진 모양이다. 난 무척 다행이라고 생각했다. 녀석이 아프면 내가 아픈 것처럼 내 몸도 아프다. 정말 이상한 병에 걸렸다.

다음날 아침부터 녀석은 나를 따라나섰다.

박 사장의 별장 정원에 조경을 설계하려는 녀석의 생각이다. 어린 녀석이 아무튼 별종이다.

박 사장이 건축하고 있는 별장은 신풍리 우리가 잠자는 펜션에서 조금 걸어가면 약간 언덕진 곳에 있었다.

이미 건물은 다 지었고 배관이나 기타 페인트 같은 것들 조금 남은 상태였다.

“흠!”

녀석은 마치 어른들처럼 정원을 꾸밀 자리를 돌아다니며 심각하게 보고 있더니 고개를 끄덕이며 뭔가 감을 잡은 표정이다.

“성박! 감이 오시나?”

박 사장이 기대에 찬 표정으로 녀석을 보며 물었다.

“이름이 성박이에요?”

현장 책임자 목수가 박 사장한테 묻는 말이다.

"아니! 성이 성씨고 박사란 뜻이야."

"네? 박사요?"

"보면 알아! 척 보면 감을 잡는다고. 그러니 박사지."

둘이 이야기를 하고 있는 사이 녀석이 묘한 미소를 지으며 박 사장에게 다가왔다.

"일거리가 늘었네요."

녀석이 몹시 미안한 표정을 현장 책임자 목수에게 보이며 말했다.

"…"

"정원에 매립한 흙을 치워야겠어요."

"엥? 왜 그러시나?"

박 사장이 황당하다는 표정을 지었다.

"여기가 보니까 자연적인 암반이 형성되어 있더라고요."

"그렇지. 전부 바위라고 그 위에 집을 지었으니."

"그러니 천연적인 조경을 저런 흙으로 덮어서야 쓰겠어요? 다시 걷어내고 잘 닦아서 멋진 정원을 꾸며야죠."

난 녀석의 의도를 알았다. 그건 내 생각과 녀석의 생각이 일치했다. 바위가 생긴 대로 바닥의 흙을 깨끗이 치우면 자연적인 바위가 정원 바닥이 된다. 그것보다 더 좋은 정원이 어디 있을까? 그게 저 녀석과 내 생각이다.

"흠! 듣고 보니 그것도 좋겠군! 동생 생각은 어떤가?"

박 사장이 내게 물었다.

"네! 저도 같은 생각입니다. 암반이 생긴 대로 정원 바닥을 만들고. 좀 깊은 곳 한 쪽으로 숲을 조성하면 좋겠네요."

짝… 짝…

"아주 좋아! 역시 성박이야!"

박 사장은 매우 만족하는 표정이다. 박수까지 치며 좋아했다.

"그럼! 배관도 바꿔야 하는데…."

현장 책임자 목수가 귀찮은 표정이다.

"그래서 일거리가 늘었다 했어요. 미안해요."

녀석이 꾸뻑 인사까지 하며 미안한 표정을 지었다.

"아. 아니다! 아니야! 괜찮아!"

오히려 현장 책임자 목수가 미안해했다.

"으흐흐…."

박 사장이 웃음을 터뜨린다. 말은 안 해도 녀석이 현장 책임자 목수를 꼼짝 못하게 만드는 것이 신통하다는 웃음일 것이다.

"그럼 어떻게 작업을 해야 하지?"

현장 책임자 목수가 녀석에게 물었다.

"아! 장비를 사용하면 바닥의 암반에 상처가 나니까 사람으로 일일이 흙을 치우고 물청소를 우선해야겠어요. 그래야 바닥 생김새를 보고 다음 구상을 하죠."

"오케이! 좋았어!"

녀석 말에 박 사장이 즐거워한다. 내가 생각해도 좋은 방법이다. 참 녀석은 알 수 없는 마귀할멈이다.

"내가 용역 사무실에 가서 사람을 좀 데려오지. 여긴 용역들도 7시가 넘어야 움직이더라고. 아! 그리고 자넨! 여기 성박 모시고 아침 대접 좀 하게."

박 사장은 현장 책임자 목수에게 나와 녀석의 아침 식사를 부탁하고 용역을 데리러 갔다.

바로 현장 아래 작은 시골 식당이 있었다.

"윽! 이게 뭐야? 먹는 거야?"

녀석이 오만상을 찌푸렸다. 식당 밥도 그렇지만 반찬이 너무 맛이 없었다. 특히 제주도 전통 음식이라는 몸국은 정말 맛도 없이 끓였다. 돼지고기가 수놈이었는지 노린내까지 난다. 대충 물에 밥만 말아서 억지로 한 공기 먹고 나왔다. 녀석도 마찬가지였다.

"앞으로 매일 저걸 먹으라고? 차라리 우리 컵라면 먹자?"

녀석이 정말 먹기 싫었나보다.

아무튼 억지로 밥을 먹고 현장으로 오니 박 사장이 용역을 5명 데리고 왔다. 보니 모두 제주도 사람들이다. 하나같이 나이가 많은 노인들이다.

"이리들 오세요! 여기 오셔서 삽으로 바닥 흙을 다 퍼내세요. 저쪽 구석으로."

녀석이 시킬 수 없어서 내가 노인들에게 작업을 지시했다.

"이건 장비로 해야지. 사람이 어떻게 해?"

"맞아! 사람이 뭐 기겐가."

노인들은 일을 할 생각도 안 하고 투덜거리기만 했다.

"아. 그냥. 하세요. 장비로 하면 암반이 긁히잖아요."

난 다시 말했다. 조금 짜증나지만 그래도 어른들이니까.

"야! 이걸 삽으로 어떻게 퍼내? 장비로 하면 금방인데 왜 사람이 해?"

"이런 건 하루 10만 원은 받아야 돼. 호미로 풀만 깎아도 7만 원인데."

다시 투덜대기만 한다. 움직이지 않는다. 한 쪽에서 박 사장이 묘한 시선으로 날 지켜본다. 마치 여기가 그렇다니깐 하는 표정이다. 네가 어떻게 할 것이냐 묻기도 하는 표정도 포함되었다.

"오빠! 할아버지들이 일하기 싫으신가봐! 잘하시면 10만 원씩 드리려 했는데… 싫다고 하시면 용역회사에 전화를 걸어 다른 사람으로 바꿔 달라고 해."

녀석이 슬쩍 끼어들었다.

"누가 하기 싫대. 맹랑한."

"아! 일하기 싫다고는 안 했어. 쉽게 하면 좋다는 것이지."

노인들은 투덜대며 일을 하기 시작했다.

박 사장이 녀석을 향해 엄지손가락을 치켜세운다. 참! 녀석은 재주도 좋다. 어떤 때는 내가 녀석보다 많이 모자라는 느낌이다. 가끔 소외감을 느끼기도 한다. 그래도 난 녀석이 좋다. 너무 좋다.

녀석 말처럼 일거리는 많아졌다.

건축을 하면서 많이 매립이 됐기 때문에 장비도 아닌 사람 손으로 퍼내는 것도 일이지만 배관을 했던 것을 다시 철거하고 방향을 바꿔야 했다.

다시 파내는 작업은 3일을 계속했다.

"와! 마치 거북이 등 같다."

난 드러난 암반을 보고 탄성을 질렀다. 이렇게 좋은 자연을 왜 묻어 버리고 뭘 조경을 하겠다는 건가. 이제 자연 그대로 조경을 하고 부족한 부분만 나무와 꽃을 심어주면 최고의 조경이 완성될 것 같다.

"오빠! 이거 거북이 등 같이 생겼으니 저 쪽에 거북이 다리처럼 계단을 만들면 어떨까?"

"아주 좋은 생각이야. 역시 내 동생이야."

녀석의 생각은 참 참신했다. 난 녀석 생각처럼 돌을 다듬으면서도 자연미를 그대로 살려 거북이 다리처럼 계단을 만들었다. 나무 몇 그루 심고. 꽃을 심으니 환상적인 정원이 완성됐다. 꼭 5일째 되는 날이었다.

"고마워! 특히 성박! 너무 고마워! 자 고생했어. 대신 관광비는 내가 부담할게."

박 사장은 관광비 하라고 인건비를 100만 원 줬다.

"오빠가 들고 다녀."

녀석이 갑자기 돈을 나보고 관리하란다.

"…."

"내가 들고 다니면 소매치기 당할지 모르잖아."

녀석 가끔은 아주 가끔은 너무 맘에 든단 말이야. 마귀할멈처럼 보이지도 않고. 헌데… 아직도 비행기 멀미 후유증이 남았나. 녀석 얼굴이 하얗다. 핏기가 없어 보인다. 난 걱정 돼서 녀석 이마에 손바닥을 대 봤다.

"히히… 괜찮아! 난 건강하잖아. 그리고 이건 만약인데 정말 만약인데 내 노트북 비밀번호가 오빠 출생 연월일 잊지 마?"

"그건 왜? 나보고 컴퓨터 하라고?"

"히히…. 만약이라고 했잖아."

"무슨 말이야?"

"히히…."

녀석은 그냥 웃기만 한다.

"노트북에 뭐 일기라도 썼어? 오빠 나쁘다고?"

"으으… 날 어떻게 보고 내가 오빨 얼마나 좋아 하는데…. 쳇!"

"농담이야 농담. 뭘 그렇게 심각하게 받아들이냐?"

"내가 전에 말했지? 우리 새 엄마 아주 나쁜 여자라고?"

"응! 그건 왜?"

"그 말도 잊지 마."

"녀석 갑자기 이상한 말을 하고 그래. 기분이 이상해지잖아."

"알았어! 오빠! 우리 내일부터 구경이나 실컷 다니자!"

"그래! 그래!"

녀석의 말이 좀 이상하긴 했으나 난 그 말을 까맣게 잊어버리고 말았다.

처음으로 녀석과 난 제주도 구경에 나섰다.

제일 먼저 찾아간 것은 펜션에서 가까운 섶지코지였다.

멀리 일출봉이 바라보이는 바닷가 길이다. 영화, 드라마 촬영을 많이 한 곳으로 유명한 장소였다.

"자연을 그대로 살리는 것이 가장 좋은 관광자원인데… 훼손이 많이 됐네."

난 안타까운 모습들을 군데군데 보았다. 자연을 훼손하며 사람이 다니기 편하게 만든 길이며 건축물 또는 지저분한 쓰레기들 광고물 등 자연관광이 아니라 인공건축을 구경하는 느낌이었다. 음식점이라고 하나 있는데 너무 비싸다. 노동자들 하루 일당과 맘먹는 한 끼 식사요금이었다. 녀석을 데리고 다음으로 간 곳은 오르기 힘든 일출봉이었다.

"헉헉… 오빠! 힘들어. 나 손잡고 가."

녀석이 정말 힘든 모양이다. 철인 같던 녀석이 갑자기 너무 힘들어 한다.

"오빠! 나 그만 올라갈래. 힘들어."

녀석 때문에 일출봉에 오르는 것은 중도에 포기했다.

미로공원이란 곳에 가서는 각자 다른 길로 들어가 미로를 찾아 나오기로 했는데 한 번 미로에 들어간 녀석이 두 시간이 막 넘어서 나왔다. 이마엔 땀이 방울방울 맺혀있고 옷은 흙까지 묻어 있었다. 어디에 쓰러져 있던 녀석처럼.

너무 녀석이 걱정되어 일찍 펜션으로 돌아오고 말았다.

방 하나를 쓰는데 녀석이 잠을 자면서 다른 때완 다르게 내 품에 안겨 잠을 잤다. 평소 전혀 안하던 버릇이다. 평소 같으면 남녀칠세 부동석이라나 뭐라나 옆에 오기도 싫어한다. 녀석이 어디가 아픈 것이 틀림없다. 내일은 녀석을 데리고 병원을 한 번 가보려고 생각했다.

하지만 아침에 일어난 녀석 평소와 같이 팔팔했다. 아주 컨디션이 좋아 보인다.

"오빠! 오늘은 서귀포 쪽으로 가자!"

녀석이 어디서 구했는지 제주도 관광지도를 하나 들고 나보다 먼저 차에 올라탔다.

"여기서부터 쭉 훑어가자! 정방폭포 천지연을 거쳐 용머리해안까지 한 바퀴 돌자!"

"알았어! 힘들 것을 대비해서 한라산은 마지막 날 올라가자."

"웅!"

녀석이 기분이 좋은 것 같아 나도 덩달아 기분이 좋았다. 허나… 녀석은 오전 10시가 지나면서부터 다시 힘들어하기 시작했다. 어떤 때는 걷는 것조차 힘들어 했다.

결국 점심을 먹고 녀석을 데리고 집으로 돌아오고 말았다.

제주도 여행 5일 내내 녀석은 비슷한 증상을 보였다. 아침에서 10시 까진 팔팔하다가도 곧 힘들어하고 금방 죽을 사람처럼 아파 보였다.

정말 녀석도 이상한 병에 걸린 모양이다.

제주도 구경은 녀석의 몸이 안 좋은 이유 때문에 제대로 구경도 못하고 곡수리로 돌아오고 말았다.

크리스마스를 앞두고 할머니의 딸 명이 아주머니의 아들이 장가를 갔다.

마을 잔치가 있었다. 녀석은 잔치 집에서 잔심부름을 했고 나 역시 손님들을 맞이하느라 바빴다.

"요즘 누가 전통 혼례를 치른담. 번거롭기만 하지. 예식장에서 간단히 하면 될 걸."

말 많은 사람들은 별의 별 트집을 다 잡는다.

벌써 얼큰하게 취한 사람들도 많다. 술이 취하고 사람이 모이다 보면 노름판은 자연스럽게 벌어진다.

"어이! 조경회사 사장!"

동네 청년들 중 잘난 척 하는 준태란 사람이 날 부른다. 나보다 다 3~4세 많은 사람들이 앉아 고스톱을 치고 있었다.

"돈 많이 번다고 소문이 났던데? 한 판 붙지 그래?"

"전 손님을 맞아야 해서요."

난 핑계를 대고 빠져나가려 했다.

"이제 손님도 뜸 한 시간이니 앉아서 놀아도 돼."

눈치 없는 동네 아주머니가 날 생각한답시고 한말이 나를 앉을 수밖에 없는 상황을 만들고 말았다.

"자! 자! 앉으라고."

같이 앉아서 고스톱 치던 사람들이 내 팔을 붙들고 강제로 자리에 앉게 했다. 더 이상 거절하면 욕을 먹기 때문에 일어날 수가 없었다.

결국 난 처음으로 고스톱을 치기 시작했다. 물론 고스톱에 대해선 잘 안다. 시골에서 겨울이면 친구들이 모여서 담배 내기며 술사기 등 내기 고스톱을 친다.

처음이라서 그런가. 신기하게도 잘 됐다.

"이런! 괜히 도신을 건드렸네. 또 쓰리고에 피박 맞았네."

모두 너스레를 떨고 있지만 그들은 속으로 울화가 치밀고 있었다. 조경 사업으로 돈을 좀 번다 하니 빼앗아 먹으려고 판에 끌어들였는데 오히려 주머니를 털리고 있었던 것이다.

큰돈은 아니지만 시골에서 몇 만원이면 적은 돈도 아니다.

"점에 1,000으로 올리지?"

그들은 도박판을 더욱 크게 만들려고 했다. 그래야 잃은 본전을 찾을 수 있다고 본 모양이다.

허나… 그들 생각은 무참히 깨졌다.

"오빠!"

녀석이 토끼눈을 뜨고 날 노려본다.

"아! 알았어! 그만 일어날게."

난 얼른 일어나려고 했다.

"돈은 다 다고 어딜 가?"

그들은 날 못 가게 붙잡았다.

"오빠! 딴 돈 다 드리고 일어나!"

녀석이 그들이 날 붙들자. 울먹거리며 말했다.

"아! 이거 실례할게요."

난 그들을 뿌리치고 일어났다.

"쬐끄만 계집애가 어딜 와서 까불어?"

준태가 벌떡 일어나 녀석을 확 밀었다. 녀석은 뒤로 벌렁 나가자빠졌다.

"으앙…."

녀석의 울음이 터졌다. 많이 아픈 모양이다.

"이 자식이!"

화가 난 내 주먹이 인정사정없이 준태 턱을 강타했다.

컥….

준태가 바닥에 꼬꾸라졌다.

"이 새끼가!"

준태와 같이 있던 사람들이 우르르 달려들어 날 때리기 시작했다.

"오빠 때리지 마!"

녀석이 울며 내 몸을 감싸 안고 엎드렸다.

웅성웅성….

사람들이 모여들며 싸움을 말렸다. 나를 대신해서 얻어맞은 녀석은 몰골이 말이 아니었다.

"지현아! 지현아!"

난 급히 녀석을 안고 차로 달려갔다.

"오빠! 우리 처음 만났던 그 팝콘 나무…."

녀석은 나에게 겨우 그 말 한마디 남기고 정신을 잃었다.

녀석이 너무 위급한 상태였기 때문에 급히 병원으로 차를 몰았다.

양평 병원 응급실로 녀석을 데리고 간 나는 제정신이 아니었다.

"살려주세요! 제발 살려주세요!"

난 의사와 간호사를 붙들고 사정을 했다.

"죽을 정도는 아니니 걱정 마세요."

녀석 상태를 살핀 의사는 나를 안심시켰다.

"감사합니다! 감사합니다!"

난 의사 말을 듣고 조금은 안심이 됐다.

일단 녀석을 응급실 침대에 눕히고 난 차량 주차를 위해 급히 밖으로 나왔다.

"…."

나오다가 어느 아주머니랑 마주쳤는데 그 아주머니가 날 보는 시선이 몹시 적의에 차있었다. 난 그 아주머니를 힐끗 보고 나완 상관없는 일이라 생각하며 바로 차에 올라탔다. 난 조금은 급한 마음이 갈아 앉았다. 무엇보다 녀석이 죽을 정도는 아니라 하니 안심을 하고 침착하게 안전한 곳에 주차를 하려는 생각이었다.

"성기정 씨?"

누군가 내가 주차를 마치고 나오길 기다렸다는 듯 내 앞을 가로막았다.

"네? 무슨 일이십니까?"

"경찰입니다. 당신을 폭력행위 등 처벌에 관한 법률위반 혐의로 긴급체포합니다."

경찰이었다. 바로 준태가 고소를 한 것이다. 나에게 맞은 것보다 준태 친구들이 무차별 공격을 하면서 준태도 많이 다친 모양이었다.

"잠시만요. 환자가 있어서…."

"연행해!"

경찰들은 내 사정 따위는 안중에도 없었다. 전후사정을 들어보지도 않고 무작정 내 손에 수갑부터 채웠다. 지역사회라 그 지역이 고향인 준태 말이 우선이었다. 난 녀석의 상태를 살펴야 하기에 사정을 했지만 결국 파출소로 끌려가고 말았다. 경찰들에게 끌려가면서 내 휴대폰은 분실됐다. 어디로 떨어졌는지 알 수 없는 노릇이었다. 파출소에서도 내 의견 따위는 무시됐다. 자기들 마음대로 조서를 꾸며 경찰서로 넘겨졌다.

양평경찰서로 옮겨지면서 바로 유치장에 갇히는 신세가 되었다. 하루 3끼 밥만 줄 뿐…. 어떤 말도 조사도 없이 3일을 지내야 했다.

그리고 4일째 되는 날 아침.

"피해자가 고소를 취하했으니 나가도 좋다."

경찰은 인심 쓰듯 날 풀어줬다. 난 몹시 억울했다. 피해자는 난데 왜 내가 피의자로 돼야 하는지 그게 억울했다.

"지랄! 내가 왜 피의자냐? 녀석 말 대로 사법고시나 봐서 검사나 될 걸 그랬다."

난 경찰서를 나오며 정말 화가나 미칠 것 같았다.

화는 나지만 우선 녀석이 걱정되어 병원으로 달려갔다. 내가 병원에 도착을 했을 때 마침 지난번 녀석을 응급실에 맡길 때 있던 그 의사를 만났다.

"안녕하세요? 저 기억하시죠?"

"누구?"

"4일전 응급실로 여자아이 하나 데리고 왔던…."

"아! 정말 안됐습니다. 그렇게 될 줄 몰랐는데"

"무슨 말씀이신지?"

"… 아직 소식을 모르십니까? 어디 갔다가?"

"전 경찰서에 갇혀 있었습니다만?"

"아! 네. 그때 데리고 왔던 그 아이와 어떤 사이신지?"

"제가 오빠입니다."

"그렇다면 더 이상하군요. 이상해요!"

"네?"

"분명 그 아이를 제가 진찰했을 땐 죽을 정도는 아니었는데…. 그렇게 죽을 줄은… 안타깝습니다."

"네? 죽다니요? 우리 지현이가 죽어요?"

난 무척 놀라고 있었다. 의사가 뭔가 잘못알고 있다고 생각했다.

"네! 전 바로 다른 의사와 교대를 했는데…. 그날 바로 죽었다는군요. 그 아이 어머니가 바로 화장을 해서 뿌렸다고 하던데…. 오빠라면서 아직 모르십니까?"

"그 아이 엄마? 엄마! 그렇다면 그때 내가 병원에서 마주친 그 아주머니가!"

난 이제야 그 아주머니가 왜 내게 적개심을 보이나 했다. 그 아주머니가 바로 녀석이 가장 무서워하는 새엄이란 생각이 들었다.

난 도무지 믿을 수가 없었다. 하늘이 무너지는 것 같았고 천지가 노랗게 보이며 몸을 휘청거렸다.

털썩.

난 병원 화단 앞의 돌 위에 쓰러지듯 주저앉았다.

"아니야! 그럴 리가 없어. 뭔가 잘못된 거야. 그럴 리가 없어. 절대…."

난 미친 사람처럼 소리치고 있었다.

한참이 지나 정신을 겨우 수습한 나는 병원 주차장으로 갔다. 내가 차를 세워둔 것이 생각이 났던 것이다.

"…."

없었다. 분명 내가 주차를 했는데 내 트럭이 보이지 않았다.

"장기 주차를 했다고 견인조치를 했나보다."

난 그렇게 생각하며 버스를 타기위해 큰 길로 나섰다. 큰길가에 핸드폰 가계가 보여 그곳에 들어갔다. 잃어버린 핸드폰 때문에 다시 핸드폰을 하나 구입하려는 생각이었다. 다행히 내 주머니엔 돈이 있었다.

"먼저 번 핸드폰을 잃어버렸거든요. 다시 사야 하는데…."

난 핸드폰 가계 아가씨에게 말했다.

"번호가 어떻게 되세요?"

아가씨가 내가 갖고 있던 핸드폰 번호를 묻는다. 난 내 번호를 가르쳐줬다.

"그거 해지된 번호네요."

아가씨의 말은 날 다시 충격에 빠뜨렸다.

"무슨 말이에요? 내가 핸드폰을 잃어버리고 해지를 시키지 않았는데? 누가 해지를 시킬 수 있어요?"

"글쎄요…. 저도 모르죠. 아무튼 해지가 됐네요. 새로 가입을 해야겠어요."

"그럼 이 번호는 어때요?"

난 녀석의 핸드폰 번호를 댔다. 그 번호도 내 이름으로 만든 것이기에 내가 아니면 해지를 시킬 수 없다.

"이상하네요. 그 번호도 해지가 됐어요."

아가씨가 고개를 갸웃거리며 말했다.

"허! 참! 무슨 이런 일이!"

난 기막혀 할 말을 잃었다.

"새로 하나 가입하세요. 핸드폰을 최신형으로 무료로 드릴게요. 네?"

아가씨가 애교를 부린다. 난 무심코 고개를 끄떡거렸다. 우선 핸드폰이 있어야 하기에 앞 뒤 가리지 않았다.

"주민등록증을 주세요."

아가씨는 내 주민등록증을 받아 복사를 하고 내 사인을 받는 등 알 수 없는 서류를 몇 장 더 만들고 난 후 내게 핸드폰을 하나 줬다. 새로이 번호도 부여받았다.

그렇게 해서 내 핸드폰 번호도 바뀌고 말았다.

핸드폰을 들고 곡수리 집으로 달려간 나는 나의 한 가닥 믿음마

저 무참히 사라져가는 비통함을 맛보고 말았다.

"에구! 경찰서에서 오는 길이야?"

이웃집 아주머니가 안쓰러운 표정으로 날 보며 물었다.

"네! 어떻게 된 거예요? 우리 지현이?"

난 내가 들은 이야기가 제발 거짓말이기를 바라며 물었다.

"몰라! 갑자기 죽었다는 말을 듣고 우리도 너무 놀랐어. 어쩌다가 그런 일이…."

"정말 죽은 건가요? 정말 죽었어요?"

난 믿을 수 없는 현실 앞에 털썩 주저앉았다.

"그러니 그 준태 녀석도 그 고물 트럭 하나를 받고 얼른 합의를 봐주고 도망친 것이야."

"네? 도망을 쳐요? 그리고 그 고물 트럭이라면? 제 트럭을 준태를 줬나요? 누가?"

"여기 가만있으면 자네가 준태를 가만 놔두겠어? 동생을 죽인 원순데? 총각 차는 애초부터 여기 이장님 앞으로 샀다며? 보험료 때문에? 자네는 경찰서에서 꺼내줘야 하는데 준태 합의서가 필요하다고."

"네! 전 초보라 보험을 들으려면 어렵거든요. 보험회사들이 모두 다른 곳에 가보라고 하더라고요. 돈도 많이 달라하고 해서 이장님 명의로 산 건데…."

"준태가 합의 조건으로 그 자동차를 요구했어. 끌고 가려는 생각으로."

준태는 그래서 날 고소했던 것을 취하시키고 차를 끌고 도주를 한 것이었다.

"으으… 죽일 놈!"

난 피가 나도록 이빨을 꽉 물었다. 눈에 보이면 정말 죽일 것이다.

"쯧… 쯧."

아주머니가 안됐다는 듯 혀를 차며 저 편으로 걸어갔다.

정신을 놓고 몇 시간을 그렇게 주저 앉아있던 나는 겨우 일어나서 방으로 들어갔다. 내 옷과 살림살이 녀석의 옷과 물품을 비닐에 고이 싸서 한 곳에 보관해 놓고 밖으로 나온 나는 방문을 못으로 단단히 박았다. 떠나려는 것이다. 녀석이 없는 이곳에 더 이상 머물고 싶지 않았던 것이다.

"어디 가려고?"

이웃집 아저씨가 안타까운 시선으로 날 바라보며 물었다.

"네! 제가 없는 동안 집을 좀 봐주세요. 부탁할게요."

"그래! 마음이 정리되면 바로 돌아오게."

"감사합니다."

난 이웃집 아저씨에게 인사를 하고 버스를 타기 위해 버스 정류장까지 걸어가기 시작했다.

삼거리 검문소의 경찰들이 보였다.

"개새끼들!"

난 아무 죄도 없는 전경들을 향해 욕을 했다. 듣지 못했는지 반응이 없다.

"저런 것들 꼴 보기 싫어서라도 녀석 말 대로 사법고시나 볼 걸."

난 두 눈에 눈물을 주르륵 흘렸다. 경찰서에 갇혀 있지만 않았어도 녀석이 죽는 일은 없었을 것 같았다. 보이는 경찰들에게 원한이 가득했던 것이다. 그래서 일까. 내 손엔 대규가 가짜 법대생 노릇 하라고 준 책 두 권이 들려있었다.

난 그렇게 곡수리를 눈물을 흘리며 떠났다.

아버지가 늘 노름만 하시며 돈을 잃기만 하셨는데… 딱 한 번 돈을 왕창 따가지고 오신 때가 있었다. 그 돈으로 아버지는 서울에 땅을 구입했다. 내 이름으로 구입한 그 땅은 내 유일한 보물단지였다. 장안평과 전농동 사이에 있는 답십리 뒤로 있는 산. 전농동 쪽은 이미 모두 개발되어 건축물로 가득 했지만 장안동 방향 답십리동 뒤로는 아직 비탈진 숲이 남아 있었다. 모두 아카시아 나무 밭이다. 그 아카시아 나무 밭 한 쪽이 바로 내 보물단지였다. 불과 52평 뿐이지만 아버지가 유일하게 돈을 따서 구입한 땅이다. 거기 앉아 있으면 장안동이 한 눈에 내려다보인다. 아카시아 꽃이 필 때면 근처 연인들의 단골 데이트 장소이기도 했다. 그 이야기를 나와 첫 가출을 시도했던 안치혁, 그 친구에게 했다. 그 친구가 내년에 아카시아 꽃 피면 그곳으로 오겠다는 약속을 하고 그 친구 부모님을 따라 돌아간 것인데…

그해. 아카시아 꽃이 활짝 피던 그 해….

난 그 친구와의 약속 장소에 나가지 못했다.

녀석이 남긴 딱 한마디 말이 떠올랐기 때문이다.

"오빠와 내가 만났던 그 팝콘 나무…."

바로 녀석이 병원으로 실려 가며 남긴 말이다.

"혹시 녀석이 나와 그곳에서 만나자고 한 것인가?"

난 아직 녀석이 죽었다고 믿지 않았다. 해서 난 친구와의 약속은 지키지 못하고 바로 오원이란 동네 다리 아래에 텐트를 치고 강가 둑에 있는 몇 그루 아카시아 나무 아래 앉아서 매일 녀석을 기다렸다. 내 손엔 책이 항상 들려 있었는데… 녀석을 기다리며 읽을 책이었다. 바로 법학 관련 책이다.

한자를 잘 몰라 항상 한자 옥편도 같이 들고 한자를 모르면 옥편을 찾아보며 읽고 쓰고 그랬다.

아카시아 꽃이 피면 보통 15일은 지나야 완전히 지는데 난 그렇게… 녀석을 아카시아 꽃이 다 지고 없을 때까지 그곳에서 녀석을 기다렸다.

그 다음해도 난 역시 아카시아 꽃이 피면 항상 그 자리에서 녀석을 기다리며 눈물을 흘렸다.

그 다음해도. 그리고 그 다음해도….

녀석이 떠난 지 4년 째…. 답십리 아카시아 밭 내 보물단지에는 아담한 주택이 하나 지어졌다. 큰길에서 약 20미터 들어오는 좁은 도로 끝에 내 보금자리가 하나 만들어졌다.

내 보금자리가 완성되던 때를 맞춰 한 통의 전화가 왔다. 바로 나와 같이 가출을 하려다가 부모님에게 다시 붙들려간 그 친구 안치혁에게서 온 전화였다. 만약을 위해 여러 경로를 통해 아버지 안부를 알기위해 연락처를 알아내서 나와 연락을 주고받았었다.

친구 전화는 아버지 사망소식이었다.

아버지는 내 예상대로 부부도박단이 되어 돌아다니시다가 하필이면 내가 보금자리를 다 만들고 아버지에게 자랑을 하려고 할 때 불의 사고로 돌아가시고 말았던 것이다.

나는 서둘러 강원도로 내려갔다.

몇 시간 늦어진 까닭에 내가 도착을 했을 때는 이미 아버지와 새어머니의 영정사진까지 놓여있고 제사상도 차려져 있었다.

나는 생전에 못한 효를 생각하며 아버지 영정 앞에 무릎을 꿇고 엎드려 눈물을 흘렸다.

아이고. 아이고….

누군가 곡소리를 내고 있었다. 하얀 소복을 입은 20세 정도의 여자였다.

"자네 새어머니의 딸이네."

"아! 서울에서 학교를 다닌다던 그?"

안치혁의 아버지가 내가 의아하게 생각하자 옆으로 와서 알려주었다.

"뭐라 위로의 말을 드려야 할지…."

난 그 소복을 입은 새어머니 딸에게 그렇게 말을 하며 안타까운 시선으로 바라보았다.

"정말 너무 갑자기 돌아가셔서…. 흑흑…."

새어머니 딸은 다시 울기 시작했다.

"상대 차량이 잘못을 했대. 담배를 피우려다가 중앙선을 넘었다 하더라. 저기 보험회사 직원이 왔어. 가해 운전자가 가입한 보험회사래."

안치혁. 그 친구가 나에게 다가와 작은 소리로 말했다.

"아! 그래! 알았어!"

난 건성으로 대답을 하고 새어머니 딸 옆에 앉았다.

"차가 정면으로 부딪혔는데 엄마가 먼저 돌아가셨대요."

새어머니 딸이 말했다.

"네? 그게 무슨?"

"아. 보험회사 직원이 하는 말이 엄마가 5분 먼저 돌아가셔서 모든 보상금은 새아버지 후손에게 돌아간대요. 뭐 5분 동안 이미 상속이 된다 하더라고요."

새어머니 딸은 눈물을 흘리면서도 할 말을 다하고 있었다.

"아! 그래요? 보상금 문제 말이죠? 잠시만요. 치혁아! 그 보험회사 직원 분. 들어오시라고 해."

이런 문제일수록 빨리 매듭을 짓는 것이 좋다. 부모님 장례식에서 보상금을 논의하는 자체가 예의에 어긋나기 때문이다.

내 말이 떨어지기 무섭게 보험회사 직원이 들어왔다.

"보상금 문제는… 제가 포기각서를 써드릴 테니 얼마가 됐든 모두 여기 이 아가씨에게 다 지급해드리세요."

난 그 자리에서 보험회사 직원에게 보상금을 그 새엄마 딸에게 모두 양도한다는 서류를 작성해줬다.

"이러시면…."

"아닙니다. 새어머니 덕분에 제가 효를 다하지 못했어도 아버지께서 행복하게 사시다가 돌아가셨으니 모두 새어머니 덕택입니다. 공부를 하시는데 도움이 됐으면 좋겠습니다."

난 보상금액은 처음부터 물어보지도 않고 모두 그 새어머니 딸에게 줬다.

장례식 내내 동네 어른들 입에서 그 이야기가 나왔다. 새어머니 딸도 나에게 음식 하나라도 챙겨 주려고 했다.

"고맙습니다. 정말 고맙습니다. 앞으로 친오빠처럼 생각할게요."

난 하나뿐인 아버지를 떠나보내고 다시 동생을 하나 얻었다. 장례식을 치르고 떠나올 때까지 정말 오누이처럼 있을 수 있었다. 다 내가 보상금을 몽땅 양도한 것은 잘한 일이었다.

파릇파릇한 봄이 오던 그해 난 아버지 장례식을 치르고 올라오는 길에 우연인지 자동차 바퀴가 펑크가 났다. 바로 오원이란 마을에서.

조그만 카센터로 차를 몰고 간 나는 정비사가 펑크를 때우는 동안 말을 걸고 있었다.

"혹시 이 동네 분이세요?"

"그럼요. 여기서 나고 여기서 자랐는데요."

"그럼! 혹시 강지현이라고 아세요? 이제 17살 정도 됐을 텐데?"

"혹시 새엄마 손에 쫓겨났던 그 아이를 말씀 하시나요?"

정비사는 녀석을 알고 있었다.

"네! 아세요?"

난 녀석 소식을 듣는 것 하나로도 무척 마음이 설레고 있었다.

"잘 알죠. 그 애 아빠하고 같이 학교 다녔는데."

"아 그러시군요. 지금 그 아이는 어떻게 됐는지 아시나요?"

"어떻게 되다니요? 그 아이 집을 나간 지 벌써 5년은 된 것 같은데…. 그 후 나도 소식을 모른다오. 그 아이 아빠는 그 독한 새 마누라와 다시 헤어져 누님에게 갔지 아마."

"네? 누님이시라면?"

"아 그 지현이 이모가 있어요. 나한테 먼 친척으로 누님이 되시는데 지금 호주에 사시거든요. 아마…. 지현이 집 나가고 한 1년 됐었나! 그때쯤일 겁니다. 누님이 오셔서 데리고 간 것으로 압니다.

그 독한 마누라와도 그때 헤어졌고요. 재산은 몽땅 그 여자가 가로 챘지요 아마! 헌데…? 그 아이는 어떻게 아세요?"

"저도 언젠가 이 동네 왔다가 알게 된 아이입니다."

난 사실대로 이야기할 수 없었다. 사실대로 이야기하면 문제가 더 복잡해지고 이야기도 길어질 것 같아서 대충 둘러대고 말았다.

차 펑크를 고쳐 타고 올라오는 난 무척 기대감에 차 있었다.

우선 녀석이 죽었다는 이야기를 듣지 않아서 혹시 살아있을지도 모른다는 생각 때문이다. 또 하나는 녀석 아버지가 그 무섭다는 후처의 손에서 벗어났다는 것에 안심이 됐다.

조금 더 내려오니 녀석과 함께 라면을 먹던 그 다리가 보였다. 강가에 아카시아 나무엔 꽃망울이 하나 둘 맺히기 시작했다.

난 다리 아래로 차를 몰아 그곳에 텐트를 치고 다시 녀석을 기다리기로 했다.

하루 이틀….

날짜는 계속 가고 아카시아 꽃은 만발하여 그윽한 향기를 내 텐트 속까지 가득 채웠다.

허나… 그해도 녀석은 결코 나타나지 않았다.

난 다시 눈물을 흘리며 지는 아카시아 꽃을 원망했다.

그리고 그 다음해도 또 다음해도 난 같은 모습으로 아카시아 꽃이 피면 그 자리에서 녀석을 눈물로 기다렸다.

녀석이 내 곁을 떠난 지 7년이란 시간이 흘렀다.

아카시아 꽃은 올해도 나뭇가지 가득 팝콘을 매달은 모습으로 더욱 향기로운 향기를 담고 나를 반기고 있었다.

난 다리 아래 텐트를 치고 매일 아카시아 꽃 아래 앉아 녀석을 기다렸다.

다른 때와 달라진 것이 있다면 내 손에 책이 없다는 것이다. 대신 내 손엔 통기타가 하나 들려 있었다.

노래를 만들고 있었다. 녀석을 그리는 노래다.

네가 마귀할멈이라도 난 좋아
네가 애늙은이라도 난 좋아
네가 없는 세상은 너무 어두워
넌 나의 천사라는 걸 늦게 알았어

매일 여기서 울면 네가 올까?
당장 오빠! 하며 나타날까
보고 싶어 미칠 것 같은데
넌 어디 있니? 어디에 있어?

매일 노래를 만들며 녀석을 눈물로 기다리는데 지나가던 자동차하나가 멈추더니 사람이 내려 내게 걸어오고 있었다.

"혹시나 했더니 역시 성 사장이었군요."

조경공사를 시작하고 첫 고객으로 아치형 탑과 함께 정원 공사를 해 줬던 고객이었다.

"안녕하십니까? 오랜만이네요?"

난 반가운 표정으로 인사를 했다.

"네! 반갑군요. 여기서 뭘 하십니까? 요즘 바쁘시다는 이야길 들었는데?"

"네? 바쁘다니요? 누가?"

"아! 왜이러십니까? 소문이 자자하던데 경기도 강원도 일대는 꽉 잡으셨다고. 이젠 전국구로 뛰신다면서요? 여기도 공사 때문에 오셨습니까?"

"무슨 말씀이신지? 도통 저는….'"

난 도무지 이 고객이 무슨 말을 하는지 이해를 할 수 없었다.

"응? 무슨 말씀을? 정원조경이 강원도와 경기도는 물론 전국적으로 유명하다는 것은 다 아는데 인터넷에서도 아주 유명한데 왜 시치미를 떼시나?"

그는 나를 오히려 이상한 눈으로 봤다. 난 그 고객의 말을 듣고 대충 알 것 같았다. 누군가 우리 정원조경 간판을 걸고 공사를 하는 모양이다.

"아! 전 그 일에서 벌써 7년 전에 손을 뗐습니다. 누군가 간판만 같은 걸로 걸고 사업을 하는 모양입니다."

난 내 말이 맞을 것이라 확신을 하면서 말했다.

"무슨 소리요? 인터넷 홈페이지도 그대로고 사무실 주소도 그대로고. 사장이 성박이라던데?"

그의 말을 듣고 난 엄청난 충격과 환희를 느꼈다. 정말 녀석이 살아있는 걸까. 녀석이 그 자리에서 사업을 하고 있는 걸까? 난 무척 흥분됐다.

"정말입니까? 그 말씀이 정말입니까?"

"정말 모르시는 모양이군요. 스마트폰 있으시면 한 번 검색 해보시죠. 바로 뜨던데….'"

"아! 그래요?"

난 얼른 핸드폰을 꺼내들고 검색을 시작했다.

'아름다운 조경을 원하세요? 아름다운 정원을 갖고 싶으세요? 그럼 정원조경으로 오세요.' 라는 광고 문구와 함께. 사업장 주소가 뜨는데… 녀석과 같이 지내던 그 할머니 집 주소였다. 아니 이젠 그 녀석 이름으로 된 집이었다. 난 급히 홈페이지에 있는 전화번호로 전화를 걸었다.

"여보세요? 정원조경입니다."

전화를 받는 목소리는 굵은 남자 목소리다.

"전화 받는 분이 사장님이십니까?"

내가 혹시나 해서 물었다.

"사장님은 지금 출장 중이십니다. 무엇을 도와드릴까요?"

굵직한 목소리지만 무척 친절했다.

"혹시 사장님 성함을 물어봐도 되겠습니까?"

난 공손히 물었다.

"정현 사장님 말씀이십니까?"

전화를 받는 남자는 내게 말했다. 사장 이름이 정현이구나 하는 생각으로 난 기대감이 무너지는 허탈함에 대충 인사를 하고 전화를 끊어 버렸다.

"…."

나에게 이야기를 전해 준 고객이 날 빤히 바라본다. 자기 말이 맞지 않느냐고 묻는 표정인데 난 고개만 흔들었다.

"아! 아니었군요? 언제 올라가시겠습니까? 전 지금 올라가는 중입니다만?"

"네! 먼저 가십시오. 전 천천히 가렵니다."

난 그 사람을 보냈다. 그리고 며칠은 더 아카시아 나무 아래 앉아 녀석을 위한 노래를 만들며 눈물로 녀석을 기다렸다.

아카시아 꽃은 다 지는데 녀석은 올해도 나타나지 않았다.

지옥의 터널 속에서

아카시아 꽃이 다 지고 여름철을 알리는 굵은 소나기가 온천지를 암흑 속으로 만들며 퍼붓고 있던 날 난 오원 마을을 떠났다.

앞이 보이지 않는 차량 앞 유리창을 윈도우 브러시가 쉴 새 없이 움직이며 빗물을 닦아내고 있었다. 새말에 들어서서 막 고속도로로 진입을 하려는 내 차량 앞에 1톤 트럭 하나가 얌체처럼 끼어들었다.

"헉! 저건!"

난 그 트럭을 보고 무척 놀랐다. 바로 잊고 있었던 나의 옛 조경 사업, 그 정원조경 간판을 달고 있는 자동차였다.

"오! 저걸 만나다니…. 정말 누가 사업을 하긴 하는 건가? 그래! 이젠 녀석의 짐도 정리를 해야 하겠지…."

난 그 자동차를 따라 가기로 마음먹었다. 7년간 방치를 해놓은 내 옷이며 녀석 짐도 정리를 해야 한다는 생각이었다.

앞도 보이지 않는 폭우 속에 누가 운전을 하는지 트럭의 속도는 무척 빨랐다.

앞서가는 자동차들을 요리조리 추월을 하며 달리는 트럭을 쫓아가는 나는 트럭 운전자가 누군지 무척 궁금했다. 비만 안 오면 앞 트럭 백미러를 통해 운전자를 대강은 볼 수 있지만. 지금은 앞 트럭을 그 정도로 바싹 따라붙을 수도 없었다. 너무 위험하기 때문에 안전거리가 무엇보다도 중요했다.

내 예상대로 앞에 가는 트럭은 여주 톨게이트로 나가고 있었다.

쉴 새 없이 움직이던 차량 앞 유리창의 윈도우 브러시가 느리게 움직여도 될 만큼 비가 그치기 시작했다.

앞서가던 차량이 여주 시내에 있는 어느 식당 앞에 멈추었다.

"저 식당은! 그래! 그 명이 아주머니가 녀석에게서 수수께끼를 듣는 대가로 불고기를 사 주던 식당이군! 녀석이 참 맛있게 먹었는데…."

난 옛일을 생각하며 그 트럭 옆에 차를 세웠다.

트럭에서 내린 운전자는 놀랍게도 여자였다. 이제 갓 20세가 되었을까. 훤칠한 키에 날씬한 몸매였으나 검은 선글라스를 끼어 얼굴은 잘 알아볼 수 없었다.

조수석에서 남자가 하나 내렸는데 40대 초반으로 보였다. 남자가 먼저 내려 얼른 우산을 받쳐주고 있었다.

식당에 들어가서 밥을 먹으려는 모양이다. 핸드폰 시계를 보니 벌써 오후 5시 40분이었다. 저녁 시간이다. 나도 배가 고프다는 것을 그때야 알았다.

"그래! 나도 그 불고기 맛을 좀 보자."

나도 차에서 내려 식당으로 들어갔다.

트럭에서 내린 남녀가 앉은 자리에서 조금 떨어진 창가에 자리를 잡은 나는 불고기를 시켰다. 녀석이 맛있게 먹던 지난 추억을 떠올리며 먹으려는 생각인데 갑자기 녀석이 보고 싶어 미칠 것 같았다.

"사장님은 왜? 다른 식당도 많은데 꼭 여기 오셔서 식사를 하세요? 그것도 매일 불고기만?"

40대 남자가 그 트럭을 운전하던 여자에게 묻는 말이다. 아마도 저 여자가 사장인 모양이다.

"맛있잖아요. 아저씬 맛이 없어요?"

사장이라는 여자가 농담을 하는 모습이 왜 그 녀석을 꼭 닮았는지….

여자는 밥을 먹으면서도 선글라스는 벗지 않았다. 난 혹시 녀석이 아닐까 확인하고 싶었지만 얼굴을 알 수 없으니 답답했다.

불고기가 나오고 나도 저녁 식사를 시작했다. 불고기 맛은 그때 녀석이 맛있게 먹던 그 맛 그대로였다. 저녁을 다 먹고 식당을 나온 시간은 오후 6시 20분. 비가 그쳐있었다. 서쪽 하늘엔 구름 사이로 붉은 빛을 뿌리고 수줍은 듯 얼굴을 붉히며 태양이 산마루 너머로 고개를 살짝 숙였다.

붉은 빛을 받으며 긴 그림자를 남긴 여자는 다시 트럭에 올라타고 식당을 떠났다. 난 거리를 유지한 체 계속 그 트럭을 따라갔다.

그 트럭은 빠른 속도로 도로 위를 달려 곡수리 삼거리에 도착했다.

"…"

난 그 트럭에서 시선을 떼고 근처를 둘러보다가 깜짝 놀랐다. 할머니가 녀석에 팔았다는 그 집은 어디에도 없고 하얀 2층 집이 들어서 있었다. 상가주택처럼 지었는데 전에 옆집 아줌마 집까지 사라지고 꽤 넓게 지은 2층 건물이었다. 1층엔 슈퍼마켓 간판이 달려있고 2층엔 정현조경이란 간판이 걸려있었다.

트럭에서 내린 여자는 슈퍼마켓에 들려 주인과 무슨 이야기를 주고받더니 2층으로 올라갔다.

"내일 봐요!"

"네! 그럼 들어갑니다!"

40대 남자는 트럭을 몰고 다시 어디론가 떠나갔다. 이제 퇴근을 하는 모양이다.

난 차에서 내려 잠시 주위를 둘러보며 머뭇거리다가 용기를 내어 2층 정현조경으로 올라갔다.

똑똑.

문을 두드렸다.

"들어오세요."

안에서 여자 목소리가 들렸다.

난 문을 열고 안으로 들어갔다. 안쪽은 문이 두 개 더 있는데 하나는 열려있고 하나는 굳게 닫혀있었다. 열려있는 문으로 들어가보니 꽤 넓은 사무실이었다. 그 여자는 사무실 가장 안쪽 창가에 앉아서 뭔가 서류 정리를 하고 있었다.

"잠시 앉아서 기다리세요."

그녀는 나를 바라보지도 않고 서류를 정리하며 말했다. 그녀를 바라보던 난… 무심코 본 것이 있었다. 명패였다.

정현조경 사장 강지현.

난 가슴이 쾅쾅 뛰었다. 나도 모르게 천천히 그녀에게 다가갔다.

"…"

내가 다가가자 그녀가 나를 바라보다가 그대로 굳어버렸다. 눈에 눈물이 가득 고여 흐르기 시작했다.

"왜? 왜? 이제 오는 거야?"

녀석이 날 알아봤다. 틀림없는 그 녀석이다. 내가 그렇게 아카시아 꽃이 피면 기다리고 기다리던 나의 천사. 마귀할멈. 바로 그 녀석이었다.

"지현아! 너 살아 있었니? 살아 있었어?"

나도 눈에 눈물이 주르륵 흘러내렸다.

"오빠!"

녀석이 달려와 내 품으로 안겼다.

"살아있었구나? 살아 있었어. 으흐흑…."

난 녀석을 으스러지도록 안고 울었다.

"내가 오빠를 얼마나 기다렸는데 으앙… 왜 이제 오는 거야? 왜? 으앙…."

녀석이 나를 안고 오열한다.

"난 네가 죽은 줄 알고…. 왜 다들 네가 죽었다 하는지… 흑흑…."

"그 새엄마 손에서 벗어나려고 꾸민 일이란 말이야. 오빠 그래서 내가 만약을 위해 내 노트북 비밀번호를 가르쳐 줬잖아. 왜? 내 노트북은 열어보지도 않고? 핸드폰은 왜 해지를 시키고? 내 것도 오빠 것도 다 오빠가 해지를 시켰더라?"

녀석이 눈물을 뿌리며 내게 악을 쓰고 있었다.

"노트북은 왜? 그리고 핸드폰은 내가 해지를 시킨 것이 아닌데… 나도 누가 해지를 시켜서 다른 번호로 새로 가입했는데."

"노트북에 내가 오빠에게 편지를 남겼었어. 혹시 내가 죽었다 해도 그 새엄마 손에서 벗어나려고 작전을 쓴 것이니 울지 말고 조금만 기다리라고. 그리고 핸드폰 가게 아가씨가 오빠가 주민등록증까지 주며 해지를 시켰다고 하더라. 물론 그 아가씨, 해지가 안 된 것을 해지됐다고 속이고 새로 가입하게 했던 것으로 밝혀졌지만…"

"뭐? 그런 못된! 그래서 내가 그 긴 7년간을 너와 헤어지게 했다고? 그 고객 새로 가입시키면 수당 얻어먹으려고? 해지도 안 된 것을 해지됐다고 속이고 새로 가입하게 만들어? 으이그…"

난 분통이 터졌다.

"그 아가씨 그런 식으로 고객 속이다가 구속됐어. 그 아가씨만 잘못 아니야. 오빠 도대체 내가 노트북 이야기를 했는데 왜 열어보지 않은 거야? 그리고 7년간 왜 한 번도 이곳에 안 오고? 킁킁…"

녀석이 갑자기 내 몸에 코를 대고 냄새를 맡기 시작했다.

"…"

"이상한 냄새네. 이건 뭐지? 아카시아 향긴가?"

녀석이 나를 안고 있던 팔을 풀고 내 품에서 벗어나며 의아한 표정으로 날 바라본다.

"네가 병원에 실려 갈 때 팝콘 나무 이야기를 했거든. 해서 난 매년 아카시아 꽃이 피면 그곳에서 널 기다렸어. 지금도 그곳에서 널 기다리다가 돌아오는 길에 새말에서 네 차를 발견하고 따라온 것이고. 그 노트북 이야기는 정말 까맣게 잊고 있었다. 이젠 생각나지만. 그리고 너 그때. 놈들에게 맞아서 병원가지 전에도 많이 아파했잖아? 제주도에서부터? 그래서 난 정말 네가 죽을 줄 알고…"

"바보! 그건 생리통 때문이잖아! 바보야!"

"엥? 그게 그거였어? 난 그런 줄도 모르고…"

난 드디어 입가에 미소를 띠며 말했다. 비록 입가에 미소는 띠고 있지만 눈물은 아직 그치지 않고 있었다.

"오빠 옛 모습 그대로네. 조금 나이가 들어 늙긴 했어도."

녀석도 눈물을 흘리면서도 미소를 지었다.

"넌 길에서 만나면 모르겠다. 많이 컸어. 예뻐지고 이젠 숙녀 티가 제법 나는데 하하…"

난 녀석 어깨를 두 손으로 잡고 이리저리 살펴보며 웃었다. 눈엔 눈물이 흐르면서.

"오빠!"

"왜?"

"우리 이젠 정말 헤어지지 말자! 다신 헤어지지 말자 응?"

녀석이 다시 내 품으로 안기면서 말했다.

"그래! 그래! 다시는…. 널 내 눈에서 안보이게 하지 않을 거야. 늘 내 곁에 있게 할 거야. 늘… 내 곁에만."

난 녀석을 다시 으스러지도록 안았다. 녀석 키가 어느새 많이 컸다. 내 키를 비슷해지고 있었다.

"정말이지? 영원히 내 곁에 있어야 돼? 영원히?"

녀석이 더욱 내 품에 깊이 안기며 물었다.

"그래! 약속하마. 이 약속 반드시 지킬게. 너도 앞으로 아무 말 없이 내 곁을 떠나지 마라? 너도 약속해. 응?"

"응! 나도 약속할게. 떠나라 해도 절대 안 떠나."

"녀석! 죽은 줄 알았는데 이렇게 살아있어 줘서 정말 고맙다. 고마워."

"오빠가 너무 순진해서 그래! 내가 죽었는지 살았는지 확인하려면. 얼마든지 할 수 있었는데 사망신고도 안됐고 병원 의사도 만나보면 되고 학교에 가도 알 수 있고 무엇보다도 여기 왔으면 금방 찾았을 텐데 왜 늦은 거야? 뭘 하느라고?"

녀석은 두 눈에 눈물을 펑펑 쏟으며 억울하다는 투로 말했다.

"오로지 아카시아 꽃이 필 때만 기다렸다. 그리고 아카시아 꽃이 피면 널 기다리러 오원 마을 다리 아래로 갔다. 내 7년은 늘 그랬어. 늘…."

"오빠! 흑흑…."

녀석이 결국 울음을 터뜨렸다.

"미안하다. 정말 미안해. 내가 좀 더 일찍 여길 왔어야 하는데… 그 7년간 이곳 생각을 못했어. 내 기억 속에서 까맣게 잊고 있었어. 여길 말이야."

"도대체 오빤 어디서 뭘 하며 지낸 거야? 밥은 제대로 먹고? 잠은 어디서 자고? 어떻게 먹고 살았어? 응?

"7년간? 그래! 우선 내가 7년간 뭘 했는지 그것부터 이야기할게.

너도 다 이야기해줘. 응?"

"알았어! 오빠부터 해봐?"

녀석과 난 어깨를 마주대고 앉아 서로 부둥켜안고 지난 이야기를 시작했다. 지옥과 같았던 그 7년간의 이야기를 난 시작하고 있었다.

"정말 지옥에서 길을 잃고 헤매던 나를 꺼내준 것은 너였다. 이곳을 정리하고 혼자 서울로 올라갔다. 서울엔 아버지가 내게 물려준 유일한 땅이 있었다. 비탈진 산허리에 아카시아 나무가 있는 52평짜리 땅. 아버지의 깨끗하지 못한 돈으로 구입한 땅이기에 나에게 버림받았던 땅. 난 그곳에다가 움막을 짓고 거지처럼 살아가기 시작했다. 리어카를 끌고 다니며 고물을 주어 팔아 돈이 생기면 그 돈으로 술이나 먹고 쓰러져 너를 그리워하며 울다 지쳐서 잠들곤 했다. 사람들은 나에게 손가락질을 했고 먹다 남은 음식을 던져주며 놀리기도 했다. 난 차츰 정신 상태까지. 썩을 대로 썩어 도무지 인간 같지를 않았다."

내가 이야기를 하는 동안 녀석은 말없이 날 바라보며 하염없이 눈물만 흘리고 있었다.

"그러던 어느 날. 잠든 내 꿈속에 네가 나타났다. 날 보고 울며 책을 몇 권주고 가더라. 책을 받아보니 법학 책이었는데 잠에서 깨어 난 웃고 말았다. 나 보고 가짜 법대생 노릇 하며 여자를 사귀라고 하는 줄 알고."

"오빠 맘속에 그런 생각이 있었던 거야."

녀석이 입을 삐쭉 내밀었다.

"우연일까. 그날 전농동을 리어카를 끌고 돌아다닐 때였다."

"우리 지하실에 지저분한 것들이 많은데 모조리 가져가시래요."

"어느 소녀가 그렇게 말을 하며 날 주택 지하실로 안내를 했다. 내가 지하실에 있는 박스며 책들을 리어카에 싣다보니 법학 관련 서적이 많이 보이더라. 갑자기 꿈이 생각났지. 그리고 네가 꿈속에서 날 야단치는구나! 하고 생각했지. 해서 나도 정신을 차리기 시작했다. 그 책들 중 법학 책들을 골라 가지고 움막으로 돌아왔다. 그날은 술도 안 먹었다. 그리고 몸도 깨끗이 씻고 공부를 시작했지."

"법학 공부를?"

"그래! 가방끈이 짧아 어디 한자를 읽을 수나 있어야지. 옥편을 하나 사서 일일이 찾아 메모를 하며 읽었지. 매일 고물을 주어 팔아 생계를 유지하며 틈틈이 공부를 했다. 돈을 모아서 아카시아 꽃이 피면 오원 그 다리 아래서 15일 이상을 널 기다리며 공부를 하고 3년이 지나. 사법고시에 도전을 했다. 무참히 떨어졌지만. 그리고 다시 2년이 지나 난 그동안 모은 돈으로 나의 움막을 걷어내고 그곳에 아담한 집을 하나 지었다. 집이 완공되고 또 다시 찾아온 사법고시. 난 벌써 3번째 도전이었다. 결국 또 떨어졌다. 처음보다 나아진 것은 그래도 점수를 제법 받았다는 것이다. 조금은 자신감이 생겼다. 더욱 머리를 싸매고 공부를 했다. 간혹 꿈속에서 네가 나에게 미소를 보이며 나타났다. 난 더욱 자신감을 얻었다. 그리고 드디어 난 합격을 했다. 1차 2차. 모두."

"와! 오빠! 정말이야? 대단하다. 정말 오빠 최고야!"

녀석이 와락 내 품으로 다시 얼굴을 묻는다. 아마 또 우는 것이리라.

"그러나 거기 까지다. 난 검사가 되고 싶지는 않다. 변호사 역시."

"엥? 왜?"

녀석이 눈물을 손바닥으로 닦으며 날 황당하다는 표정으로 봤다.

"정치인들 하수인이나 되는 그런 검사는 난 싫다. 적성에 안 맞아. 내가 가장 경멸하는 자들이 바로 정치인이니까."

"그럼 변호사라도 돼야지?"

"변호사들을 보면 돈을 쫓아다니는 불나방 같아 보이거든. 검사가 권력을 위해 돈을 위해 정치인들 엉덩이나 닦아주는 자들이라면 변호사들은 돈이라면 죄가 있는 자들도 없는 자로 만들고 죄 없는 자도 있는 자로 만들려고 노력하는 가장 사기꾼 같아 보이거든. 해서 난 싫다."

"쳇! 역시 오빠 순수해. 억울한 사람을 도와 누명을 벗겨주는 변호사가 되면 되잖아? 오빠도 억울하게 경찰서에 갇혔었잖아. 다 그 여자가 돈을 먹여서 그렇지만."

"돈을 먹이다니?"

"우리 그 나쁜 새엄마 말이야. 준태 그 아저씨도 그렇고 경찰도 그렇고 나 못살게 굴려고 다 돈을 먹였대."

"저런 나쁜…."

내 입에서 욕이 나오려다 참았다.

"그러니 오빠! 변호사는 그냥 해라! 응? 착한 변호사 하면 되잖아? 나랑 사업 계속하면서. 어렵고 억울한 사람 나오면 도와주고 응? 돈은 받지 말고 그럼 되잖아? 응?"

"사실 난 검사가 되고 싶었어. 바로 날 억울하게 유치장에 가둔

저 돈 벌레 같은 쓰레기 경찰들을 잡아 죽이려고."

"경찰이라고 다 나쁘진 않아! 그 새엄마 치마폭에서 놀아난 경찰도 목이 날아갔어. 그 새엄마도 2년 간 교도소에 갔다 나왔고."

"엥? 왜?"

"날 폭행하라고 청부한 사실을 준태 아저씨가 다 털어놨거든. 그래서 새엄마가 교도소 들어가는 바람에 아빠는 이혼을 하고 이모네 집으로 갔어. 아빤 지금 호주에서 살아. 몸도 많이 좋아 지셨더라."

녀석이 초롱초롱한 눈에 눈물을 가득 머금고 날 바라보는 모습이 예전 귀여운 마귀할멈 그 모습 그대로였다.

"흐흐…"

난 그 모습을 보고 웃었다.

"왜 웃어?"

"네 모습이 이제 좀 보이는 듯해서… 옛날 그 모습이."

"히히…. 내가 어딜 가나. 아직도 내 별명은 마귀할멈이고 성박 그대로인데."

"성박? 명패는 강지현으로 했던데?"

"히히…. 그건 다 이유가 있지."

녀석이 갑자기 얼굴을 붉힌다.

"이젠 네 이야기를 해봐? 7년간 이야기를?"

"그보다 우선 오빠부터 대답을 해야지. 변호사는 포기 안한다고 응?"

"알았어! 나도 그냥 명함만 갖고 있지 뭐."

"응! 그래! 그럼 언젠가 억울하고 불쌍한 사람이 나오면 도울 수 있잖아."

"그냥 명패뿐이라니깐. 사법고시를 패스했다고 다 같지는 않아. 누군 검사가 되고 누군 못되지. 해서 검사가 못되면 변호사라도 하는데 그게 비극의 시작이야. 판사 검사 출신 변호사들은 서로 인맥이 있어서 알아주고 밥벌이도 어렵지 않지만. 검사도 못돼 변호사가 된 햇병아리 변호사를 누가 변론을 맡기겠어. 돈이 없는 가난한 사람들 외엔. 그러니 밥벌이도 안 되지…. 결국은 그들도 로펌의 노예로 전락하고 말지. 허나 그 케이스는 그나마 나은 편이고 돈을 좇아 사기나 치는 인간쓰레기로 전락하는 불쌍한 사람들도 많아. 명패를 들고 있다고 다 변호를 맡기지는 않아. 허니 내가 명패가 있다고 언젠가는… 하는 기대는 버리는 게 좋을 거야. 난 돈을 좇아 불쌍한 사람들 사기나 쳐서 등골 빨아먹지는 않을 테니까."

"알았어! 역시 내가 사람을 볼 줄 안다니까. 오빤 내가 본 사람들 중 최고야."

녀석이 엄지손가락을 치켜세운다.

"비행기 그만 태우고 이제 네 이야기 한 번 해봐?"

"알았어! 음… 그러니깐. 병원에서 오빠가 나가고 난 바로 정신을 차렸어. 나를 진찰하던 의사가 다른 의사와 교대를 했는데 우리가 조경을 해줬던 고객이더라고 나를 알아보고 의사가 놀라는데 정문에서 급히 들어오는 그 여자가 보이는 거야."

"새엄마?"

"응! 해서 급히 난 의사에게 부탁을 했지. 저 여자가 오면 내가 죽었다고 하라고 그 의사 눈치가 빨라서 정말 그렇게 해줬어. 헌데… 난 정말 다시 정신을 잃었지 뭐야. 나중에 깨어나 보니 병실이더라. 의사 말이 머리를 다쳐서 뇌진탕 증세도 좀 있고 갈비뼈도 두 개나 나갔다 하더라. 놈들이 발로 막 찼거든. 가슴은 멍투성이였는데 일주일은 꼼짝도 못하고 병원 신세를 졌어. 병원에서 의사에게 오빠가 경찰에 연행되었단 이야기도 들었지. 일주일이 지나 겨우 움직이기 시작했는데 오빠도 안 오고 무슨 일인가 궁금해서 의사 전화기를 빌려 오빠에게 전화를 했지. 쳇! 그새를 못 참고 해지시켰냐? 난 황당해서 할 말이 없더라."

녀석이 토끼눈을 뜨고 날 노려봤다. 장난이지만 옛 모습 그대로 녀석을 보는 것 같은 착각이 들었다.

"미안! 정말 그건 내가 멍청했어."

난 정말 내가 생각해도 바보 같았다는 생각이 들었다. 핸드폰 가게 아가씨한테 속았다는 분함보다 내가 바보였다는 사실에 더욱 속상했다.

"병원에서 꼭 23일 만에 퇴원을 했어. 집으로 와 보니 더욱 황당하더라. 문엔 못을 박아놓고 짐은 비닐로 싸놓고 오빤 사라지고 자동차는 준태 그 아저씨가 가지고 도망갔다는 이야기를 들었는데 오빠가 떠났다는 연락을 받고 돌아왔어. 그리고 잘못을 뉘우치고 경찰서에 가서 사실대로 진술을 했지. 처음엔 경찰들이 오히려 사건을 묻으려고 했지. 그 돈을 먹은 경찰 때문에…. 이장님들이 도와줘서 사건이 확대되고 결국은 그 여자도 돈을 먹은 경찰도 다 죄를 받았어. 헌데 오빠는 돌아오지 않더라. 아무리 기다려도 안 오더라고 조그만 내가 뭘 어떡해? 돈벌이도 할 수도 없고 이모네 집으로 가면서 아빠가 준 돈으로 우선 먹고 살면서 학교도 다니고

그랬는데…. 그 돈도 곧 떨어지더라. 쳇! 아무리 기다려도 오빠가
와야지."

녀석 눈에 또 눈물이 가득 고여 흐른다. 난 얼른 녀석 눈에 눈물
을 손으로 닦아 줬다. 난 고개를 들고 녀석을 바라보지 못했다. 너
무 미안했다. 내가 바보처럼 이곳을 떠나 7년간이나 오지 않아서.
녀석을 고생시킨 것을 생각하니 너무 미안했다.

"다행히 민혁 오빠는 연락이 되더라. 해서 오빠를 불렀지. 그리
고 다시 조경 사업을 시작했어. 학교는 그만두고 우선 먹고 살아
야 하잖아. 돈을 벌기 위해 민혁 오빠랑 같이 뛰었지. 그리고 차츰
사람을 늘렸어. 민혁 오빠는 그해 여름까지만 날 도와주고 서울로
갔고 같이 학교 다니던 남자애들이 방학엔 아르바이트를 하며 날
도와주고 인력공사 다니던 아저씨들과 함께 정현조경 사업을 계속
했지. 돈이 많이 모이더라. 또 모으는 재미로 일은 계속 했는데 오
빠가 오질 않는 거야. 너무 보고 싶어서 매일 우는데 옆집 장 씨
아저씨가 제안을 했어. 우리집과 그 아저씨네 집까지 헐고 같이 이
곳에 2층 건물을 지어 같이 살자는 거야. 해서 난 그동안 모은 돈
으로 그렇게 하기로 했지. 1층은 장 씨 아저씨가 쓰고 난 2층을 쓰
기로 했어. 땅도 공동으로 2분에 1씩 지분을 갖고 집도 1층은 장
씨 아저씨 소유로 하고 2층은 내 소유로 했어. 건축비도 공동 부담
하고 그래서 장씨 아저씨는 슈퍼마켓을 하는데 꽤 짭짤해. 대신 여
기 사무실 전화를 내가 출장 갈 때는 슈퍼로 돌려놔서 아저씨가
받아줘."

"아! 그럼 오늘 내가 전화를 했는데 받은 아저씨가 바로!"

"오빠가 전화를 했었어?"

"웅! 전에 판교에서 처음 조경 공사를 맡겼던 그 사장님이 오원에서 날 알아보고 이곳 이야기를 하더라."

"어! 그 사장님은 그 후 한 번도 못 봤는데 어떻게 알고?"

"인터넷에서 본 모양이더라. 소문으로 듣기도 하고"

"아! 홈페이지를 본 모양이구나! 인터넷보고 전국에서 막 연락이 와."

"그래서? 학교는?"

난 가장 녀석에게 미안한 것이 그것이었다. 녀석이 중학교를 다니다가 말았다는 것이 너무 안타까웠다.

"창피하게 중학교 중태를 하면 되겠어? 해서 혼자 공부해서 겨우 고등학교 졸업은 했는데… 대학은 포기하려고."

"왜? 이젠 오빠가 있으니까 대학 공부를 해."

"아냐! 그만 둘래."

"아니 왜?"

"그 이유는 오빠가 검사나 변호사 되기 싫다는 이유와 비슷해. 세상엔 꼭 간판이 필요한 것은 아니잖아? 내가 대학 졸업을 한 것하고 지금 하고 뭐가 다를까? 오빤 내가 대학 간판을 달아야 좋아? 지금 난 싫고?"

"아. 아니야! 난 무조건 네가 좋아!"

"그럼 됐어! 난 대학은 포기. 사업으로 성공할 거야. 이젠 오빠도 있으니 난 너무 행복해. 히히…."

녀석이 다시 내 가슴에 얼굴을 묻고 안긴다.

갑자기 녀석의 몸에서 진한 향기가 내 코를 자극한다. 녀석이 이제 숙녀가 돼서. 숙녀 냄새가 나는 모양이다.

"오빠!"

"응?"

"나 좀…. 꼭 안아줘! 꼭."

녀석이 그렇게 말을 하며 내 품속으로 파고들었다. 난 두 팔에 힘을 줘서 녀석을 힘껏 안아줬다. 내 마음은 너무 행복했다. 이미 그 길고 긴 지옥의 터널을 벗어나고 있었다.

"이쪽으로 와!"

녀석이 날 굳게 잠긴 문을 열고 안으로 데리고 들어갔다.

살림을 하는 주거공간이었다. 방이 무려 3개나 됐다. 하나는 녀석이 쓰는 방이었고 하나는 빈 방이었다.

"여기 오빠 방이야. 들어 와!"

방문을 열고 날 안으로 데리고 들어갔다.

"어! 내 물건들!"

그랬다 그 방은 내 물건이 잘 정돈 되어있고 침대와 가구들도 들여놔 있었다.

"여기가 오빠 오면 쓰라고 준비를 한 방이야. 맘에 들어?"

"응! 네가 날 기다리며 준비를 해놨구나. 미안해. 늦게 와서."

"아냐! 정말 미안한 것은 나야. 내가 새엄마 손에서 벗어나려는 생각에 오빠한테 미리 이야기를 안 해서 생긴 일이잖아. 다 내 잘못이야. 그러니 내가 미안해."

"아냐! 오빠가 여길 빨리 와봤어야 했어. 늦게 와서 정말 미안해."

"참! 오빠도 집을 지었다 했지? 내일 거기 구경 가자! 오빠가 있던 집을 구경하고 싶어."

"내일? 바쁘지 않아?"

"웅! 3일간 비가 온대. 그래서 모두 쉬기로 했어."

"오! 그래? 그럼 같이 서울 가자! 가서 그 집은 세를 놓고 짐을 챙겨서 내려와야겠다. 웅?"

"잘 생각했어."

녀석과 난 내방 침대에 앉아 이야기를 나누고 있었다.

"그 새엄마란 여자는 지금은 널 괴롭히지 않아?"

"히히…. 이젠 내가 다 컸잖아. 내가 질 것 같아?"

"뭐? 하하…."

"혼자서 조경 사업이다 뭐다 하며 살아가니깐 남자들이 치근덕대는 경우가 많아. 심지어 숨어 있다가 갑자기 덮치는데 우선 내 안전부터 확보를 해야겠더라고."

"어! 그랬어? 그래서 어떻게 했어?"

"운동을 시작했지. 태권도. 히히…."

"뭐? 태권도? 그게 무슨 도움이 돼? 그거 호신술로는 별로라던데? 깡이 있어야 한다고 하더라. 깡이 없으면 아무 소용이 없대."

"쳇! 내가 누구야 마귀할멈이잖아? 깡 하면 나지. 히히…."

"그래서 위험은 없었어?"

"어렸을 땐. 준태 그 아저씨가 오빠와 내게 잘못한 것을 뉘우치고 날 많이 도와줬어. 매일 날 지켜주기도 하고 내가 커서는 내 스스로 지켰지. 물론 우리 조경 팀에 일하는 분들이 많잖아. 그 분들이 날 많이 지켜주기도 했지. 그래서 대충 견디며 살아왔지. 정말… 내가 힘들고 나 스스로 지키기 힘들 때. 오빠 생각이 간절하더라. 오진 않고 보고는 싶고 어떤 때는 막 욕했다. 빨리 오라고 악을 쓰며 울기도 하고 히히….”

녀석 눈가에 반짝 눈물이 고인다. 생각만 해도 울고 싶은 모양이다. 난 녀석 어깨를 포근히 감싸 안았다.

“호주에 계신 이모는 여기 청산하고 호주로 오라고 하셨지만 난 오빠를 기다려야 한다며 여길 떠나지 않았어. 잘했지?”

녀석이 결국 눈물을 흘리며 날 쳐다보고 억지 미소를 지으려고 애쓴다.

“웅! 잘했어! 네가 호주로 갔다면 난 지옥 같은 긴 터널을 벗어나지 못했을 테니까. 이젠 벗어난 기분이야.”

“나도 오빠를 기다리며 1년 2년 까지는 야속하고 밉고 그랬는데…. 차츰 오빠가 잘못된 선택이라 했을까봐 걱정되더라고.”

“잘못된 선택이라니?”

“나 보고 싶어서 죽을까봐. 히히….”

“엉! 그래! 그러고 싶은 마음이 어디 한 두 번이었겠어? 허나 아카시아 꽃이 필 때를 기다리는 마음에 버티고 또 버텼다. 올해 안 오면 내년에 오겠지. 또 내년엔 오겠지. 하면서.”

“내가 왜? 그 팝콘 나무 이야기를 했지?”

“엥? 그걸 나한테 물어?”

“아마 내가 기절은 했을 때 오빠랑 다리에서 라면 먹던 꿈을 꿨던 것 같아. 그 팝콘 나무가 하얗고 아름답게 보였던 것 같아. 맞아 그런 것 같아.”

녀석은 기억을 더듬으며 그렇게 말했다.

“쳇! 뭐야? 그럼 잠꼬대를 듣고 난 7년을 그곳에서 기다렸다는 거야?”

"잠꼬대는 아니지. 히히….."

"아무튼 좋다! 이젠 너무 행복해."

난 녀석을 으스러지도록 안았다.

"나도 좋아. 너무 행복해."

녀석도 두 팔로 내 허리를 꼭 안았다.

아침이다.

비가 툭툭 떨어지고 있었다.

마귀할멈이 빗자루로 하얀 물감을 칠하고 지나 간 듯. 하얀 안개
가 온천지에 그림을 그리듯 군데군데 지나간 자국만 남겼다.

난 동네 사람들에게 대충 인사를 하고 녀석과 함께 내 승용차에
올라탔다.

서울로 가려는 것이다. 내가 그동안 지은 아담한 내 보금자리를
녀석에게 구경시켜 주고 싶었다. 녀석도 호기심 가득한 표정이다.

아침부터 꼬마 녀석 하나가 강으로 이어진 작은 도랑에서 족대로
고기를 잡고 있는 것을 보니 어젯밤에도 비가 많이 온 모양이다.

"많이 잡았니?"

녀석이 차창을 열고 꼬마에게 말을 걸었다.

"어! 사장 누나! 어디 가?"

"오빠랑 서울 갔다 올게."

"웅! 그 형이 누나가 찾던 그 사람이야?"

"그래!"

"웅! 엄마한테 이야기 들었어. 얼른 갔다가 와! 매운탕 끓여 먹
자?"

"그래! 먼저 먹지 마?"

녀석은 차창을 올리고 입가에 미소를 가득 담는다. 그 꼬마와 아주 친한 모양이다.

"누구?"

"누구 같아?"

"엥? 나보고 누구 같으냐고 묻는 걸 보니 나도 아는 사람의 아들이란 이야기네. 누구지?"

"20살에 장가를 간…"

"혹시 그 준태?"

"맞아 준태 아저씨 아들이야. 벌써 10살이지 아마."

"으으…. 나보다 겨우 3살 많은 사람이 벌써 10살짜리 아들이라니."

"왜? 부러워?"

"부럽긴…. 너무 지나치다 싶지. 저게 과속스캔들이지 뭐가 과속스캔들이겠어 흐흐…"

"난 부러운데…"

녀석이 말끝을 흐린다. 녀석 얼굴을 보니 처녀가 할 말이 아닌 것을 해서 그런지 붉게 달아오르고 있었다.

"잉! 너도 부끄러워 할 줄고 알아? 별일이네."

"쳇! 오빠가 뭘 알아?"

"뭘 모르는데?"

"그냥 운전이나 잘 하셔. 히히…"

녀석이 배시시 웃는다. 그리고 한 동안 입을 열지 않았다.

마치 솜사탕을 흘려 놓은 듯 희뿌연 안개가 하나 둘 흩어지고 있는 고속도로를 나와 녀석을 태운 승용차는 미끄러지듯 달리고 있었다.

"오빠!"

한 동안 말이 없던 녀석이 오랜만에 입을 열었다.

"…"

"오빠가 숲에 앉아서 책을 읽으면 아가씨들이 또 옆으로 오지 않던가?"

녀석이 초롱초롱한 눈으로 호기심 있게 날 바라본다. 정말 관심이 있다는 증거다. 저건 그냥 지나가는 질문이 아닌 것이다.

"왔지. 수도 없이 많아서. 처음엔 워낙 거지 차림이라서 아무도 곁에 안 왔지만. 내가 목욕도하고 옷도 갈아입고 앉아 책을 볼 때는 많았지. 더군다나 내 보금자리 주택까지 짓고 있을 땐 무더기로 다가왔지."

"그럴 줄 알았어! 그래서 어떻게 했어? 다 데리고 잔 건 아니지?"

"내가 대규냐? 그걸 다 데리고 자게? 널 그리며 매일 슬픔에 잠겨 있는 내 마음은 꼭꼭 닫혀 있었다. 다가오는 여자들을 파리 쫓듯 휘휘 쫓아 버렸지. 그러자 더 호기심을 갖고 몰려들더라. 내가 워낙 잘생겼나봐. 흐흐…"

난 내가 그렇게 잘난 척 하는 농담을 하면 녀석이 에고 저 왕자병 또는 잘난 척하긴 하며 핀잔을 줄줄 알았다.

"맞아! 오빤 정말 멋있고 잘 생겼어."

녀석이 갑자기 마귀할멈 같지가 않았다. 그리고 그 말도 농담이 아니었다.

"…"

난 녀석이 또 어디 아픈가 하고 한 손으로 녀석 이마를 만져보았다.

"열은 없는데…."

"뭐야? 내가 아파서 헛소리 하는 것으로 보여? 난 정말 세상에서 오빠가 제일 멋있고 좋아! 오빠보다 멋있고 잘생긴 사람은 아직 못 봤어."

"응? 너무 비행기 태우는 것 아냐?"

"바보! 난 지금 고백하고 있잖아! 오빠 사랑한다고 고백하는 중이야."

"앙! 나도 널 사랑해. 정말 사랑해!"

"정말이지?"

"그럼! 정말이지!"

"그럼! 우리 결혼하자?"

끼이익.

난 급히 자동차를 갓길로 세웠다.

"무슨 이야기야? 뭐? 결혼? 너와 난 오빠와 동생이야. 오누이가 무슨 결혼?"

난 터무니없다는 투로 말했다. 정말 녀석 입에서 그런 말이 나올 줄 몰랐다.

"친오빠도 아니잖아. 그리고 난 이미 성인이라고 내가 왜? 성지현 이 아닌 강지현으로 명패를 만들었는지 알아? 오빠를 사랑하기 때 문에 친동생 하기 싫어서 그랬어."

"난… 난… 네 오빠야 친오빠."

난 그 말을 하고 다시 차를 몰기 시작했다.

녀석은 또 한동안 말이 없었다.

"정말 오빠. 내가 여자로 보이지 않아?"

녀석이 심각한 표정을 지으며 물었다.

"그래! 난 네가 숙녀로 자란 것에 스킨십을 하면서 나도 모르게 여자로 보이기도 했지만 그건 사람이 할 짓이 아냐. 비록 너와 난 남남으로 만났지만 친남매를 하기로 했잖아?"

"응! 그랬지. 그거야 지난 이야기잖아?"

"왜? 7년이란 시간을 넘어 다시 만나니까. 내가 남자로 보여? 오빠로 안 보이고? 친오빠로 안 보여?"

"…."

녀석이 잠시 말이 없다. 고개를 숙이고 있어서 표정도 살필 수 없었다.

"사람이나 동물이나. 남녀 간의 오묘한 감정이야 조물주도 마음대로 못하는 것이지만 우린 그러지 말자! 난 영원히 네 친오빠가 되고 싶어. 넌 내 친동생이 되고 싶지 않아?"

"오빠!"

"왜?"

"혹시! 애인 생긴 것 아냐? 이미 여자가 생겼어?"

"아니. 그건 아니지만. 난 네가 남자가 생기면 오빠로서 면접을 보고 싶을 뿐이야. 너도 내가 여자가 생기면 시누이 노릇을 해 줘. 응?"

"오빠가 정말 날 친동생으로 생각하고 있었구나?"

"처음 만날 때부터 그렇게 하기로 했으니까. 13살 어린 널 사귀다가 크면 아내로 삼아야지 하는 생각은 애초부터 없었어. 너도 그렇잖아?"

"난! 난 아니야! 처음부터 오빠와 난 운명적으로 만났다 하고 생각하며 내가 크면 꼭 오빠한테 시집가야지 하는 생각뿐이었어. 그래서 얼른 성인이 되기를 손꼽아 기다리며 오빠가 돌아오길 학수고대 했어."

"음! 너? 지금 마귀할멈 심보가 도졌지?"

"그게 무슨 말이야?"

"지금 내가 무슨 생각을 하나 그거 시험하는 거잖아?"

"엥? 그럼 내가 오빠 마음 떠보려고 마음에도 없는 말을 하고 있다 이거야?"

"그래! 난. 너도 나와 같이 친자매로 살아가려는 마음이란 걸 알아! 아니야?"

"아니라니깐! 난 처음부터 오빠를 내 남편감으로 점찍었단 말이야."

"임마! 너와 난 나이차이가 얼만지 알아?"

"그까짓 7년차이야 뭐. 다들 그 정도 나이 차이에 결혼을 잘만 하더라."

"이! 정말이야? 너? 결혼 이야기 정말이냐고?"

"그렇다니깐! 나 오빠 사랑한다고 그럼 됐잖아? 오빠도 날 사랑한다며? 그럼 된 것 아니야? 우리 결혼해서 같이 살자. 응?"

"으…. 이 마귀할멈 녀석이! 이젠 날 남편으로 만들어 손아귀에 넣고 살겠다. 이거네?"

"히히…. 어떻게 알았지? 들켰네."

"그래서 넌 끝까지 나와 결혼을 하겠다. 이거냐?"

"당근. 히히…."

"으…. 벗어난 줄 알았더니 아직도 지옥의 터널 속이네. 언제나 벗어나려나!"

"뭐? 지옥의 터널? 웃겨…. 아무리 그래도…. 길이 있는데 지옥의 터널에서 안 나오는 사람이 뭘 그래? 거기가 좋으니깐 그렇지."

"오빠. 언제까지라도 네 친오빠로 남으련다."

"난 꼭 오빠를 내 남편으로 삼을 거다."

"으으…. 정말이냐?"

"그래! 정말이다! 왜? 누가 이기나 내기 할까?"

녀석이 두 눈을 초롱초롱 빛내며 날 바라보는 모습이 전혀 물러설 기미가 보이지 않았다.

"난 지옥의 터널 속에서 잠이나 자련다."

나 역시 조금도 물러설 마음이 없었다. 녀석은 언제나 내 친동생으로 남아야 한다는 것이 내 마음이었다.

"그럼 나도 그 터널 속으로 들어가면 되지 뭐."

"으…. 마귀할멈 심보는 사라지지 않았어. 나이를 먹어도 그대로야."

"히히…. 내가 어딜 가나."

녀석은 나이를 먹으며 더욱 완벽한 마귀할멈으로 변해있었다.

녀석과 떠드는 사이 승용차는 서울에 도착을 했다.

"와! 여기가 서울이야?"

녀석은 아직 서울 구경을 못한 모양이다.

"넌 아직 서울 첨이니?"

"오빠가 얼른 와서 구경 시켜줬음 되잖아. 누가 데리고 와야지.

나 혼자는 무섭고 히히….”

“아! 미안! 우리 마귀할멈이 도시를 무서워하는 줄 몰랐네.”

“쳇! 도시를 무서워 하냐? 오빠가 없으니까 혼자 다니는 것이 무섭다는 이야기지. 내가 너무 미인이라서 남자들이 보면 막 달려들어. 그게 무섭다는 거야. 히히….”

“그래! 우리 지현이가 세상에서 젤 예쁜 것은 맞아. 마귀할멈이라서 그렇지 흐흐….”

나와 녀석은 이미 심각한 결혼 이야기는 잊은 지 오래다. 다시 장난꾸러기가 돼 있었다.

허나 비록 잠시 잊고 있을 뿐이지 녀석과 나의 긴 싸움은 아직 시작도 안 했다.

“오빠!”

“왜?”

“서울 왔으니 서울 구경 좀 시켜줘. 멋진 곳으로 응?”

“지금부터?”

“아니! 오빠 보금자리부터 구경하고”

“알았다! 그럼 보금자리로 슝~”

난 복잡한 도심 길을 헤집고 나가기 시작했다. 녀석이 오늘 하루만 시간이 있을 것 같기 때문이다. 내일부터는 아침에 비가 조금 오다가 그칠 것이라는 예보가 있었다. 그렇다면 녀석은 내일부터 다시 바빠질 것이다. 물론 나도 녀석을 도와야하니까 같이 바빠질 것이다. 늦더라도 오늘 서울 구경할 만한 곳은 다 돌아다녀야 한다. 그래야 녀석 서울 구경을 조금은 시켜줄 테니까. 사실 자연미는 없지만. 우리나라에서 구경을 할 만한 곳이 가장 많은 곳 역시 서울이다. 또한 가장 구경을 해보고 싶은 곳 역시 서울이다. 인간은 자연을 사랑하지만 인간의 업적을 더 사랑한다. 그 것은 인간이 발명하고 개발하고 생각하고 인간 스스로 만들었기 때문이다.

그러기에 인간은 인간 스스로 만든 건축물과 문명 그리고 사람들을 구경하는 것을 가장 큰 기쁨으로 안다. 그리고 그 첫 번째 구경이 싫증이 나면 두 번째로 찾는 것이 자연미다. 일탈을 하고 싶을 때 찾는 것이 자연인 것이다. 허니 당연히 서울에 구경거리가 가장 많은 것이다.

서울에서 일상생활을 탈피하고 싶을 때 즉 일탈을 원할 때 사람들은 무리 속에서 벗어나 자연의 품을 찾는다. 그리고 자연의 소중함을 느낀다. 해서 자연을 보호하자 하고 외치는 것을 아끼지 않는다. 그래야 누군가 자연을 보호할 것이고 자기 자신이 보호하지 않아도 자연은 보호돼야 하니까. 자신은 그 아름다운 자연을 훼손하더라도 가장 아름다운 자연 속에 자리를 잡고 싶은 것이 욕망이다. 즉 명당자리에 별장을 짓고 주택을 짓고 살고 싶은 것이 사람들 욕망이다. 자연이야 내가 아니더라도 누군가 지켜줄 것이니까. 난 그저 '자연을 사랑하자! 자연을 보호하자!'라고 외치는 대열에 합류만 하면 되니까.

자연과 함께 야생동물도 보호를 해야 한다. 대중들 앞에서 막 외친다. '야생동물을 보호하자!'라고 그리곤 뒤에서 몸보신을 위해 곰 쓸개즙을 빼내 먹고 노루 뼈를 고아먹고 뱀의 성기를 잘라 먹는다. 가장 야비하고 가장 잔인하고 가장 더러운 동물이 인간이다. 그것은 단 하나 머리가 좋기 때문이다. 아이큐가 높다는 것 하나 때문에 인간은 그렇게 변했다.

그러고 보면 녀석의 아버지는 가장 착하고 가장 순수하고 가장 깨끗한 동물에 속한다. 비록 뇌성마비로 아이큐는 낮지만 그런 술수를 부릴 줄 모르니까.

내가 녀석을 태우고 막 답십리에 도착을 하고 있을 때 녀석 아버지로부터 전화가 걸려왔다. 호주에서 온 국제전화였다.

녀석이 전화를 받더니 날 바꿔줬다. 아마도 날 바꿔달라고 한 모양이다.

"여보세요? 아버지세요? 기정이입니다."

내가 먼저 말했다.

"응? 나… 지현이 아빠. 그래! 지현이 잘 돌봐줘서 고마워."

뇌성마비라더니 말을 또박또박 잘한다.

"아버지! 지현인 제 동생입니다. 제 친동생입니다. 그러니 지현이 아버지도 제 아버지입니다. 절 그냥 아들로 생각해주십시오."

난 녀석이 결혼 이야기를 못하게 못을 박는 중이었다.

"아니야! 지현인 자넬 남편감으로 생각한다던데…. 난 아들보다 사위가 좋아!"

역시 녀석 아버지는 순진하시다. 녀석이 한 말을 그대로 받아들이신 것이다. 당연히 처음 대화를 하는 나보다 딸을 더 믿는 것은 인지상정. 더군다나 아직 한 번도 만나본적 없는 나 아닌가.

"아! 그러세요? 그 문제는 지현이랑 상의를 하겠습니다."

"그렇게 하게. 아무튼 지현이 잘 부탁하네."

"네! 염려하지 마십시오."

내가 거기까지 말을 했을 대 녀석이 핸드폰을 얼른 뺏어갔다.

"아빠! 아들은 절대 안 된다고 해? 사위가 좋지? 응?"

녀석이 다시 자기 아빠에게 아양을 떨며 세뇌를 시키는 중이다. 순진한 녀석 아빠는 이제 그 말을 끝까지 그대로 믿고 나에게 고스란히 전할 것이다. 어찌 보면 녀석은 앞에서 나열한 인간들 분류에 들어가는 정말 마귀할멈일지 모른다. 아빠를 이용하는 못된 수를 들고 나왔으니까. 그렇다 해도 난 녀석이 좋다. 내 옆에 있는 것 하나 만으로도 난 행복하니까.

어쩌면…. 녀석은 정말 아주 작은 힘이라도 보태고 싶어. 아빠에게 도움을 청한 것인지도 모른다. 정말 그럴 지도…. 그럼 녀석은 마귀할멈이 아니라 나의 천사.

녀석의 긴 통화가 끝나서야 녀석은 나의보금자리를 발견했다. 아빠와의 통화도 녀석의 얼굴은 눈물범벅이다. 어린 녀석이 나를 만나 아빠와도 떨어져 살며 오로지 날 기다렸는데 난 녀석을 마귀할멈이라 했다. 이게 아닌데…. 갑자기 내 마음은 무너져 내렸다. 슬그머니 다가가서 녀석을 말없이 꼭 안아줬다.

녀석도 내 보금자리를 구경하다가 갑자기 내가 녀석의 몸을 돌려 두 팔로 안자 가만히 내 품에 몸을 맡겼다. 두 팔을 늘어뜨린 채 녀석은 온몸을 내게 맡기고 있었다.

녀석의 몸은 살며시 떨리고 있었다.

난 다시 정신을 수습했다. 너무 안아주는 것이 길면 녀석이 오해를 할 소지가 있다. 적당히 무너지는 마음을 수습하고 녀석을 안았던 팔을 풀어버렸다. 난 녀석의 오빠로 남아야 했다. 녀석이 착각을 하는 행동은 하면 안 됐다. 다 큰 성인이 만났다면 아마 나도 녀석 생각처럼 녀석을 여자로 보고 결혼 생각도 했을 것이다. 허나 내가 녀석을 만난 것은 13살 어린아이였다. 당연히 난 그 애 오빠로 지금까지 살아왔다. 오빠가 동생을 찾듯 그런 마음으로 녀석을 찾았던 7년이었다.

허나 녀석은 그와 반대였다. 나를 결혼상대로 찾고 기다렸던 것이다.

이제 행복하기만 한 시간이 될 줄 알았는데 난관이 기다리고 있었다.

친오빠로 살고 싶은 나와 아내로 살고 싶은 녀석의 끝을 알 수 없는 게임이 기다리고 있었던 것이다.

"햐! 오빠가 손수 지은 집이야?"

녀석은 내 품에서 벗어나며. 다시 순진한 내 동생으로 돌아와 있었다. 아마 어색함을 감추려는 생각 같았다. 속이 깊은 녀석…

이미 아카시아 꽃은 다 지고 푸른 숲을 형성한 아카시아 나무들이 하늘이 보이지 않을 정도였다.

그 깊은 숲에 하얀 주택이 아담하게 지어져 있었다. 내 보금자리다. 이미 녀석은 내 대답도 듣지 않고 집으로 달려가 문을 잡아당긴다.

"… 잠겼네?"

녀석은 문이 그냥 열릴 줄 알았나 보다.

"곡수리 정도면 문을 열어놓고 다녀도 되지만 여긴 안 돼! 그래서…"

"아! 그래! 먼저 판대리 휴양시설 그 주인도 그랬다. 불량 청소년들이 담배와 술을 마시며 쓰레기를 버린다고 그래서 오빠도 문을?"

녀석이 알겠다는 표정이다. 참 녀석도 그러고 보면 순진하다. 저런 순진한 녀석한테 여긴 도둑이 많아 하고 굳이 알려줘야 하겠는가. 난 결국 입을 다물고 고개를 끄덕거릴 수밖에 없었다. 착한 마음씨에 굳이 오물을 끼얹고 싶지 않았다.

난 현관문 열쇠를 꺼내 문을 열었다. 녀석이 얼른 안으로 들어갔다.

"에게! 겨우 방 두 개야? 이거 15평 정도 되겠네?"

녀석이 조경 사업이다 뭐다 하며 공사를 하더니 척 보면 안다.

"응! 딱 15평짜리."

"방도 작고… 이 방은 오빠가 쓰던 방 같고 지저분한 것이…. 헌데 이 방은 뭐야? 여자가 있었어?"

녀석이 방문 하나를 열고 날 바라보는 눈이 매섭다.

"응! 나 애인 있어."

"히히…. 이거 날 기다리며 내가 돌아오면 쓰게 하려고 꾸민 방이구나. 오빠가 애인이 있으면 응! 있어 하고 얼른 대답 하겠어? 누굴 속이려고 해? 내가 누군데 마귀할멈이잖아?"

녀석은 속지도 않는다. 틈틈이 가구와 생활필수품들을 구입해서 녀석이 돌아오면 불편하지 않게 꾸며둔 방이다. 비록 작지만 내 정성이 가득한 방이다.

"오빠도 날 많이 기다렸구나? 방도 이렇게 꾸며 놓으면서? 엥! 이거 어린애가 쓰는 생리용품이잖아! 이걸 날 주려고? 웃겨!"

녀석이 방안을 살피다가 생리용품을 들고 웃고 말았다. 너무 작은 사이즈로서 13살 어린애가 쓰면 딱 맞는 크기다. 내 마음속엔 아직 녀석이 13살로 기억되어 있는 걸 어떡하겠는가.

"흠! 신혼부부가 살긴 딱 좋은 집이네. 집을 비워두면 흉가처럼 되니까. 세를 놓자. 전세 말고 월세로. 보증금 받고 알았지?"

녀석 머리 회전은 역시 빠르다.

"알았어! 그렇게 해."

"그럼 오빠 가서 빈 박스 좀 사와!"

"빈 박스? 왜?"

"으이그…. 왜긴 왜야? 짐 싸야지. 이삿짐 옮겨야 할 것 아냐? 여기서 살래? 나랑 같이 안 살고? 변호사도 안 해. 검사도 싫어. 그럼 나와 같이 조경이나 하러 다녀야지, 안 그래?"

녀석이 지금부터 이삿짐을 포장하려나보다.

"서울구경은 언제 하고?"

"다음에 하지 뭐. 새털같이 많은 날에 급하긴."

녀석은 얼른 가서 박스나 사오지 뭘 하느냐고 묻는 표정이다. 난 곧바로 근처 슈퍼마켓으로 향했다. 박스를 얻어 오려는 생각이다.

내가 슈퍼에 다녀오는 사이 녀석은 임 짐 정리를 다 하고 날 기다리고 있었다.

"월세로 집을 세놓으려면 짐을 모조리 가져가야 해. 깨끗이 치워줘야지. 여기 방 하나 얻으려면 얼마정도 줘야해? 한 달에? 보증금은 얼마고?"

"이 근처엔 방 하나에 보증금 500만에 월 30만 정도야"

"우아! 너무 비싸다. 방 하나에 그 정도야?"

"응! 대부분 서울 중심가는 그래."

"여기가 중심가야?"

"처음엔 이곳이 변두리였는데…. 서울이 커지다보니 이젠 중심가로 변했어."

"강남은 어디야?"

"한강 남쪽. 옛날엔 서울 사람들 화장실 치워서 갔다 버리던 곳이지. 미나리 논들과 밭으로 집은 없던 곳이었는데… 우리나라 갑부들을 양성한 장소이기도 하지."

"갑부들을 양성하다니? 무슨 뜻이야?"

"그린벨트다 뭐다 하고 서울 외각을 개발제한구역으로 묶어 놓는데 이게 참 웃기는 것이 대부분 정치하는 자들이 소유주들에게 헐값으로 매입 후 꼭 그 지역을 그린벨트에서 해제시킨다니까. 그럼 땅값은 하늘 높은 줄 모르고 오르고 땅을 매입한 권력자들만 갑부로 탄생하지. 강남은 그와는 좀 다르지만 권력과 연관이 깊은 곳이지. 바로 군사정권 시절 그 군사정권에서 한 권력 하는 자들이 거의 한강 남쪽 땅을 소유하고 있었다 해야 옳은 것이지. 해서 그 한강 남쪽이 신도시 형식으로 개발되면서 지역적인 편차가 심한 갑부들이 탄생한 곳이 바로 한강 남쪽이다."

"지역적인 편차? 그 건 경상도 전라도 그런 이야기야?"

"그래! 바로 그런 이야기야."

"오빠가 그걸 어떻게 알아? 그런 것도 사법고시에 나와?"

"아니. 그 당시 절대 권력을 손에 넣고 있던 사람들이 대부분 어느 한 지역 출신들이거든. 누구나 쉽게 생각할 수 있는 것이 내가 만약에 어느 지역에 땅을 많이 갖고 있다고 하자. 그런 내가 어느 지역에 신도시 개발을 명할 수 있는 위치에 있으면 너 같으면 다른 사람이 많은 땅을 소유하고 있는 지역을 신도시로 개발하겠니? 아님 내가 갖고 있는 땅이 있는 곳을 택하겠니?"

"아! 듣고 보니 그렇구나! 그래서 선거다 뭐다 하면 그 쪽은 어느 한 지역만 몰표가 나오는 구나?"

"아니! 그건 경우가 좀 달라. 돈이 많고 보수 성향이냐 아니냐 하는 문제야. 물론 우리나라 정치하는 자들이 다 같이 유도하는 것이 지역감정이기 때문에 일부 몰지각한 사람들이 정치인들 농간에 놀아나고 아직도 일부 무식한 사람들은 지역이기주의 성향이 많은데 많은 국민들이 지식이 높아지다 보니 이젠 우리나라도 어느 지역 정당 보다는 사람 됨됨이를 보고 뽑는 지식인들이 많아지고 있거든. 해서 올바른 정치인들을 뽑을 그 날이 멀지는 않았어."

"오빠 역시 대단해. 사법고시 공부를 하면 그렇게 유식해지는 거야?"

"엥! 저 마귀할멈이 이제 보니 날 가지고 놀고 있잖아."

"히히…. 들켰네. 이제부터 짐은 내가 포장할게. 오빠 가서 부동산에 집 세놓는다고 하고 테이프이나 몇 개 사와!"

"알았다!"

"아! 집은 방 하나 값만 받아. 500 보증금에 월 30만 원. 알았지?"

"왜? 너무 싸잖아?"

"없는 사람들이 월세를 얻지. 돈 많은 사람들이 월세를 얻겠어? 없는 사람들 돕지는 못할망정 더 뜯어 먹어야겠어? 그냥 빌려주면 집 꼴이 말이 안 되니 보증금을 필히 받아야 하고 월세도 받아야 하지만 최소한만 받자. 응?"

"녀석! 역시 우리 지현이는 천사야."

난 녀석에게 엄지손가락을 치켜세워 보이고 밖으로 나왔다.

언덕길을 조금 내려오는 곳에. 승용차가 한 대 서있고 누군가 날 기다리는 사람이 있었다.

화사한 연한 하늘색 상의에 블랙 치마를 입은 여인이다.

"안녕하세요?"

여인이 선글라스를 벗고 인사를 했다.

"아! 여지 오랜만이네."

나와 같이 사법고시에 합격을 해서 검사가 된 민 여지였다. 명문대를 나와 한 번에 합격을 한 대단한 여인 민여지. 올해 25세로 나보다 2살 어렸다. 들리는 소문엔 대단한 집안 배경을 갖고 있다고 전해졌다. 그런 그녀가 날 찾아온 것이다.

도깨비 방망이

"어디 조용한 곳에서 이야기 좀 할까요?"

그녀가 날 찾아온 용건이 있나보다. 시험을 보며 몇 번 스치듯 만난 것이 전부였는데 이렇게 찾아온 것을 보면 뭔가 중요한 용건이 있는 것이 틀림이 없었다.

"그, 그러지."

난 그녀에게 반말을 한다. 나이가 내가 많다는 이유에서다. 처음 그녀와 만났을 때가 사법고시 1차 시험을 보던 날이었다. 시간에 기다보니 지하철에서 내려 급히 뛰고 있었는데 누군가 나에게

"타세요." 하는 것이 아닌가. 보니 여자가 오토바이를 세워놓고 나에게 뒤에 타라는 것이다. 그게 여지였다. 난 누구냐고 물었고 그녀는 사법고시 시험을 봐야하지 않느냐고 하며 타라는 것이다. 시간은 없고 해서 급히 그녀 뒤에 올라탔는데 아직도 의문이 가는 것은 어떻게 그녀가 날 알아봤느냐 하는 것이다. 난 분명 그녀를 처음 만났는데 내가 사법고시를 보러 간다는 것을 알고 날 태웠느냐 하는 것이다. 그녀는 날 태우고 가며 자기 이름과 나이를 밝혔고 나도 내 이름과 나이를 밝혔다. 그때부터 그녀는 나에게 또박또박 존댓말을 하고 난 반말을 했다.

난 그녀와 같이 잠깐 걸어서 조용한 찻집으로 같이 들어갔다.

"우리가 이번이 꼭 4번째죠?"

그녀가 자리에 앉으며 물었다.

"뭐가요?"

나도 자리에 앉으며 그녀 말이 무슨 듯인지 몰라 반문했다.

"우리가 만난 횟수 말이에요. 네 번째 맞죠? 처음은 1차 시험 때, 두 번째는 2차 시험 때, 그리고 연수원 입구에서 세 번째 만났고 오늘이 네 번 째 맞죠?"

그녀가 초롱초롱한 눈으로 내 눈을 응시하며 물었다. 이건 뭔가 내게서 알아보려는 속셈을 갖고 있는 눈이었다.

난 잠시 생각을 했다. 그녀와 내가 처음 만난 것, 그리고 오늘까지. 그렇게 생각을 하자 한 가지 문득 떠오르는 것이 있었다. 저 눈, 어디서 본 기억이 있다. 그때 그 소녀다. 나에게 지하실로 안내를 하던 소녀. 내가 그 지하실에서 법학 책을 얻어 공부를 하게 되었던 그때 그 소녀다.

"아니! 5번째 같아. 처음엔 여지가 어린 소녀였는데…."

"햐! 이제 생각이 나셨군요? 냄새 나고 더러운 몰골의 거지 아저씨. 큭큭…."

"아이고 창피해."

난 너스레를 떨었다.

"창피하긴요. 이렇게 훌륭한 변호사가 되셨잖아요. 사실 전 그때 그 지하실에 우리 아빠가 쓰시던 책들이 모두 법학 책이란 걸 알았죠. 해서 보시라고 드린 거예요."

"응? 내가 누군 줄 알고? 일부러 그 책을 내게 줬다 이거야?"

"네! 언젠가 봤어요. 다 낡은 법학통론, 형법 두 권의 책을 갖고 다니시는 걸."

"아! 그거…."

대규 녀석이 가짜 법대생 노릇 하라고 준 그 책을 본 모양이다. 어째서일까. 다른 것은 다 곡수리 집에 처박아 놓고 그 책은 들고 왔다. 그래서 간혹 술이 취해서 그 책을 들여다 본 모양이고 그걸 여지가 봤던 것이다.

"난 책을 살 돈이 없어서 그런가 하고 엄마에게 사정해서 그 책을 드린 거예요. 다행히 그걸 가져가 목욕도 하시고 술도 끊고 공부를 하시더라고요. 그래서 전 무척 기뻤죠. 헌데 겨우 나와 같은 해 합격을 하시다니 좀 실망하긴 했죠."

여지가 나도 모르게 날 계속 지켜보고 있었던 것이다.

"그럼! 난 5번째지만 여지는 계속 날 지켜봤다는 거야?"

"네!"

"왜? 불쌍한 아저씨라서?"

"아뇨…."

미지는 말끝을 흐린다.

"그럼?"

"내 이상형이었거든요."

"내가? 미지 이상형이라고?"

"네! 맞아요! 그때나 지금이나 큭큭…. 이게 뭐냐. 고백을 이렇게 재미없이 하고."

그녀 얼굴이 붉게 물들었다.

"흠! 하지만 앞으론 변할 거야. 이젠 검사님이 됐으니 청혼도 많이 들어 올 것이고."

"왜요? 내가 싫어요? 이건 내가 차인 건가!"

"농담 그만 하고 찾아온 용건이 있을 텐데?"

난 그녀의 고백을 무시할 수도 없고 당장 좋다 오케이 할 수도 없었다. 해서 말머리를 돌린 것이다. 그녀가 농담이든 진심이든 고백을 했는데 내가 뭐라고 그녀를 무시할 수는 없었다. 그렇다고 마귀할멈이 시퍼렇게 지켜보고 있는데 좋다 할 수도 없었다. 그랬다가는 마귀할멈에게 여지가 봉변을 당한다. 허나, 어쩌면 마귀할멈이 내게 결혼 이야기를 못 꺼내게 하려면 여지가 필요할 수도 있다. 그렇게 되면 내가 여지를 이용하는 꼴이 되므로 내 양심상 그것도 못할 짓이다.

"변호사를 찾아 올 때는 변론을 맡기려고 왔겠죠, 그냥 왔겠어요. 부탁할게요. 변론 하나만 맡아줘요. 보수는 이미 드렸으니 거절하시면 안 돼요."

"보수? 아하! 내가 공부를 한 그 책?"

"네! 그게 얼마나 비싼 책인지 아세요? 대여료는 받아야죠."

"사건이 뭔데? 한 번 들어나 보자."

난 여지가 의뢰하는 변론을 한 번 맡아 보기로 했다. 이건 나를 향한 시험이었다. 내가 과연 얼마나 할 수 있나 시험을 해보려는 것이다.

"1년 전에 대형 교통사고가 하나 있었어요. 버스와 덤프트럭이 추돌했는데 모두 6명이 사망했어요. 당시 경찰은 사망을 한 덤프트럭 운전자 과실로 수사를 종결하면서 버스 승객 5명의 보상을 덤프트럭 운전자와 그 A보험사에게 청구를 하게 됐죠. 그 과정에서 버스승객 유가족 대표를 정했는데 한 모 씨에게 대표로 위임을 해줄 때 유가족들이 제출한 그 인감증명서가 문제가 된 사건이에요."

"인감증명서가? 대표로 위임을 할 때 왜 인감증명서가 필요하지?"

"A보험회사에서 요구를 한 모양이에요. 헌데 사건은 재수사가 되고 가해자가 뒤바뀌는 판결이 나왔죠. 버스가 신호위반을 한 증거가 어느 운전자가 자신의 블랙박스를 공개하면서 밝혀졌죠. 결국 덤프트럭 운전자 가족이 버스가 가입한 보험사를 상대로 보상을 청구하게 됐는데 문제는… 버스 유가족 한 모 씨가 이미 A보험회사에서 일부 보상을 타먹고 자취를 감춘 뒤였어요. 해서 A보험회사에서 버스 유가족을 상대로 한 모씨가 타 먹고 달아난 보상금을 돌려받으려고 재산을 압류하고 재판을 진행하는 중이고요."

"그러니까 나보고 그 쟁쟁한 보험회사를 상대로 유가족들 변론을 하라 이거야?"

"그렇죠. 그 정도는 돼야 변호사로서 자질을 인정받지 않겠어요?"

"으으…. 우리 마귀할멈보다 내 속을 훤히 들여다보는군."

"마귀할멈이요? 결혼하셨어요?"

여자가 무척 충격을 받은 표정이다.

"아니 내 동생 별명이 마귀할멈이야."

"여동생이 있었다고요? 난 한 번도 못 봤는데…?"

"7년간 떨어져 있어서 그래. 지금 내 집에서 짐을 싸고 있어."

"짐이라니요? 이사 가요?"

"응! 여주 근방인데 여동생과 같이 사업이나 하려고."

"무슨 사업인데요?"

"조경공사를 맡아하는 건축계통이지."

"재미있겠다. 변론도 맡아 하시고 사업도 하시고 부탁해요."

"그래! 일단 유가족부터 만나보고."

"언제요? 지금 만나 보시겠어요?"

"아니! 지금은 안 돼! 마귀할멈에게 나 혼나거든. 흐흐…. 이사 해 놓고 연락할게."

"여기 제 전화번호에요."

그녀가 명함을 내밀었다. 새로 만든 빳빳한 검사 명함이다.

"늦어도 이틀 후엔 전화를 할게."

"네! 그럼 기다릴게요."

그녀와 난 찻집을 나왔다. 근처 슈퍼에 들려 테이프를 사고 같이 걸어서 그녀 자동차 있는 곳까지 왔다.

"갈게요."

"그래! 운전 조심하고."

그녀는 날 보고 입가에 미소를 지어 보이고는 승용차에 올라타서 시동을 걸고 차창을 내렸다.

"어서 들어가요. 동생이 무섭다며."

그녀가 입을 삐쭉 내밀어보이고는 차창을 올리고 떠나갔다.

그녀가 떠나가는 것을 잠시 바라보다가 난 집으로 들어갔다.

"킁킁… 어라! 금방 나갔다가 또 여시를 만났네. 누구야?"

참 녀석 코는 정말 알아줘야 한다니깐. 녀석이 내 몸에 코를 대고 냄새를 맡더니 토끼눈을 뜨고 노려본다.

"어라! 커피향도 나고 여시랑 커피까지 마셨네. 누구야? 말 못해?"

"같이 사법고시 패스를 한 동료인데 변론을 맡기고 갔어."

"변론? 변호사 안 한다며? 여시가 맡기니까 냉큼 받아 버렸어? 남자가 줏대가 없어요. 줏대가. 저래가지고 어떻게 내 남편감으로 만들지. 으으… 앞날이 캄캄하다."

"한 번 시험해보려고 내가 과연 어느 정도 변호사 자격이 있나. 없다고 판단되면 얼른 그만 두려고 호호…"

"저 웃음은 뭔가 뒤가 구릴 때 날 속이려고 웃는 웃음인데 뭐지! 그 여시와 어떤 관계지? 몇 번 만났어? 이름은 뭐고? 나이는 몇 살이야?"

녀석이 날 노려보며 캐묻는 표정이 이건 절대 장난이 아니었다. 눈엔 이미 눈물을 가득 담고 있었다.

"그, 그게… 이제 5번. 그러니까. 나이는 25살이고 이름은 여지. 민여지. 아직 아무 관계도 아니야."

도대체 내 꼴이 이게 뭐야. 녀석에게 꼼짝을 못하고 말까지 더듬으며 모조리 털어놓고 있다니 내가 갑자기 바보가 된 느낌이다.

"그 여시도 사법고시를 패스 했어? 오빠랑 같이? 설마 같이 공부
도하고 시험도 여러 번 같이 본 것 아냐?"

"아니야! 여지는 대학교 졸업하면서 한 방에 패스했어. 지금은 검
사고."

"검사? 오빠가 싫어하는 직업이네?"

"응!"

"그럼 여지도 싫어해?"

녀석 물음에 난 대답을 못하고 있었다.

"뭐야? 싫어해? 아님 좋아해?"

"그, 그게… 저어….'

"쳇! 알았어! 아직 아무 관계도 아니다 이거지?"

"그, 그래!"

"알았어! 그럼 앞으로도 쭉 그렇게 지내. 아무 관계도 만들지 마!
알았어?"

"알았어!"

"그럼 얼른 집부터 싸! 얼른 싸서 여길 떠나야지. 이거야 원! 어
디 불안해서 여기 있겠어? 곡수리 위치는 절대 가르쳐주지 마! 만
약 가르쳐주면 알지?"

"아. 알았어!"

"으앙…."

갑자기 녀석이 울음을 터뜨렸다.

"왜? 왜 울어? 응?"

난 얼른 녀석 어깨를 두 팔로 감싸며 녀석을 달랬다.

"으앙… 오빠가 내 말에 무조건 응 응 알았어, 하는 것은 그 여시

랑 뭔가 있다는 증거야. 말도 더듬고 으앙…."

"아, 아니야! 절대 그런 것 아니야. 나도 오늘 처음 알았어."

"뭘? 뭘 처음 알아?"

"여지가 날 좋아한대. 어려서부터 지켜본 모양이야."

"뭐라고? 어려서부터? 오빠를 지켜봤다고? 그래서 오빠가 좋다고 고백했어?"

"응!"

"그래서 오빤 뭐라 했어? 좋다고는 안 했지?"

"그럼! 절대 그런 말 안 했어."

"그럼 싫다고 하지. 그 말도 못했지?"

"응! 못했어."

"바보! 다음부턴 똑 부러지게 좋아하지 않는다, 하고 말해 알겠지?"

"아. 알았어!"

"이것들이 어디서 감히 오빨 넘봐 넘보길, 죽을라고."

녀석이 울음을 그쳤다. 내 품을 벗어나 다시 짐을 싸며 투덜대는 모습이 마귀할멈으로 다시 돌아온 모양이다.

난 녀석이 울면 가슴이 아프다. 해서 녀석 눈에 눈물만 보여도 난 녀석에게 꼼짝을 못한다.

"뭐해? 어서 박스에 테이프 붙여야지."

녀석이 장난기 가득한 말투를 보니 내 기분도 좋아졌다.

"알았어! 얼른 짐 싸서 이사 가자!"

"이삿짐센터 전화해. 당장 오라고 1톤 트럭이면 되겠어."

"지금?"

"그래! 지금 당장! 그래야 그 여시가 못 따라올 것 아냐!"

녀석의 말대로 그날 오후 벼락같이 이삿짐을 싣고 난 곡수리로 이사를 했다.

오후 늦은 시간이다.

이미 저녁을 먹고 난 남은 짐을 정리하고 있었고 녀석은 설거지와 청소를 하고 있었다.

"대충해놓고 자야겠어. 피곤해."

녀석이 피곤한 모양이다. 대충 청소를 마친 녀석이 내 방 침대 정리를 하고 자기 방으로 들어가며 남긴 말이다.

난 갑자기 허전함이 느껴졌다. 녀석이 자기 방으로 들어갔으니 내일 아침이나 돼야 녀석을 볼 수 있다는 생각에 외로움을 밀려왔던 것이다.

"오빠도 일찍 자. 내일 새벽에 강촌까지 가야 돼. 여기서 5시 출발이야."

녀석이 자기 방에서 방문을 살짝 열고 말했다. 내일 일을 같이 가자는 뜻이다. 나도 내일은 녀석과 같이 오랜만에 조경 일을 하려고 마음먹었다.

나도 대충 짐 정리를 하고 침대에 누웠는데…

드르륵.

갑자기 침대 옆 벽면이 열리는 것이 아닌가. 깜짝 놀라서 보니 녀석이 배시시 웃고 있었다.

"히히…. 전에 할머니 집에서도 우리 이렇게 하고 잤잖아. 밤에 혼자 자면 무서울 것 같아서 내가 여기에 문을 만들었지. 히히…."

녀석이 자기 방 침대하고 내 방 침대하고 사이에 있는 벽에 작은 문을 하나 만들어 놓은 것이다. 날 기다리며 언젠가 오면 이렇게 자면서도 서로 얼굴을 볼 수 있게 하려고 만든 문일 것이다.

나도 녀석이 보이자 무척 평온해지는 내 마음을 느꼈다.

"녀석! 나 없을 땐 잘도 잤으면서…."

"오빠가 뭘 알아? 내가 그동안 밤에 잠을 자면 아침이면 온 얼굴이 눈물로 얼룩지고 그랬단 말이야. 오빠 보고 싶어서 울었거든 밤마다."

"그랬어? 이젠 네가 오빠 때문에 울지 않게 해줄게. 앞으로는 절대 울지 않게 해줄게."

난 녀석에게 하는 말이라기보다는 스스로 다짐하고 있었다.

"고마워! 어서 자자. 내일이면 오빠가 무척 놀랄 일들이 많을 테니까. 미리 긴장하는 게 좋을 거야. 히히…."

"무슨 일일까? 궁금해지네."

"그냥 참아. 내일이면 다 알 텐데 조급하긴. 히히… 우리 손잡고 잘까?"

녀석이 문으로 손을 내민다. 나도 손을 내밀어 녀석 손을 잡았다. 거칠어진 손. 녀석은 이제 한창 고와야하는 20세 처녀다. 그런 녀석 손이 너무 거칠어졌다. 사업을 하느라 손수 일을 많이 해서 생긴 굳은살이다. 녀석 손을 잡고 있는 내 손이 부끄러웠다. 오히려 내 손이 더 부드러웠기 때문이다. 불쌍한 녀석. 난 가슴이 미어지고 눈에 눈물이 핑 돌았다.

"오빠 손은 항상 부드러워. 무슨 남자 손이 이래? 여자 손 같아."

"그래? 네 손은 많이 거칠어졌다. 다 오빠가 늦게 와서 그렇게 됐구나. 미안하다. 미안해."

"쳇! 또 그 소리. 미안하다 하지 말고 앞으로나 잘해. 그럼 되지. 응?"

"알았어! 이제부터 오빠노릇 정말 잘할게."

난 오빠노릇이란 말에 더욱 힘을 줘서 말했다. 녀석이 혹시나 다시 결혼하자는 말을 못 하도록 미리 일침을 놓는 것이다.

녀석과 난 오랜만에 서로 손을 맞잡고 그렇게 잠이 들었다.

새벽 5시. 녀석이 날 깨웠다.

녀석은 이미 트럭에 시동을 걸어 놓고 간단하게 아침 식사까지 끝낸 상황이었다.

난 대충 옷을 입고 밖으로 나가 녀석이 운전을 못하도록 내가 운전석에 앉았다.

"오빠가 운전하려고?"

"그래! 먼저 비 오는 날 네 뒤를 따라오며 무척 놀랐다. 무슨 운전을 그렇게 난폭하게 하냐?"

"히히… 마귀할멈이라며? 마귀할멈은 원래 난폭하게 운전을 하는 거야."

녀석이 조수석에 올라타서 안전벨트를 맸다.

"출발?"

"웅! 출발해. 다른 사람들은 더블 캡으로 현장으로 올 거야."

"트럭이 두 개야?"

"아니 3개. 이래 뵈도 난 사업가야. 트럭이 3개는 돼야 사업가지. 히히…."

"우아! 놀랐는데 트럭이 3개라. 승용차는 없고?"

"난 낮은 차량은 못 타겠어. 꼭 길바닥에 앉아 가는 느낌이거든."

"흐흐… 나도 그래. 습관인가 봐. 처음부터 높은 차량을 타고 다녀서…."

"웅! 아마도 그런 것 같아. 음! 여기서 양평으로 가서 서울 쪽으로 가다가 경춘고속도로를 달리면 강촌으로 갈 수 있어."

"경춘고속도로?"

"웅! 다들 그렇게 불러. 새벽에 달려보면 지나가는 택시들. 장난 아니야. 마치 총알 같아. 고속도로보다 더 빠르거든. 차량들이."

"그래서? 고속도로라 부른다고?"

"웅! 먼저 번 내 차를 일하는 아저씨들이 다 끌고 가서 난 택시를 탔는데… 그때 난 어떤 여자가 됐게?"

"웅? 어떤 여자라니?"

"수수께끼니깐 풀어봐."

"글쎄!"

"히히… 총알 탄 여자."

"뭐? 하하…."

"정말 그렇더라. 마치 총알 타고 날아가는 느낌이야. 너무 무섭고 겁이 나서… 오줌 쌀 뻔 했다니깐."

"켁! 숙녀 입에서 나올 말은 아니다."

"오빤데 뭐 어때."

녀석과 웃고 떠들며 새벽길을 달려 강촌에 도착을 한 것은 7시가 조금 넘은 시간이었다.

"와우!"

난 현장에 도착을 해서 그 큰 규모에 놀랐다. 무슨 대통령 별장도 아니고 개인 별장이라는데 그 규모가 엄청났다. 건축물을 3층에 연건평 200여 평 돼 보이지만. 녀석이 맡은 공사는 3000평은 돼 보이는 넓은 정원을 꾸미는 작업이었다. 현장엔 굴삭기도 한 대 있고 작업 인부들이 다 나온 것 같은데 모두 13명이었다.

"장비는?"

"히히… 그것도 내가 샀어."

"와! 너 대단하다. 언제 사업을 이렇게 키웠대? 일하시는 분들도 많고"

"정규 멤버는 4명뿐이야. 나까지 5명. 이젠 오빠까지 6명 히히… 나머진 다 용역회사에서 그때그때 충당해."

"헌데…"

난 현장을 살펴보다가 작업을 하는 분들 중 이상한 것을 발견했다. 여가가 있었다. 그것도 녀석과 비슷한 또래의 여자. 젊은 아가씨가 이런 일을 한다는 것이 참 힘든데 이런 현장에 있다는 것이 신기했다.

"야! 지영아! 이리 와봐!"

내가 그 아가씨를 발견했다는 것을 녀석이 눈치 챈 모양이다. 녀석이 그 아가씨를 불렀다.

"응? 왜 그래?"

쪼르르 달려와 나와 녀석을 번갈아 보며 물었다. 이제 갓 20세는 돼 보이는 아가씨다. 헌데 어디서 본 듯하다.

"우리 오빠야, 알지?"

녀석이 나에게 인사를 시키려고 부른 모양이다.

"옹! 안녕하세요? 반가워요. 오랜만이죠? 저 지영이에요. 한 번 뵌 적이 있는데… 순댓국 집."

"아하! 그 순댓국집 딸 지영이?"

"네!"

그 아가씨는 바로 녀석과 톱 스쿨인가 뭔가 하는 모임을 같이 해 체시킨 녀석의 친구 지영이었다.

"그래! 지영이. 반갑다. 헌데 네가 왜?"

난 지영이가 왜 여기서 노동일을 하고 있는 지 그게 궁금했다.

"저도 지현이와 같이 대학은 포기했어요. 저도 사업을 배우려고요. 해서 돈도 벌면서 지현이에게서 배우고 있는 중이에요."

"그래도 여자가 하기엔 힘든 일인데…."

"아뇨! 즐겁고 아주 좋아요. 막 자유를 찾은 느낌이에요. 새장에 갇혀 있다가 세상 밖으로 나온 느낌 뭐 그런 거."

"오! 그래? 난 다른 사람과 틀려서 누구든 자기가 원하는 일을 하는 사람이 제일 건강한 사고방식을 가진 이 시대의 엘리트라고 생각하거든. 그러니 지영이 넌 대단해. 좋아! 좋은 생각이야."

난 정말 녀석은 물론 지영이 역시 건강한 사고방식을 갖고 있다고 본다.

"고마워요. 우리 엄마도 찬성을 했어요."

"그래! 잘 됐구나."

"오빠 없을 때 지영이가 나하고 같이 밤에 있어줬어. 내가 무섭다고 막 붙잡았거든. 히히…."

"그랬어? 그래서 우리 지현이가 덜 무서웠겠네. 고맙다 지영아."

"제가 뭘… 그럼 전 일하러…."

지영이가 나에게 고개를 살짝 숙여 보이고는 작업을 하러 갔다.

"쟤 정말 열심이야. 저 굴삭기도 쟤가 운전해. 얼마 전에 면허증 땄어."

"뭐?"

난 무척 놀랐다. 어린 지영이가 굴삭기 면허라니. 남자들도 어렵다던데 역시 마귀할멈 친구들도 다 마귀할멈을 닮아가는 모양이다.

녀석이 정규 멤버라는 4명을 지영이 포함해서 모두 소개를 시켜줬다.

지영이만 안면이 있고 나머지 사람들은 다 처음 보는 얼굴들이었다.

"사람들이 끈기가 없어. 다들 오래 일할 것 같이 오지만 다들 3~4개월이면 떠나서 새로운 사람들로 바뀌고 말아. 지영이만 지금 1년이 넘었어."

"뭐? 그럼 고등학교 졸업과 동시에 너하고?"

"응!

"괜찮은 아이구나! 다시 봐야겠는데…."

"엥! 혹시 오빠 지영이한테 관심 있는 것 아니지?"

그렇게 말하는 녀석은 비록 입가에 미소는 짓고 있지만 표정은 무척 심각했다.

"관심이야 있지. 우선 착하고 건강한 사고방식을 갖고 있지. 얼굴도 예쁘네. 누구한테 시집을 갈지 신랑 복 터진 것이지. 하지만 네가 생각하는 그런 관심은 아니니깐. 걱정마라!"

난 빙긋 웃으며 녀석을 안심시켰다.

"히… 그럴 줄 알았어. 사실 쟨 매력은 없어 다들 그래. 남자 같아서 싫다고"

"누가?"

"동네 오빠들도 그렇고 일하러 오는 오빠들도 다 그러더라."

"다 바보들만 있었네. 네가 옆에서 있어서 그런가!"

"무슨 말이야? 내가 옆에서 있어서 뭐가 그래?"

"네가 너무 뛰어나서 지영이가 안 보이는 모양이지."

"뭐? 이제 보니 오빠가 날 놀렸네. 죽을래?"

녀석이 날 발로 차려고 한다. 난 혀를 날름거리며 도망갔다.

점심을 먹고 난 여지한테 전화를 했다. 그 변론을 맡기로 마음을 굳혔기 때문에 하루라도 빨리 그 유족들을 만나보려는 생각이다. 해서 녀석 일이 생각보다 바빠 보이지 않으므로 내일 만나기로 약속을 했다. 물론 여지한테 전화를 거는 것도 녀석이 보는 자리에서 걸었다. 녀석의 허락이 중요했기 때문이다. 녀석이 오해라도 하면 녀석이 울 것이고 녀석이 울면 나도 슬퍼지니까. 그런 상황을 만들고 싶지 않았다.

"여시가 뭐래?"

"여시가 아니고 여지라니깐."

"여시나 여지나 그게 그거지 뭘 그래."

"뭐가 그게 그거야? 쳇! 아무 말도 안 했어. 그냥 내일 만나서 같이 가자고만 하더라. 할 이야기야 내일 만나면 할 모양이지."

"분명히 말해. 오빤 여시 싫다고 딱 잘라서 말하라고 알았지?"

"알았어!"

"또 미적미적 끌다가 코만 꿰어봐라. 흥!"

녀석이 내가 통화하는 것을 다 지켜보고 할 이야기를 마친 후에 일터로 걸어갔다. 난 오랜만에 일을 하려니까 겨우 삽이나 들고 땅 파는 일이나 거들 수밖에 할 일이 없었다.

"오빠!"

내가 나무에 물을 주기 위해 나무 아래에 물이 고일 정도로 삽으로 파서 웅덩이를 만들고 있는데 굴삭기 작업을 멈추고 지영이가 다가왔다.

"응?"

"오빠 사법고시 패스 하셨다면서요? 고등학교도 졸업을 안 하셨다고 들었는데?"

"응! 그래서 6년간 머리 싸매고 공부했지."

"대단하세요. 저도 그거 한번 해보고 싶어요. 오빠처럼."

"사법고시를 보려고?"

"네! 당장은 아니고요. 시간이 나면 천천히 한번 쯤 도전해보려고요."

"검사되려고?"

"아뇨. 저도 오빠처럼 패스만 하고 손 탁탁 털려고요."

"왜?"

"오빠가 너무 멋있어 보여서요. 오빠처럼 저도 제 자신을 시험하려는 것 외엔 관심이 없어요. 검사도 판사도 변호사도. 다 지현이처럼 사업하는 것 보다 좋지 않다고 보거든요. 전 자유가 좋아요. 제 능력껏 뭔가 이루고 싶기도 하고요. 제 작품을 남기고 싶기도 하죠. 누군가에 구속되는 것은 제 적성에 맞지 않아요."

"그래! 너 참 멋있는 생각이다. 아주 멋있어."

"여자한테 멋있다 그러는 것 아니에요. 아름답다 그래야죠."

"그래? 알았다! 너 참. 아름답다. 예뻐."

지영이가 날 바라보며 살짝 미소를 짓는다.

"오빠와 지현이는 남매 사이죠?"

"그럼! 그럼!"

"절대 사랑하는 사이 그런 것 아니죠?"

지영이가 나에게 그렇게 물으며 바라보는 눈에 반짝 이채를 띤다.

"물론 남녀 간의 사랑 그런 건 아니지. 남매 사이에 사랑 그런 건 맞지만… 지현인 내 친동생이야. 비록 피는 다르지만…."

"알았어요."

지영이 눈에 이채를 띠며 무척 환한 미소를 보인다. 그 순간 난 아차! 하고 내 실수를 깨달았다. 지영이 눈에 사랑이 듬뿍 담겼기 때문이다.

"지현이가 그 동안 오빠 이야기 참 많이 했어요. 저녁에 잠자리에 들면 매일 오빠 이야기뿐이에요. 언제 오려나. 어디서 뭘 할까. 매일 그런 걱정뿐이었죠."

"그랬어?"

"네! 너무도 많이 들어서 지겨울 정도였는데 이젠 오빠를 정말 만났네요. 저도 지현이 이야기를 들으며 오빠를 꼭 만나고 싶었거든요. 어떤 사람일까 궁금했는데 만나보니 정말 지현이가 자랑할 만했구나 하는 생각이 들어요. 오빠 정말 멋져요."

지영이가 그 말을 남기고 얼굴을 붉히며 다시 굴삭기로 올라갔다.

요즘 여자들은 나이가 어리거나 나이가 들어도 고백을 저렇게 쉽게 하나 하는 생각에 잠시 멍하니 서서 지영이가 장비를 움직이는 것을 지켜봤다. 여지도 그렇고 지영이도 그렇고 녀석도 그렇고 갑자기 왜 저럴까 마음이 혼란해지기 시작했다. 해서 난 군은 결심을 하나 하게 됐다. 이번 변론 맡은 것을 끝내고 바로 애인을 정하기로 마음먹었다. 해서. 녀석에게 친남매 사이라는 것을 확실하게 금을 그으려는 것이다.

　"오빠!"

　잠시 생각에 잠겨 있는 나에게 녀석이 다가왔다.

　"…."

　"나 견적 넣으러 갈 건데 내가 저녁에 여기 못 오면 아무 트럭이나 같이 타고 와."

　"견적 넣으러 가려면 나도 같이 가자."

　"아니. 거래처 사장인데 이게 좀 웃겨. 꼴에 남자라고 내 옆에 남자가 있는 꼴을 못 봐. 괜히 거부감 느끼게 하면 이로울 것도 없어. 나 혼자 갔다 올게."

　"어! 그럼 너 위험할 수도 있는데?"

　"걱정 마. 그 사장 내 한주먹 거리도 안 돼. 히히…"

　녀석은 혼자 트럭을 끌고 사라졌다. 녀석이 꼬불꼬불한 도로를 저 멀리 벗어나 보이지 않을 때가지 난 걱정스런 눈으로 바라보고 있었다.

　"지현이 오늘 여기 못 온다고 하나요?"

　지영이가 굴삭기를 세우고 내게 다가와서 물을 때가지 난 녀석이 사라진 곳만 응시하고 있었다.

"그래! 견적 넣으러 간다더라. 어디로 가는지 알려나주고 가지 녀석 참…."

나는 걱정이 가득 담긴 음성으로 대답했다.

"리조트 공사를 맡아하는 윤 사장이라고 있어요. 안성 쪽에서 새로 리조트 공사를 하는데 지금쯤 완공이 다 됐을 거예요. 아마 거기 견적 넣으러 간 모양이에요. 오빠를 데려가면 그 윤 사장이 아마 거래를 끊을까봐 혼자 갔을 거예요."

"내가 가면 거래를 끊어? 왜?"

"그 윤 사장이 지현이를 얼마나 좋아하는데요. 지현이가 맘을 주지 않아서 그렇지. 정말 윤 사장은 지현이한테 푹 빠졌어요."

"나이가 어떻게 되는데?"

"누구요? 윤 사장이요? 올해 26살인가 그래요. 윤 사장 아버지가 하던 회사인데 물려받아서 아주 잘하고 있다고 칭찬이 자자하죠."

"26살? 아직 총각이고?"

"네! 키도 크고 잘 생겼어요. 오빠도 보면 아마 맘에 들 걸요."

"아! 그래? 그럼 다행이고"

"저녁에 제 트럭 타고 퇴근하세요. 저 혼자 가는데 심심하거든요."

"그래! 고맙다!"

"그럼 퇴근 때 봐요."

지영이는 다시 굴삭기로 올라갔다.

난 삽을 들고 열심히 작업을 도왔다. 오랜만에 온몸에 땀이 날 정도로 일했다.

어느덧 오후 5시 퇴근 시간이 되었다. 새벽 5시에 나왔으니 벌써

12시간이 지났다. 일하는 사람들이 불평을 할 만했다. 퇴근해서 집에 도착하면 오후 7시는 되니까. 하루 작업을 14시간 하는 것과 같았다. 긴 노동시간이다. 멀리 가면 그곳에서 숙식을 해결하면 편할 텐데 난 그런 생각을 했다.

"오빠!"

지영이가 굴삭기를 세워두고 내게 다가왔다.

"그래! 오늘 고생했다."

"고생은요. 즐거운 일인데 고생이란 단어는 어울리지 않아요."

지영이가 얼른 내 팔에 팔짱을 끼고 있었다. 난 순간적으로 몹시 당황했지만 겉으로 내색하지는 않았다.

"가요. 운전은 오빠가 좀 해줘요. 전 아직 서툴러서…. 지현인 정말 운전 잘해요. 남자들보다 더 잘해요."

"그래? 녀석이 배짱이 두둑하거든. 남자들보다 더 깡이 있어서 그래."

난 지영이와 함께 걸어서 작업장 밖에 세워진 청색 1톤 트럭으로 향했다.

"이 차는 제가 샀어요. 얼마 전에. 그동안 지현이한테 받은 월급을 모아 뒀다가."

"왜? 트럭을 샀어? 하얀 지프나 요즘 나오는 신형 승용차도 많은데?"

"저도 사업을 하려고 준비 중이거든요. 트럭이 있어야 확실하게 지현이 일에 도움도 되고"

지영이가 빙긋 미소를 짓는다. 참 지영이 미소는 예뻤다.

"마음씨가 예쁘구나. 우리 지현이 도와줘서 고맙다. 진심이야."

"예쁘다는 단어보다 아름답다고 해주면 안돼요? 예쁘다는 어떤지 제가 어린다는 소리로 들려서요. 전 이제 성인이거든요."

"아! 그래! 미안! 지영이 참 아름다워. 마음씨도. 아름답고 그 미소가 아름다워. 큭… 이거 이상하다. 뭔가 고백하는 것처럼 느끼해."

난 부자연스럽게 웃었다.

"왜요? 전 좋은데요."

지영이가 다시 살짝 미소를 지었다. 양 볼에 보조개가 조그맣게 만들어진다. 참 아름다운 미소다. 난 지영이 미소를 보며 그렇게 느꼈다.

"키 여기 있어요."

지영이는 트럭에 도착해서 내게 키를 주면서 그때야 팔짱을 풀었다. 갑자기 허전한 느낌이 드는 것은 왜일까. 27살. 사랑이란 것을 찾기엔 너무도 바쁘게 살았던 그 7년 세월이 너무도 외로웠던 탓이리라. 누군가 가까이 있어주면 아늑하고 포근한 느낌이 들다가 조금만 떨어지면 허전하고 다시 외로워지는 이것도 이상한 병에 속할까.

난 지영이 차키를 들고 운전석에 올라탔다. 지영이는 조수석으로 탔다.

"차가 오래된 차네?"

내가 시동을 걸며 지영이에게 물었다.

"네! 인터넷 경매로 120만 원 줬어요. 8년이 지난 중고 트럭이에요."

"그랬구나. 고장 없이 잘 운행되면 되는데…"

"아직까지는요."

시동은 그런대로 잘 걸렸다. 난 트럭을 몰고 천천히 경춘가도로 향했다.

"가다가 배고픈데 뭐 좀 먹고 가면 안돼요?"

지영이가 조수석에서 고개를 옆으로 돌려 나를 바라보며 물었다. 난 녀석이 견적을 넣고 돌아오면 같이 밥을 먹자고 할 것 같아 잠시 대답을 못하고 망설였다. 지영이가 내 마음을 알았을까. 다시 살짝 미소를 짓는다.

"지현이는 아마 윤 사장과 저녁을 먹고 올 거예요. 윤 사장 낙이 지현이랑 같이 데이트하는 거라고 하던데요."

"지현이가 그래?"

"아뇨. 윤 사장이요. 저도 잘 알거든요. 가끔 우리 직원들 마시라고 음료수도 사 들고 오거든요. 어떤 때는 회식도 시켜주고 그래요."

"그래? 그렇다면 뭘 먹지? 어디 맛있는 집 알아?"

"청평 가면 하나 있어요."

"뭘 하는 집인데?"

"꺽지라고 알아요? 물고기 이름인데?"

"알지. 1급수에서 살고 횟감으로 최고지. 쏘가리보다 더 맛있어."

"네. 그 꺽지 매운탕 집이 하나 있어요. 오늘 오빠가 그거 사서 주세요."

"오! 그래? 꺽지 매운탕이라. 군침이 도는데 좋아! 내가 쏘지."

"엥? 오빠도 그런 속어를 쓰세요?"

"나라고 늙은인 줄 알아? 이제 27살인데?"

"아뇨. 요즘 그런 말 안 쓰려는 사람들이 많아졌어요. 위대한 세

종대왕을 모욕하고 한국인의 자랑스러운 한글을 망치게 하려는 일본인들의 음모가 숨어있는 것을 신세대들이 이용당하고 있는 것이라고 전엔 인터넷에 들어가면 서로 하나씩 속어를 만들어 자랑하고 그래서 한글이 뒤죽박죽이 됐는데 요즘 세대들은 그걸 다시 원위치 시키려고 노력해요. 참 아름다운 마음씨죠?"

"오! 그렇다면 정말 다행이다. 나도 모르게 가끔 그런 속어를 쓰는데 나도 고쳐야겠군."

지영이가 내가 말하는 모습을 바라보며 다시 미소를 머금고 있다.

"지영이 엄마는 지영이가 대학 포기한 것을 허락했다고?"

"아뇨! 대학 포기한 것을 허락한 것이 아니고 지현이와 같이 사업을 배우는 것을 허락하셨단 이야기에요."

"아! 그렇구나! 그럼 아빠는?"

난 지영이 아빠 이야기를 듣지 못해서 그게 가장 궁금했다. 해서 그걸 꼭 물어보고 싶었다.

"사실 지금은 아빠도 엄마도 안 계세요."

"엉? 그게 무슨 말이야? 엄마도 아빠도 안 계신다니? 무슨 뜻이야?"

"지난해 대형 교통사고가 났었어요. 여기 경춘가도에서 덤프트럭과 버스 추돌로. 그때 다 돌아가셨어요."

"잠깐! 그 교통사고란 것이? 덤프트럭 운전자와 버스 승객 5명 모두 6명이 죽은 그 사고 말이냐?"

"네! 그걸 어떻게 아세요?"

갑자기 난 등이 서늘해지는 느낌이 왔다. 우연도 이런 우연이. 내가 처음으로 의뢰를 맡은 변론 사건이 지영이와 관련이 있다니 참 기막힌 우연이었다.

"그래 그 사건으로 아빠와 엄마 두 분이 다?"

나는 안쓰러운 마음으로 지영이를 바라봤다.

"아니에요. 아빠만 그 사고로 돌아가셨어요. 버스에 타고 계셨는데 엄마는 다행히 뒤쪽에서 아주머니들과 이야기를 하셨고 아빠는 앞쪽에 타고 계셨는데 덤프트럭이 앞쪽을 받았거든요. 해서 아빠만…."

지영이 눈에 눈물이 가득 고이더니 주르륵 흐른다.

"그럼 엄마는 왜?"

"엄마는 그 충격으로 정신 병원에… 입원해서 계시다가… 얼마 전에 자살을… 흑흑… 제게 사업을 하는 것이 좋다고 허락도 하셨는데 꼭 엄마 병을 낫게 해서 행복하게 해드리려고 했는데… 그랬는데… 흑흑…."

지영이가 울기 시작한다. 그런 사고로 모두 슬퍼하는데 유가족 대표란 놈이 돈을 타먹고 날랐다고 기막힌 이야기다. 그러니 이제 버스회사나 그 보험회사에서도 보상은커녕 이미 타간 보험금을 돌려달라고 소송을 한 것이다. 그 사건 속에 지영이가 있었다.

난 울고 있는 지영이가 실컷 울도록 가만히 내버려 뒀다. 지영이는 트럭이 청평에 막 도착을 할 때 울음을 그쳤다.

"저 앞에서 우회전하면 산천 이라는 음식점이 나와요. 거기가 꺽지매운탕을 하는 집이에요."

지영이가 눈물을 그치고 손가락으로 앞을 가리키며 말했다. 난 지영이가 알려주는 대로 차를 몰았다. 정말 큼직한 음식점이 하나 보였다. 간판 이름이 산천(山川)이었다. 주차장도 넓었는데 주차할 곳이 없을 정도로 꽉 찼다. 겨우 빈틈을 찾아 주차를 했다.

"오빠 운전 솜씨가 좋네요. 전 이런 곳에 들어오면 주차를 못해 애먹는데."

지영이가 차에서 내리며 말했다.

"그럼 집에 지영이 혼자 살아?"

난 차문을 닫고 키로 잠그며 물었다.

"아뇨! 어떤 때는 이모네 집에서 자고 어떤 때는 고모네 집도 가고 음! 한 달을 기준으로 치면 일주일은 이모네, 일주일은 고모네 그리고 15일은 지현이랑 같이 자요."

"그, 그랬어? 앞으로는 매일 지현이랑 같이 있어도 좋아. 그렇게 해."

"정말이에요? 네?"

지영이가 그렇게 반색을 할 줄 몰랐다. 난 영문도 모른 체 고개를 끄떡이고 있었다.

"그럼 오늘도 지현이랑 같이 자야지."

지영이가 갑자기 입가에 미소를 띤다. 묘한 미소다.

난 지영이를 보며 마음속으로 무척 대견스럽다는 생각이 들었다. 갑자기 부모님을 잃었는데도 저렇게 씩씩하게 살아간다는 것이 아무나 할 수 있는 것은 아니었다. 특히 여자 몸으로서는 더욱 더.

지영이는 얼른 내 팔에 다시 팔짱을 끼고 식당으로 들어갔다. 겨우 구석진 자리를 하나 발견하고 둘이 앉았다.

"여기 꺽지매운탕 2인분이요."

난 음식을 주문했다. 값은 제법 비싼 편이었다. 1인분에 1만 5000원.

"좀 비싸죠?"

"먹어봐야 알지. 맛을 안 보고 비싸다 하면 음식을 만드는 분에게 미안하지. 안 그래? 하하…."

난 일부러 환하게 웃어 보이려고 노력했다. 지영이가 부모님 생각을 하며 울고 난 뒤라서 기분을 풀어주려는 의도에서였다.

"정말 맛있어요. 한 번 드셔보세요."

지영이가 말했다. 주문을 하자 곧바로 매운탕이 나왔다. 미리 준비를 해둔 모양이다. 매운탕이 끓는 동안 지영이는 물 컵만 들었다 놨다 하며 말이 없었다.

"근데… 어떻게 우리 아빠 돌아가신 그 사고를 아세요?"

매운탕이 막 끓기 시작할 때 겨우 지영이가 입을 열었다.

"내가 변호사잖아. 누가 나에게 그 사건을 변론해달라고 의뢰했어."

"아! 그랬군요. 그 나쁜 유가족 대표자 때문에 모두 재산까지 압류 당해서 지금 울상이에요. 가족을 잃고 슬퍼하는데 이게 무슨 날벼락인지. 저희 엄마 아빠와 같이 살던 집도 압류 당했어요. 어떻게 판사란 분이 전후 사정도 알지 못하고 남의 재산 압류를 그렇게 쉽게 결정하는지 모르겠어요. 보험회사 이야기만 듣고 말이죠. 그래서 사람들은 그 판사들이 들고 있는 망치라 하나요? 방망이라 하나요? 그걸 도깨비 방망이라 하죠. 한 번 뚝딱 내리치면 누군가 그 인생이 바뀌거든요."

"도깨비방망이? 하하… 듣고 보니 그렇기도 하다. 도깨비방망이라… 하하…. 판사들이 이런 이야기를 들어야 하는데 고지식해서 말이야. 방에 처박혀 책에 나온 것만 읽고 누가 들고 오는 서류만 읽고 도깨비방망이를 막 휘두르거든. 그래도 그건 좀 나은 편이라고 해야 할까. 돈이 많은 재벌가엔 한없이 자애로우면서 서민들에겐 단호한 것이 그 도깨비방망이지. 누가 혹시 아나. 돈이라도 뒤로 받아먹고 그 방망이를 사용하는지. 그건 판사나 검사나 경찰이나 다 마찬가지야. 무슨 범죄자만 잡히면 꼭 터지더라. 경찰 또는 검사 그들이 뒷돈을 받고 범죄자들을 양성하는 것 말이야. 우리나라 범죄자들은 대부분 그들이 양성하는 것이라 해도 과언은 아니야. 경찰이나 검찰 사실 그들은 우리나라 범죄단체 이름을 줄줄이 외고 그 소속 관련자들 이름까지 줄줄이 외고 있어. 어느 불법 영업장을 급습해도 관련자들은 교묘히 사라지고 없다 하거든. 자기들이 이미 뒤로 정보를 다 흘려놓고 말이지. 먹었으니 그 만큼 베풀어야지. 그러니 범죄자들을 잡고 국민의 안전을 책임지라고 비싼 세금으로 월급을 줬더니 오히려 주머니에 더러운 돈이나 채우며 그들을 양성하고 있는 꼴이지. 고양이 앞에 생선을 지켜달라고 맡긴 꼴이지."

"오빠 사법고시를 보시고 변호사가 된 분이 그렇게 말을 하시면…."

"그 정도는 그래도 어떡하면 바로 잡을 수 있을까 고민이라도 하겠는데 정치인들 하수인 노릇이나 하며 서로 정적치기에 동참이나 하는 것을 보면 이게 정말 우리가 세금으로 월급 주며 그 자리에 앉혀 놓은 자들이 맞나 싶어. 거기다가 요즘은 검찰과 경찰 서로 자기들 밥그릇이나 챙기려고 국민들은 안중에도 없이 싸움질이나 하고 말이야. 왜? 그런 자들에겐 그 잘 쓰는 도깨비방망이 한 번 휘두르지 않는지 모르겠더라. 하하…."

"오빠도 참!"

지영이가 웃음을 참지 못하고 활짝 웃는다.

"그나저나… 나도 첫 의뢰받은 것을 잘 해결해야 할 텐데…. 모두 그 도깨비방망이로부터 지켜줘야 하니까 말이지."

"가능성은 있나요?"

"도망친 유가족 대표에게서 단 1원이라도 그 돈을 받았는지 아닌지. 그것이 그 도깨비방망이를 피해 가느냐 못 가느냐 하는 갈림길이 될 거야."

"1원이라도라면? 밥이라도 한 끼 얻어먹었으면?"

"밥을 얻어먹은 것이야 그 돈인지 아닌지 확인하기 어렵긴 한데 그 유가족 대표라는 자에게서 돈을 받아 썼느냐 안 썼느냐 하는 거야. 단 1원이라도 받아썼다면 도깨비방망이를 가차 없이 휘두를 테니까 말이야."

"모두 그럴 리는 없어요."

"저쪽 A보험회사에 그자 음성으로 모두에게 골고루 나눠줬다는 진술이 담긴 녹취록이 있다고 하더라. 우린 그 것이 가짜라는 것을 그 도깨비에게 밝혀서 보여줘야 할 것 아니겠니?"

"도깨비요?"

"도깨비방망이를 들고 있으면 도깨비지. 하하…."

"아! 매운탕 다 졸겠어요. 이제 드세요."

지영이가 그릇에 매운탕을 담아 내 앞으로 놓는다.

난 수저로 한 술 떠서 입으로 가져갔다.

"아! 강원도에서 이웃집 아주머니가 끓여주던 그 맛이다. 맛이 좋구나. 너도 얼른 먹으렴."

정말 꺽지매운탕은 맛이 좋았다.

아! 깊은 산골 냇물에 사는 꺽지
날카로운 가시하며 먹을 건 없어도
물고기 맛이 이러할까. 입에서 녹네
시원하고 개운한 국물 맛도 일품

초고추장에 푹 찍어 먹는 회는
물고기 회의 왕이라 하기보단
고운 살결에 부드러움이 더한
물고기 회의 여왕이라 하겠다

지영이와 저녁을 먹고 집으로 돌아 온 시간은 밤 9시가 넘어서였다. 녀석이 문 밖에서 나를 기다리고 있었다.

"지영이와 같이 있었어?"

녀석은 내가 지영이와 같이 들어오는 것을 보고 안심이 되는 눈치다.

"그래! 너 밥 먹었니?"

"응! 거래처 사장하고… 오빠?"

"지영이랑 같이 먹었어."

"아! 또 그 꺽지매운탕?"

"엥? 그것도 알아? 지영이가 너도 데리고 꺽지매운탕을 먹으러 갔었니?"

"어디 나 뿐이겠어. 안 가본 사람이 없어. 안 그래?"

녀석이 지영이를 보며 묻는다. 지영이는 그냥 빙그레 웃기만 했다.

"얼른 들어가. 씻고 자야지. 너무 늦으면 집에서 서로 이야기 할 시간이 없잖아. 요즘은 일 때문에 지쳐."

녀석이 방문을 열고 안으로 들어가며 힘들어하는 느낌이다.

"거리가 먼 곳은 현장에서 자며 일하는 것도 생각을 해봐야지?"

내가 지영이를 앞에 방으로 들어가게 하고 그 뒤를 따라 들어가며 말했다.

"요즘 방 구하기가 어디 쉬워. 특히 관광지나 경치 좋은 곳은 구하려고 해도 없어."

녀석이 이미 시도를 해본 모양이다.

"캠핑카 생각은 안 해봤어?"

"캠핑카? 그게 얼마나 비싼데…? 혹시 오빠 생각은?"

"그래! 컨테이너를 하나 만들어서 싣고 다니는 거야. 살림도구를 싣고."

"그럼 2.5톤은 돼야 적재함이 크니까 잘 수 있지. 1톤짜리는 너무 작아."

"오빠가 하나 만들어 볼게. 중고로 2.5톤 트럭 하나 사면 비싸지 않아."

"좋았어! 역시 오빠가 오니까 일이 쉽게 해결되네."

녀석이 얼른 뒤돌아서서 내게 달려와 두 팔로 내 목을 안고 좋아했다. 지영이가 그 장면을 묘한 시선으로 바라보고 있었다.

"오빠 씻을게."

난 지영이 시선을 의식하고 녀석을 떼어 놓고 얼른 욕실로 들어 갔다.

오랜만에 땀을 흘렸더니 옷을 모두 갈아입어야 했다. 목욕을 하니 몸이 개운해졌다.

드르륵.

또 녀석 방과 내 방 사이 쪽문이 열렸다.

"오늘은 지영이랑 같이 있으니까 이 문 닫고 잔다. 오빠 잘 자!"

"오빠! 안녕히 주무세요."

녀석과 지영이 문을 통해 인사를 했다.

"그래! 너희들도 잘 자라."

내가 인사를 하기 무섭게 녀석이 쪽문을 닫아 버렸다. 난 갑자기 서운한 생각이 밀려왔다.

다시 서로 얼굴 보며 잠자고 싶은 생각이 들어 나도 모르게 깜짝 놀랐다. 난 잠자리에 누웠다. 하루 종일 좀 고단했는지 나 역시 곧 잠이 들고 말았다.

강시 만드는 공장

여름으로 가는 길목의 6월 날씨는 사람이 살아가는 데 가장 좋은 온도를 제공해주고 있었다.

긴팔을 입어도 무난하고 반팔을 입어도 되고 아침저녁으로 기온차이가 심하지 않아 감기 걸릴 염려도 없고 비가 자주 오지 않아 화창한 날이 많은 6월이다.

용문산 높은 봉우리 위에 하얀 한 조각구름이 걸려있을 뿐 하늘은 맑고 깨끗했다.

여지는 승용차를 갖고 나를 데리러 왔다. 서울에서 홍천까지 새로 만들어진 도로에 양평에서 서울 방향으로 휴게소가 하나 있었다. 여지는 그 휴게소 화단가에서 나를 기다리고 서 있었는데 여지 뒤로 그 하얀 조각구름이 걸려있는 용문산 봉우리가 조금 보이고 있었다.

그 모습은 아름다운 배경으로 서 있는 여지가 한 폭의 그림 같았다. 여지는 엷은 분홍색 원피스에 블랙 치마를 입고 있었는데 배경에 아주 잘 어울렸다.

"걸어왔어요?"

여지가 나를 발견하고 물었다. 내가 걸어오는 것을 보고 택시라도 타고 오지 왜 걸어오느냐 하는 핀잔이다.

"내 차는 주차장에 넣고 오느라고."

"차를 끌고 오셨어요? 가까운데 그냥 택시를 타고 오시지. 주차료가 많이 나올 텐데?"

"얼른 유가족들 만나보고 오늘은 홍천 현장으로 가야 하니까. 올 땐 여기까지만 여지가 태워다 주면 되잖아. 집까지 가려면 여지 힘들까봐."

"알았어요! 지금 유가족들 청평에 모여 있어요. 한 사람만 빼고요. 얼른 타세요."

여지가 좀 서두르고 있었다.

"그래!"

난 여지 승용차 조수석 쪽. 문을 열고 얼른 올라탔다. 여지가 서두르는 것이 급해 보였기 때문이다.

"이번에 신임 검사들 환영 오찬이 있어서요. 거기 가야 돼요."

여지가 내가 묻기도 전에 스스로 말했다.

"아! 그랬구나! 초보 검사가 서울지검에 근무하니까 사람들이 배경 어쩌고 하는 거야. 사실이 그렇고. 여지도 그런 소리 듣지?"

여지는 서울지검에 근무하게 됐다. 해서 모두들 배경이 좋을 것이라고 했다. 정말 그런 것인지 나도 무척 궁금했는데 이번 기회에 그걸 물어보고 싶은 것이다.

"음! 음!"

여지가 갑자기 말을 하려다 만다. 무슨 말을 하려는 것일까. 난 그냥 지켜봤다.

"오빠!"

여지가 그 말을 하기가 그렇게 힘들었나보다. 말을 해놓고 얼굴까지 붉힌다. 같이 시험을 보며 만난 사이므로 선배라 하기도 그렇고 나이가 많은데 친구도 그렇고 해서 아직 여지는 나에게 호칭을 사용하지 않았었다. 이번에 오빠라 부르는 것이 처음이다.

"왜?"

나는 여지가 오빠라 불러주는 것이 무척 좋았다.

"오빠도 내가 배경이 좋다고 생각하세요?"

여지는 시동을 걸고 차를 출발시키며 나에게 물었다.

"글쎄… 남들이 그렇게 말은 하던데 모르겠네."

"전 사실 배경이 좋은 것 맞아요. 아빠 배경이죠. 오빠가 공부하신 그 책은 사실 아빠가 공부하시던 책이거든요."

"여지 아빠도… 검사? 판사?"

"아빠도 검사였어요. 서울지검에 근무하셨고요. 10년 됐네요. 마약사건을 수사 중이셨는데 마약거래를 하는 현장을 급습하시다가 도주하는 놈들 차에 치여 그만…"

여지 눈에 눈물이 가득 고이고 있었다. 여지도 어려서 아빠를 잃은 불쌍한 아이였다. 난 그런 여지가 이렇게 훌륭하게 성장했다는 사실에 무척 놀라고 있었다.

"아직도 아빠 배경이 제겐 통하나 봐요. 동정이랄까 보상이랄까. 뭐 그런 거죠."

"몰랐네! 여지도 그런 아픈 과거가 있을 줄은… 엄마는?"

"저희 엄마는 여장부세요. 처음부터 아빠는 검사 엄마는 경찰 이렇게 만났거든요. 지금도 엄마는 서울 경찰청에 근무하세요."

"와! 대단하시다. 부모님이 그렇게 훌륭하시니 여지가 그 부모님 피를 받아서 거침이 없는 여장부가 된 것 아니겠어."

"저 그렇게 거침이 없이 잘 나가지 못해요. 지금도 얼마나 망설이다가 겨우 오빠 소리를 했는데요. 아직도 망설이는 것이 많다고요."

여지가 차를 정지하고 나를 바라보며 말했다. 신호대기 중이었다. 여지는 운전 습관이 완전 오리지널이다. 신호는 물론이고 차선, 정지선까지도 철저히 지킨다. 해서 간혹 답답할 때도 있지만 가장 안전하게 운전을 하는 모범운전자다.

"망설이는 게 많다고? 뭔데?"

"있어요. 그런 게…."

여지가 날 바라보며 입가에 살짝 미소를 띤다.

"그것보다 우선 가면서 이번 사건에 관한 이야기를 모두 해드릴게요. 제가 어쩌면 청평까지 오빠를 모셔다드리고 바로 서울로 가야할 지도 모르거든요."

"엥? 그럼 난 뭘 타고 양평까지 가나?"

"어쩌면 그 빠졌던 유가족 나머지 한 사람이 올지 몰라요. 그럼 그 차를 얻어 타고 가세요. 그분도 양평에 살거든요."

여지는 지금 지영이 이야기를 하고 있었다. 나는 지영이를 내가 안다고 여지에게 말해주고 싶어도 말을 해줄 수가 없었다. 그것을 말해주면, 지현이 이야기부터 모조리 다 이야기를 해야 하기 때문이다. 청평까지 가는 동안 그 이야기만 해도 다 할 수 있을지 모른다. 해서 입을 다물고 말았다. 우선 유가족 이야기와 사건에 관한 정보를 들어야 하기 때문이다.

"혹시 그 분이 안 오면 그냥 택시 타고 가세요. 제가 만약에 서울로 가야할 일이 생기면요. 그렇지 않으면 제가 다시 모셔다 드리고요."

"알았어!"

"그럼 사건에 관한 정보부터 알아야겠죠? 한 마디로 유가족 측은 어떤 증거도 없어요. 그 유가족 대표란 사람에게서 돈을 안 받았다는 증거를 제출해야 하는데 그게 있을 리 있겠어요. 아마 반박할 만한 자료가 판사에게 제출되지 않는 한 이번 달 재판이 끝일 거예요. 바로 결심 들어가고 판결 때리겠죠. 그저 유가족들은 억울하다고 울기만 하고 마땅한 대책이 없으니 한심하죠. 반면, A 보험에선 이번 사건을 제1변호사가 맡았는데 전임 판사 출신 변호사에요. 도망을 친 유가족 대표로부터 녹취했다는 녹취록 외엔 유가족들이 대표를 위임하며 제출한 인감증명서와 위임장에 날인된 인감도장이 증거물로 이미 제출된 상태고요. 이거에요."

여지가 서류봉투에서 몇 장의 서류를 꺼내 내게 줬다.

난 여지가 준 서류를 펼쳐 읽어보기 시작했다.

먼저 위임장엔 유가족 대표로 위임을 한다는 내용과 함께 보험료 수령까지 위임을 한다는 내용이 포함되어 있었다.

"무슨 위임장이 이렇게…? 왜? 보험료를 그 대표란 자가 수령을 할 수 있게 썼어?"

난 어이가 없었다. 아무리 대표라 해도 보험료를 그가 수령할 수 없는 것인데 무슨 위임장에 보험료 수령까지 위임을 했단 말인가.

"위임장을 쓴 것이 아니고 백지에 그냥 도장만 찍어 줬다는 거예요. 그걸 대표가 마음대로 작성을 한 것이고 공교롭게도 5명의 유가족 중 그 대표라는 자만 아내가 죽었고 나머지 분들은 다 남편이 죽었죠. 해서 잘 모르는 여자들을 상대로 그 대표라는 자가 사기를 친 사건이 아닌가 생각해요."

"이건!"

난 서류를 살펴보다가 뭔가 발견하고 여지에게 보여줬다.

"이 인감증명서 말이야. 다른 인감증명서엔 용도가 아무것도 기재가 안 됐는데 이건 돼 있네. 유가족 대표 위임용이라고."

"그게 뭐 어째서요? 어차피 모든 인감증명서가 유가족 대표를 위하는데 사용한 것은 맞는데 용도를 기재한 것이나 안 한 것이나 뭐가 다르죠?"

"유가족 대표로 그를 위임하는 데는 동의를 했지만 보험료를 수령해도 좋다는 데는 동의하지 않았다. 그렇게 해석할 수도 있거든."

"오빠도 참… 위임장에 그렇게 쓰여 있어요. 보험료를 수령하는 것까지 위임한다고 보셨잖아요?"

"백지에 도장만 찍어 줬다며?"

"네! 그렇죠. 허면…?"

"시간은 벌 수 있다 이거지. 조금은 반박할 만한 자료를 준비하면…."

"그래봐야. 몇 달이죠. 그 후엔? 결국 재산 다 경매처분 들어갈 거예요."

"어쩌면 그럴 지도. 막을 수 없을 지도 모르지. 그런 걸 알면서 왜 내게 변론을 해달라고 하는 거야?"

"오빠라면 어떤 해결책을 찾을 수 있을 것 같은 예감 때문에."

여지가 나를 보며 눈을 찡긋 한다.

"글쎄다. 찾아보면 뭐가 보일지 모르겠다."

"한번 해보세요. 불쌍한 사람도 도울 겸."

"그래! 어차피 맡기로 했으니 최선을 다해야지. 하하…."

난 그냥 웃고 말았다. 길이 보이지 않았다. 무슨 방법을 써도 유가족들 재산이 날아가는 것을 막을 수 없을 것 같다. 양평을 떠난 지 꼭 1시간이 걸려서 도착한 청평에서 어느 주택으로 여지는 날 안내했다. 작은 평수에 2층 주택인데 뭔가 어수선한 느낌이 드는 집이었다.

"여기가 유가족 중 한 사람이 사는 집이에요. 압류당해서 그런지 집안 청소도 안 하고 어수선하죠? 들어가요."

여지가 주택 문 옆에 있는 초인종을 누르며 나에게 말했다. 난 말 없이 지켜만 보고 있었다.

"누구세요?"

초인종에서 여자 목소리가 들렸다.

"변호사님 모시고 왔습니다."

여지가 대답했다.

"어서 들어오세요."

여자 목소리는 무척 반가워하는 것 같았다.

문이 열리고 안으로 들어가자 모두 초췌한 몰골로 앉아있는 3명의 아주머니들이 보였다. 아주머니들은 여지를 반기면서도 나는 의외로 무시하는 표정이 역력했다.

내가 너무 젊은 햇병아리 변호사란 이유 때문일 것이다.

"이… 분이?"

아주머니들은 노골적으로 나를 반기지 않는 말투로 여지에게 물었다.

"아주머니들! 누가 요즘 돈도 안 받고 변론을 맡겠어요? 너무 실망하지 마세요. 이 오빠는 아주 유명한 변호사거든요. 사정해서 모시고 왔더니. 태도들이 그게 뭐에요?"

여지가 내 눈치를 살피며 얼른 말했다. 아주머니들 태도에 내가 불쾌하게 생각할까봐 미리 선수를 친 것이다.

"그야… 검사님이야 믿지만…."

아주머니들은 내가 미덥지 못하다는 표정들이다.

"그럼 돌아가시라 할까요?"

여지가 버럭 화를 낸다. 나 때문이다. 내가 화를 낼까봐 미리 여지가 먼저 화를 낸 것이다.

"여지 급하다며? 먼저 가라! 이분들하고 이야기는 내가 혼자 할게."

내가 여지 손을 잡고 문 쪽으로 등을 밀며 말했다. 자연히 여지를 감싸 안은 꼴이 됐다. 여지 손에 힘이 잠깐 들어가더니 다시 힘을 뺀다. 내 손에서 팔을 빼려고 하다가 그만둔 것 같았다. 여지가 고개를 돌려 내 얼굴을 바라본다. 내가 눈을 찡긋해 보였다.

"알았어요! 오빠! 그럼 수고하세요. 전 갈게요. 여기 변호사 오빠랑 이야기들 나눠보세요. 믿고 협조해야 여러분들을 도울 수 있을 거니깐 명심들 하세요."

여지가 나를 바라보는 눈이 반짝하고 빛났다. 내 뜻을 이해한 것이다. 여지는 다시 아주머니들에게 일침을 놓고 밖으로 나갔다.

"검사님!"

"검사님!"

아주머니들이 우르르 여지를 부르며 밖으로 따라 나가려고 한다. 난 문 앞에서 두 팔을 벌려 문을 가로막았다.

"변론은 변호사가 하는 것이지 검사가 할 수 있는 것이 아닙니다. 자자! 다들 앉으시죠. 이제부터 여러분들 재산을 지킬 작전부터 짜야겠습니다."

내가 문 앞을 막고 있자 아무도 밖으로 나가지는 못하고 여지가 사라지는 것을 아쉬운 듯 바라만 보고 있는 아주머니들이었다.

"지금 작전이라 하셨나요?"

아주머니 하나가 못마땅한 투로 물었다.

"네! 그럼요 작전이 필요하죠. 자 앉으세요."

난 너스레를 떨며 아주머니들 마음속으로 다가가려고 애썼다.

"법대로 하면 되지 무슨 작전, 법대로 하세요."

아주머니 하나가 가소롭다는 투로 말을 하며 다른 아주머니들을 둘러본다. 자기 말이 맞지 않느냐고 묻는 표정이다.

"그럼! 그럼!"

아주머니 둘이 얼른 동조를 하고 나섰다. 제기랄! 이런 아주머니들하고 뭘 해야 하지. 난 무척 난감했다.

바로 그때였다.

"법대로 하면 아줌마들 재산은 다 경매처분 될 텐데? 그렇게 하시려고요?"

지영이가 들어오며 앙칼지게 소리치고 있었다.

"지영아!"

아주머니들이 지영이는 무척 반기는 표정이다.

"거 봐요. 오빠가 왜 변론을 맡아서 이런 대접을 받아요? 그만 두세요. 오빠랑 관련도 없잖아요."

지영이 눈에 눈물이 가득하다. 진심으로 내 생각을 해주는 것이다.

"지영이 아는 변호사님이셔?"

아주머니들이 지영이와 나를 번갈아 쳐다보며 의아한 표정들을 지었다.

"아! 네! 지영이는…."

"제가 좋아하는 오빠에요."

내가 말을 하려고 하자 지영이가 얼른 말해버렸다.

"그래!"

"지영이 네가 사랑하는 사람이라고?"

"아까 그 검사님이 좋아하는 것 같던데?"

아주머니들이 한마디씩 하며 지영이와 나를 번갈아 쳐다보는데 난 얼굴을 어디에 둬야 할지 모를 정도로 민망해서 혼났다.

"오빠를 누가 좋아해요?"

지영이가 아주머니들 말에 관심을 보이기 시작했다. 여지가 날 좋아한다고 말을 한 아주머니를 붙들고 묻는다.

"서울지검에 갔다가 만난 검사님인데 아주 친절하셔. 그분이 우리 변론을 맡을 변호사님을 소개시켜 주신다고 모이라 해서 여기 모인 거야."

"헌데? 그 검사가 여자 분이고 우리 오빠를 좋아하는 것 같다고요?"

"응! 응!"

아주머니는 고개까지 끄떡이며 대답도 잘한다.

"거 봐요! 우리 오빠가 얼마나 유명하면 검사님이 좋아하겠어요? 그래도 믿지 못하신다고요?"

지영이는 오로지 아주머니들을 설득하려는 생각뿐이었다. 여자가 날 좋아하든 그런 것엔 관심이 없는 듯 보였다.

"알았다! 그만 화내고 앉아라! 변호사님도 앉으시구려."

아주머니들이 일단 나를 믿어보기로 마음을 바꾼 모양이다. 아주머니들 마음은 이해가 갔다. 여기저기 다 돌아다니며 억울하다고 하소연해도 누구 한 사람 시원한 대답을 못했는데 햇병아리 변호사가 뭘 할 수 있겠느냐 하는 생각은 모두 같았을 것이다.

"그래 작전이라는 것이 어떤?"

지영이가 내 옆에 바싹 붙어 앉아 날 바라보며 물었다. 지영이 입김이 내 얼굴에 확확 전해진다. 너무 가까이 앉은 것 같아 내가 좀 옆으로 움직이자 눈치 없게도 지영이는 다시 다가앉는다.

"법을 지켜야 할 변호사가 이런 말을 하면 안 되는데 지금은 시간이 필요합니다. 아직 변론을 해서 이길 수 있는 어떤 증거나 물품을 확보하지 못한 상황이라 이대로 가면 이번 달 또는 다음 달에 재판은 끝나고 여러분들 재산은 경매로 넘어갈 겁니다. 해서 시간을 좀 벌어야 하겠습니다. 여러분들은 이웃이나 친척들 중에 이번에 유가족대표를 위임하면서 백지 위임장에 도장만 찍어주며 보험회사와 서류나 보상금 문제를 의논만 하라고 위임을 했지 보상금을 수령해도 좋다는 위임은 안 했다는 진술서를 받아오세요. 많으면 많을수록 좋아요. 될 수 있으면 그 중인들이 법정에 불려나가지 않도록. 변호사를 같이 찾아가서 공증을 받아 오시도록 하세요. 진술서에 공증을 받아오시면 됩니다."

"그렇게 하면 재판을 이길 수 있나요?"

아주머니 하나가 어떤 희망을 갖고 묻는 표정이다. 참 딱 잘라 말하기 힘든 것인데 어쩔 수가 없었다.

"아닙니다! 그 진술서는 재판을 한두 달 더 끌고 가려는 것뿐입니다. 그런 진술서는 100장이 있어도 이번 재판을 이길 수는 없어요."

"그럼 무엇으로 이기려고요?"

아주머니들은 실망하는 눈치들이다.

"단 한 가지. 증거나 중인 또는 진술서가 절대 필요합니다. 그 대표란 사람이 수령한 보상금에서 단 한 푼도 받지 않았다는 증거나 중인의 진술서가 반드시 필요합니다."

"아! 그것도 이웃이나. 친척에게 부탁하면?"

"안 됩니다. 앞에 말씀드린 진술서들은 재판에 절대적인 영향을 주는 것들이 아니기 때문에 그 진술서가 가짜든 진짜든 크게 관심이 없는 것이지만 이 경우는 다릅니다. 이건 절대적으로 이번 재판의 승패가 좌우되는 증거와 진술서이기 때문에 반드시 검증이 필요하기 때문입니다. 변호사에게서 공증을 받아와도 그 증인은 법정에 서야 될 것이고 상대 변호사가 빈틈을 찾아 집요하게 파고들면 다 털어놓게 됩니다. 앞서 말씀드린 위임장 문제에 관한 진술서는 재판을 뒤집거나 승소하려는 자료가 아니라 상대가 그 자료에 대한 변론을 하도록 한 달씩 시간을 벌어들이는 것뿐입니다. 그렇게 시간을 벌어 그 사이에 우린 재판을 뒤집어 버릴 결정적인 증거를 찾거나 상대 보험회사 직원을 증인으로 법정에 세워 우리에게 유리하도록 만들어야 합니다. 그래서 우린 시간이 절대적으로 필요합니다."

"그럼! 그 진술서들은 언제까지 받아오면 되나요?"

"이번 재판이 21일로 알고 있습니다. 늦어도 저에게 19일까지 가져다주세요. 그래야 복사도 하고 저도 거기에 맞게 변론 준비를 해야 하니까요."

"알겠어요."

아주머니들이 고개를 끄떡인다.

아주머니들과 헤어져 나는 지영이가 끌고 온 트럭을 타고 강촌으로 향했다. 오늘은 강촌과 홍천에 두 군데 작업 현장이 있었다. 녀석이 아침에 홍천으로 가면서 나에게 그리 오라고 했다. 해서 내 차를 양평에 그냥 놔두고 온 것이다.

"오빠데… 청평 일이 끝나서 지영이랑 강촌으로 갈게."

난 녀석에게 전화를 하고 지영이를 따라 갔다.

"그 검사는 누구에요?"

어라! 지영이가 아주머니들 앞이라 그냥 지나친 모양이다. 갑자기 두 눈을 초롱초롱 빛내며 나에게 묻는다.

"같이 시험 보다가 만난 동생이야."

난 그냥 대수롭지 않은 관계처럼 대답했다. 녀석 같으면 더 꼬치꼬치 캐묻고 그랬을 것인데 지영이는 그냥 넘어간다. 나에게 관심이 있다고 말했지만 아직 녀석처럼 나와 친밀한 관계가 아니기 때문이리라.

"강촌엔 오늘 잔디를 심어야하므로 아주머니들을 많이 불렀어요."

"아주머니들? 아주머니들은 하루 일당이 얼마야?"

"아주머니들은 우리가 지불하는 금액은 5만 원씩인데 용역회사에 소개비 5000원 내고 4만 5000원 받아 가신대요."

지영이가 운전을 하고 난 조수석에 앉아 강촌으로 가면서 이야기를 나누고 있었다. 주로 공사에 대한 이야기다. 거의 강촌에 도착을 했을 때였다.

"참! 나에게 이런 것이 하나 있어요. 재판에 도움이 될지는 모르지만."

지영이가 품속에서 서류를 하나 꺼내서 나에게 줬다.

"이… 이건!"

난 지영이가 준 서류를 받아 펼쳐보다가 깜짝 놀랐다. 8개월 전 지영이가 그 유가족 대표라는 사람한테 보낸 내용증명이었다.

"그 사람이 우리 엄마에게 전화로 이상한 말을 해서 제가 안 되겠다 싶어 내용증명을 보냈는데 다시 돌아왔어요. 그 사람 주소가 바뀐 뒤였거든요. 해서 재판에 도움이 될지 그게 의문이에요."

"엄마에게? 뭐라 했는데?"

"엄마가 그 사람에게 사건의 가해자가 바뀐 상황이니 이제 그 유가족 대표로 위임해준 위임장과 인감증명서를 반환하라고 했어요. 그 당시만 해도 엄마는 정신이 멀쩡했어요. 다 그 유가족 대표 그 사람이 사기를 친 사실을 알고 그 충격에 그만…."

지영이가 엄마 생각을 하면 목이 메는지 잠시 말을 끊고 손으로 목을 만지며 목을 가다듬었다.

"그 사람이 하는 말이 아줌마도 보상금이 필요하세요? 그럼 좀 드릴까요? 뭐 그런 내용이더라고요. 뭔가 이상해서 제가 내용증명을 보냈는데… 되돌아 왔으니 허탕이죠?"

지영이가 보낸 내용증명엔 대충 이런 내용이 들어가 있었다.

(우리가 탈 수 있는 보상금도 아니라던데 엄마에게 전화로 하신 그 말씀은 뭐죠? "아주머니도 보상금이 필요하세요? 보상금 나눠 드릴까요?" 하신 말씀 말이에요. 우리 보상금이 나왔나요? 보험회사에선 연락도 없던데? 그리고 가해자가 바뀌면 당연히 우리가 백지로 위임해드린 위임장과 인감을 반환하셔야죠. 이 내용증명을 받는 즉시 위임장과 인감증명서를 반환할 것을 요구합니다.)

지영이가 나에게 준 내용증명은 재판에 결정적인 증거가 되는 것이었다.

"재판에 도움이 될까요?"

"그럼! 그럼! 이젠 됐다."

"그 사람한테 전달도 못한 내용증명인데요?"

"그건 상관없어. 8개월 전 즉 그자가 돈을 타먹고 막 사라지던 시기에 네가 이 편지를 우체국 도장을 받아 놨다는 것이 중요하지. 국가가 인정하는 기관의 도장이니 이건 완벽한 증거자료가 되는 것이다. 당시 네가 쓴 이 편지 내용이 사실이든 가짜든 그건 상대 변호사가 밝혀야 할 문제지만. 이런 경우 그 사실을 밝히기 힘들거든. 해서 이번 재판은 이길 수 있을 것 같다. 상대편 보험회사 당시 담당직원을 증인으로 내세우면 심문을 해서 얻어낼 것은 얻어내고 마지막에 이 증거물을 제출해야 하니까. 이게 있다는 것은 너와 나만의 비밀이다. 상대편에 이 사실이 들어가면 미리 어떤 방비를 할지 모르니 철저한 보안 또한 필요해. 알겠지?"

"정말이에요? 와! 그게 그렇게 중요한 편지인줄 몰랐어요. 알았어요. 비밀. 쉿!"

지영이가 손가락으로 자기 입을 가리는 시늉을 했다.

"아마도 보험회사에서는 직원을 증인으로 내세우지 않고 바로 재판을 끝내려고 할 것이다. 허니 이번 재판엔 아줌마들이 준비해오는 공증 받은 진술서들만 제출해도 재판은 끝나지 않아. 결국 다음 재판으로 넘어가지. 그럼 다음엔 저들도 보험회사 직원을 증인으로 내세울 것이다. 우리가 제출한 진술서에 대항해서… 그때 우리에게 유리한 진술을 보험회사 직원에게 받아내는 것이 중요해. 그리고 한방에 KO 펀치로 이 편지까지 제출하면 아마 저들은 대항을 못하고 재판만 2~3개월 연기하다가 손들고 말 것이다. 이 편지의 진실여부를 저들도 밝힐 수 없을 테니까. 우리 지영이가 저들편을 들어주지 않는 이상은 말이다. 하하….'

난 오랜만에 통쾌하게 웃었다. 이젠 이길 수 있을 자신이 생겼다.

"다행이에요. 정말 그렇다면 얼마나 엄마가 좋아하실까요."

지영이는 두 눈 가득 눈물을 담은 눈으로 날 쳐다보며 입가엔 미소를 지었다.

"그럼! 지영이 엄마도 무척 좋아하실 거야. 그러니 오빠가 이번 재판은 꼭 이길게."

"고마워요. 오빠!"

지영이와 이야기를 하는 동안 트럭은 강촌 현장에 도착했다. 오늘은 일꾼들이 많았다. 아주머니들도 10여 명은 돼 보였고 남자들도 6명이나 있었다. 녀석이 없는 현장에선 당연히 지영이가 책임자 역할을 한다. 시계를 보니 벌써 12시가 다 돼 간다.

"자! 모두 식사들 하러 가세요."

지연이가 현장에 도착하자마자 큰 소리로 사람들에게 식사시간이 됐다는 것을 알렸다. 점심은 가까운 거리에 정식집이 있어서 그곳에서 먹는다.

"잔디만 다 깔면 이곳 작업도 다 끝나요."

지영이가 마치 무거운 짐을 지고 목적지에 다 와서 내려놓는 홀가분한 표정이다.

"오빠! 오빠가 좀 도와줘야겠어. 오빠 혼자 얼른 좀 와!"

점심시간이 끝나기도 전에 마귀할멈 녀석이 전화를 해서 호들갑을 떨고 있었다. 나 없는 7년 동안도 혼자 잘 해놓고 내가 도와줘야 한다고 호들갑을 떠는 이유는 오직 내가 지영이 같이 있는 꼴을 못 보겠다는 심보가 깔려있는 것 같았다.

"알았다! 양평까지 택시로 가서 내 차 끌고 갈게."

난 녀석의 부탁을 절대 거절 못한다. 녀석이 오라면 오고 가라면 가는 이상한 병에 걸렸기 때문이다.

"수고해! 난 지현이한테 가야겠어. 급한 일이 있나봐."

나는 전화를 끊고 지영이와 헤어져 급히 택시를 타고 양평으로 향했다.

그후… 녀석은 내 곁에서 한 번도 떨어지지 않았다. 매일 붙어 다녔다. 녀석과 그런 식으로 작업을 나가며. 며칠이 흘러 유가족들의 재산 가압류 사건 변론기일이 됐다. 나는 유가족들이 공증을 받아다 준 진술서들을 제출했고 재판은 다시 1달 후에 속개하기로 시간을 벌게 됐다. 한 달 후 내 생각대로 상대 보험회사 측에선 당시 담당 직원을 증인으로 내세웠다. 내가 바라던 바였다.

나는 처음이지만 꼼꼼히 적고 생각한 그대로 증인 심문을 하기 시작했다.

"보험금을 유가족 대표에게 왜 지급을 하셨나요? 아무리 대표라 하지만 보험금은 개인이 직접 수령해야 하는 것 아닙니까? 잘못 지급한 것은 인정합니까?"

당연히 재판의 승패와는 무관한 질문이었다. 상대편 변호사 입가에 비웃음이 번지고 있었다.

증인으로 나온 직원 역시 당당하게 잘못 지급된 것을 인정했다. 그러나 그건 왕초보 변호사의 치밀한 계획이란 것을 그들은 모르고 방심을 했던 것이다. 이리 저리 쓸모없는 질문만 하던 나는 드디어 칼을 뽑아들었다.

"보험금을 지급하기 전이나 지급한 후에라도 유가족들과 대화를 하신 사실이 있나요?"

내가 지나가는 말투로 물었다.

"아닙니다."

증인에 대답은 내가 바라던 대답이었다. 상대편 변호사 얼굴이 일그러지는 것이 보였다.

"그럼! 비정상적으로 보험금을 대표에게 지급하면서 유가족들과 전화 연락도 한 번 없었다, 이겁니까? 지급한 후에도 아무런 연락도 안 하시고요?"

나의 물음에 증인은 대답을 못하고 우물쭈물 하기 시작했다.

"왜? 대답을 못하십니까? 조금 전 증인은 분명 유가족들과 대화를 한 사실이 없다 했습니다. 맞나요?"

"네! 맞습니다."

"그럼 보험금을 대표에게 지급하면서 유가족들에게 아무런 연락도 없었고 지급한 후에도 아무런 연락을 하시지 않았지요?"

"네!"

증인이 결국 시인했다.

"잠시만요, 그 대답 다시 해보세요. 유가족들에게 보험금 지급을 알리지도 알았다는 것이 맞습니까?"

판사가 내 말을 막으며 증인에게 질문을 했다.

"네! 맞습니다."

증인은 하는 수 없이 시인을 했고 상대 변호사 얼굴은 심각하게 굳어 버렸다.

"방금 증인이 진술을 한 것처럼 보험회사는 거액의 보험금을 개인이 아닌 유가족 대표에게 지급하면서 유가족들에게는 단 한차례 연락도 없었습니다. 그래놓고 이제 와서 백지로 받아 간 위임장에 혼자 제멋대로 내용을 작성한 위임장 하나만 보고 그 거액의 보험금을 지급하고 그자가 사기 치고 도주를 하자 자신들이 사기를 당한 돈을 되찾기 위해 위임장과 인감증명서를 증거로 가족을 잃고 그 대표란 사람이 보험회사에서 보험금을 수령한 사실이 있는지 없는지 아무것도 모르는 유가족들에게 보험금을 돌려달라는 것은 가족을 잃고 슬픔에 잠긴 유가족들을 두 번 죽이는 일입니다. 여기 유가족들이 그 대표라는 사람에게 인감증명서를 반환하라는 내용과 보험금 수령 사실을 몰랐다는 증거를 제출합니다."

나는 지영이가 준 내용증명을 제출했다. 복사본을 상대편 변호사에게도 줬다.

"이 편지를 인정합니까?"

판사가 상대 변호사에게 물었다.

"직인은 인정합니다."

상대편 변호사는 우체국 직인만 인정을 했다. 결국 그것은 이 내용증명 자체를 인정하는 것이나 다름없었다. 이 내용증명 내용이 사실인지 아닌지 밝힐 수 없기 때문이다. 내용증명이 사실이 아니라는 지영이 진술이 반드시 필요하기 때문이다. 특히 유가족 대표란 사람이 주소를 변경하여 이 편지를 받지 못했으므로 그가 반박 편지를 쓰질 못했으니 다른 방법은 전혀 없었다. 오로지 지영이 진술뿐.

결국 왕초보 변호사인 내 생각대로 상대 보험회사는 재판을 2번을 연기했다. 결국 그들로서는 내용증명의 내용을 뒤집을 증거를 찾지 못하고 재판을 포기하고 말았다. 왕초보 변호사가 승리한 이번 사건은 조그만 파랑을 불러왔다.

울긋불긋한 단풍잎 위로 하얀 물감을 뿌리듯 차츰 온천지가 하얗게 변하던 날 오후 양평 시내에 있는 갈빗집.

재판에 승리했다고 유가족들이 저녁을 사겠다 하였다. 나는 거절을 못하고 녀석과 지영이를 대동하고 갈비 집으로 들어갔다. 이미 갈빗집엔 유가족들이 모여 있었다. 아주머니들은 자식들까지 데리고 나와서 그 숫자가 10여 명은 됐다.

짝짝….

내가 들어서자 모두 일어서서 나에게 박수를 치며 환영했다.

괜히 머쓱해진 나는 고개를 숙여 인사를 하고 얼른 화장실로 도망쳤다. 그런 모습이 유가족들 눈엔 무척 재미있었나 보다. 모두 깔깔 거리고 웃었다.

화장실로 들어간 나는 손을 씻고 세수도 하며 시간을 좀 보내다가 나왔다. 벌써 주문을 했는지 갈비가 노릇노릇 구워져 있었다.

"자자! 오늘은 우리를 도와주신 변호사님을 위한 자리니 우선 변호사님을 위해 건배 합시다!"

유가족 아주머니 한 분이 일어나 잔을 들고 외쳤다.

"자! 건배!"

다른 사람들도 잔을 높이 들었다. 나는 술을 못 마시므로 그냥 오렌지주스를 한 잔 받아 들었다. 술잔에 맥주나 소주가 아닌 오렌지주스를 받아 들고 있는 사람은 녀석과 나 둘뿐이었다. 지영이도 맥주를 받아 들었다.

"저도 앉아도 될까요?"

건배를 위해 잔을 들고 외치는데 톡 끼어드는 사람이 있었다. 내 등 뒤에서 언제 왔는지 여지가 미소를 짓고 있었다.

"와! 검사님도 오셨군요? 어서 이리 앉으세요."

아주머니들이 여지를 반기며 내 옆에 자리를 만들어줬다. 내 오른쪽엔 녀석이 딱 붙어 앉아 있으므로 내 왼쪽에 있던 유가족이 자리를 비키며 여지를 앉게 했던 것이다.

"어서와! 바쁠 텐데? 어떻게 왔어?"

내가 여지를 반가운 표정으로 맞이하며 물었다.

"오빠의 첫 승리 기념 파티인데 내가 빠지면 섭섭하죠."

여지가 배시시 웃으며 앉았다.

"검사님도 한 잔 받으세요."

유가족 아주머니가 맥주를 들고 여지에게 권했다.

"전 술은 못해요. 오빠처럼 오렌지주스나 주세요."

여지는 원래 나처럼 술을 못했다. 태어나서 아직 한 번도 술을 마셔보지 못했단다. 난 못 마시는 것이 아니라 안 마시는 것이지만.

"제가 따라 드리죠."

갑자기 녀석이 묘한 미소를 지으며 오렌지주스를 들고 여지에게 한 잔 따라준다.

"고마워! 오빠 하나뿐인 동생이라고 들었어. 앞으로 잘 지내자?"

여지는 마치 녀석을 동생 대하듯 했다. 내가 슬쩍 이야기는 했어도 녀석과 여지는 오늘 첫 대면이었다.

"네! 오빠에게 이야기 들었어요. 만나서 반가워요. 무엇보다 술을 안 드셔서 맘에 들어요."

녀석이 여지가 무척 마음에 드는 눈치였다. 그 이유는 오직 술을 안 먹는다는 그 하나가 녀석에게 많은 호감을 얻은 것이었다.

"고마워! 나도 동생이 맘에 들어. 술을 안 마셔서."

여지가 녀석을 바라보며 눈을 찡긋했다. 둘은 금방 친해졌다.

"자! 자! 다시 건배합시다."

여지 등장으로 못했던 건배를 다시 하려고 잔을 치켜들었다.

"잠깐만. 나도 술 안 마시고 오렌지주스 마실래."

지영이가 맥주잔을 내려놓고 얼른 다른 잔에 오렌지주스를 따라 들고 손을 높이 치켜들었다.

건배….

그렇게 건배를 하고 음식을 먹기 시작했다.

"언니는 왜 술을 안 먹어요?"

녀석이 음식을 먹으며 여지에게 물었다.

"난 태어나서 아직까지 한 번도 술을 마시지 안했어. 내 체질인가 봐. 술 냄새가 싫어서…."

"오! 언니가 나와 같은 부류네. 나도 그래요. 술 냄새, 담배 냄새는 정말 싫어."

녀석과 여지는 죽이 척척 맞았다. 둘이 속닥거리며 떠드는 모습을 지영이는 못마땅한 표정으로 보고 있었다. 지영이는 술을 많이 마시지는 않지만 간혹 맥주 몇 잔을 마시는데 그걸 녀석이 제일 싫어한다.

"변호사님이 술을 안 드시니… 자 음료수라도 한 잔 받으세요."

유가족 아주머니들이 돌아가며 내 잔에 음료수를 따라줬다.

즐거운 식사시간이 계속되고 있었는데 불청객이 찾아왔다.

"안녕하십니까? 성기정 변호사님이죠?"

말끔하게 차려입은 중년 남자였다.

"네! 무슨 일이시죠?"

난 예의상 앉았던 자리에서 일어나며 불청객을 맞이했다.

"아! 전 이런 사람입니다!"

그는 나에게 명함을 한 장 건넸다.

K로펌.

명함에는 그렇게 쓰여 있었다.

"아! 잘못 찾아 오셨군요. 전 변호사 직업을 갖고 싶지 않습니다. 하는 사업이 있어서…. 그럼 안녕히 가십시오."

난 정중히 거절하며 그가 다른 말을 하지 못하도록. 얼른 돌려보냈다.

"호호…. 오빠가 갑자기 유명해진 것 아니에요?"

여지가 재미있다는 표정으로 깔깔 웃었다.

"유명은 무슨, 노예계약이나 하자고 하는데…."

난 퉁명스럽게 대꾸했다.

"노예계약? 오빠보고 노예계약을 하자고 해?"

녀석이 말뜻을 이해 못하고 묻는다.

"저 사람을 따라가 계약을 하면 노예처럼 시키는 대로 해야 한다는 것이야."

여지가 녀석에게 설명을 했다.

"아! 월급은 많이 주나요?"

녀석이 여지에게 물었다.

"왜? 돈을 많이 준다면? 오빠가 변호사 일을 하는 것이 좋아?"

"아뇨! 절대 그런 뜻이 아니에요. 오빠 저하고 같이 사업을 하기로 했어요. 변호사 일은 이번이 끝이라 했어요."

녀석이 나를 힐끗 보며. 자기 말이 맞지 않느냐고 묻는 표정을 보였다. 나는 고개를 끄덕거렸다.

"그 오빠에 그 동생이네. 너무 닮았어."

여지가 나와 녀석의 얼굴을 자세히 들여다보며 말했다.

"정말? 그렇죠?"

녀석이 반색을 한다. 다른 때 같으면 나와 친동생 어쩌고 하면서 닮았다 하면 몹시 거부반응을 보이던 녀석이 오늘은 왜 여지와 죽이 척척 맞는지 모르겠다.

그런데 녀석이 갑자기 내 귀에 입을 대고 작은 소리로 한마디 했다.

"부부는 닮는대."

으아! 녀석이 아직도 그 생각을 버리지 않았다. 나와 결혼을 한다는 생각을…

저녁 식사가 끝나고 나는 유가족들과 헤어져 집으로 돌아오고 있었다.

녀석은 무슨 꿍꿍인지 내 차에 같이 타지 않고 여지 승용차에 올라탔다. 나는 지영이와 둘이 차를 타고 집으로 향했다. 내 차 뒤쪽에 여지 승용차가 바싹 따라오고 있었다. 여지가 우리 집에서 좀 놀다가 간다는 것이다. 그것 역시 다 녀석이 그렇게 여지를 붙잡은 것이다.

"오빠!"

지영이가 뭔가 한참을 망설이다가 날 불렀다.

"응? 왜?"

"오빠도 저 검사 언니가 좋아요?"

"그럼! 여지는 무척 착해. 내가 방황을 할 때 날 구해준 은인이고."

"오빠를 구해줬어요? 어떻게요?"

"내가 지현이를 잃고 삶을 포기하면서 방황을 했지. 매일 술만 먹고… 그때 여지가 내게 법학 책들을 준 것이지. 난 그것으로 공부를 시작했고 정신도 차리고 지현이를 찾기 위해 살려고 노력했어. 그때 여지가 아니었으면 난 아마도 폐인이 되거나 이미 죽었을지도 몰라."

"그럼! 오빠는… 그 언니랑 결혼하실 거죠?"

지영이가 머뭇거리며 내게 질문을 하고 싶었던 것은 아마 그 말이었을 것이다.

"결혼은 사랑이 있어야 한다고 알고 있는데… 난 아직 여지를 사랑하거나 그런 감정은 없다."

난 사실대로 이야기했다.

"정말이세요? 그 말 정말이죠?"

지영이 표정이 밝아지며 내게 되물었다.

"그래!"

나는 왜 지영이에게 그렇게 말을 했는지 모른다. 어쩌면 내 마음속에 이미 지영이가 조금씩 자리 잡기 시작했는지도 모른다.

양평에서 곡수리는 가까운 거리이기 때문에 금방 집에 도착했다. 녀석은 여지와 무슨 이야기를 나누고 왔는지 차에서 내리는 표정이 무척 밝았다.

집에 도착한 내 앞에 또다시 불청객이 날 기다리고 있었다. 이번엔 미모의 여성이었다.

"안녕하세요? 성기정 변호사님!"

미모의 여성은 나에게 상냥한 말투로 인사를 했다. 나이는 대략 여지와 비슷한 또래 같았다.

"아! 네!"

난 반갑지는 않지만 최대한 예의로 인사를 받았다.

"보람금융에서 왔어요."

여성은 내게 명함을 내밀며 말했다.

"보람금융? 처음 듣네요. 뭐하는 곳이죠?"

내가 명함을 받아들며 물었다.

"사채업자야."

옆에서 여지가 불쾌한 표정으로 말했다.

"사채업자라니요? 민 검사님! 저희도 엄연한 금융회사라고요."

여성이 여지를 알아본 모양이다. 애교를 떨며 여지 말에 반박을 하고 있었다.

"아! 그래 무슨 일로 오셨습니까?"

난 얼른 여지와 그 여성간의 신경전을 말리며 용건을 물었다.

"네! 이번에 저희도 법률팀을 만들려고 합니다. 회장님께서 성기정 변호사님을 꼭 한 번 만나고 싶으시다 했습니다. 어떻게 초대에 응하시겠습니까?"

여성은 얼른 내 곁으로 다가와 내 얼굴을 들여다보며 말했다.

"아닙니다. 회장님 초대에 응할 수가 없습니다. 저는 변호사 일을 하지 않을 겁니다. 체질에 맞지 않아서요."

난 정중히 거절했다.

"뭣하세요? 오빠가 싫다고 하시잖아요."

여지가 그 여성을 강제로 돌려보내고 있었다. 여성은 마지못해 뒤로 천천히 밀려나다가 그냥 가버렸다.

"누굴 강시로 만들려고 해."

여지가 그 여성이 떠나간 곳을 바라보며 분이 풀리지 않은 듯 투덜거렸다.

"강시? 그 여자가 있는 곳이 강시를 만드는 곳이야?"

녀석이 여지한테 묻는 말이다. 저럴 때보면 영락없는 철부지 어린애다.

"웅! 자기 의지와는 상관없이 힘없고 돈 없는 사람들을 괴롭히며 돈이나 받아내는 강시 노릇을 하는 곳이지. 강시 만드는 곳 맞아."

여지가 녀석 물음에 잘도 대답해준다.

"그럼 거기가 강시 만드는 공장이네?"

녀석 물음에 여지도 빙그레 웃고 만다. 참 철부지 같은 면이 녀석에게도 있다.

"하하… 그래! 네 말이 맞다! 돈이 없어 사채를 쓰고 갚지 못하는 사람들에게서 돈을 받아내기 위해 나의 의지와는 상관없이 한 번 들어가면 나쁜 짓을 하게 만드는 곳이니 강시도 맞고 강시공장도 맞다. 하하…."

나는 그만 웃고 말았다.

과거에는 사채를 쓰고 단 한 시간이라도 이자가 늦어지면 전화를 해서 온갖 욕이나 협박을 하며 나중에는 깡패까지 동원해서 돈을 받아내는 수법을 썼다면 이젠 사채업자도 불법행위를 하다가 적발되는 경우가 많으니 불법적인 행위를 해도 적발이 안 되고 법적으로 빠져나갈 구멍을 찾아주는 역할을 하는 사람이 바로 그들의 변호사다. 한 번 들어가면 빠져나오기 힘든 것은 그들의 폭력 때문이다. 폭력의 힘에 시키는 대로 해야 하는 강시 같은 변호사가 그들은 필요하기 때문이다. 결국은 법을 알고 그 법을 이용해 같은 폭력배가 되는 것이다. 어려운 사람을 꼭 도와야하는 것이 변호사는 아니다. 단지 변호사라면 어렵고 불쌍한 사람 등쳐먹는데 힘을 보태주지는 말아야 한다는 것이 내 생각이다.

"자! 들어가자!"

난 여지 등을 손바닥으로 톡톡 치며 집 안으로 데리고 들어갔다.

"차나 한잔 마시고 갈게요."

여지는 집에 들어가 소파에 앉으며 말했다. 바쁜 것이다.

여지가 내가 사는 집을 처음 구경 온 것이다. 일찍 서울로 가야 하는데 녀석이 무슨 말로 여지를 꼬여 이곳까지 데리고 왔는지 모르겠다.

"바쁘지? 언제 서울까지 올라가나?"

내가 걱정스런 눈으로 여지를 바라보았다.

"오빠가 데려다 주고 와."

녀석이 톡 끼어든다.

"아니야! 그럼 올 땐 또 오빠 혼자서 와야 하잖아. 나 혼자 갈게."

여지가 나를 생각하는 마음은 녀석과 다르다. 처음부터 그랬다. 여지는 뭐든 나에겐 헌신적이다. 그것은 여지가 그만큼 착하다는 것을 의미한다.

"역시 언니가 오빠를 많이 사랑하는구나."

녀석이 갑자기 여지에게 반말을 한다. 같이 차타고 오면서 그런 사이가 된 모양이다.

"응!"

여지가 부정을 하지 않고 고개를 끄덕이며 대답했다. 여지 얼굴
이 붉게 변했다.

"언니 그럼! 그날 꼭 와야 해?"

녀석이 여지에게 나도 알아들을 수 없는 말을 했다. 그날이라니
무슨 날을 의미할까.

"그럼!"

여지는 얼른 대답했다. 마치 당연하다는 듯이. 미리 이야기가 오
고 간 모양 같았다.

지연이가 인동초 꽃잎차를 가지고 왔다. 지영이가 여름에 뜯어서
말린 것이다. 그 향기가 무척 좋다. 몸에도 좋다니 인동초 꽃차는
그야말로 차중에 최고였다.

인동초 꽃차
온몸에 나른함을 없애주고
게으름도 지루함도 사라지는
코끝이 개운한 천상의 향기
한 모금이면 하루가 즐겁고
두 모금이면 잔병이 사라진다
천근만근 무겁던 몸도 가볍고
어둡던 두 눈이 밝아지네
한 잔 다 마시니 몸에 봄이 오네

"햐! 향기가 좋네요? 무슨 차에요?"

여지가 차를 한 모금 마시더니 감탄했다.

"인동초 꽃차에요."

여지는 나에게 물었지만. 지영이가 얼른 대답했다.

"아! 인동초! 책에서만 봤지 직접 마셔보긴 첨이네요."

여지가 다시 차를 한 모금 마셔보며 연신 감탄했다.

"좀 싸줄까?"

녀석이 여지에게 물었다. 여지는 아직 대답도 안했는데 녀석은 이미 일어나 인동초 꽃을 비닐봉투에 담고 있었다.

"고마워!"

여지가 녀석이 인동초 꽃차를 봉지에 담는 것을 보며 말했다.

"고맙긴…. 우리 사이에. 히히…."

녀석이 갑자기 이상해졌다. 여지를 대하는 태도가 이상하다. 한 번도 못 본 그런 태도였다. 저건 뭐? 무슨 뜻이지? 난 무척 궁금했다. 녀석에 대해서는 다 안다고 자부했는데 저런 행동은 첨이라서 모르겠다.

나는 알쏭달쏭한 녀석의 행동에 대한 수수께끼를 풀려고 노력했다.

강력한 적이 나타났다

여지가 향기로운 인동초 꽃차를 마시고 서울로 올라가고 며칠이
지나갔다.

길바닥에 어저께 내린 눈이 아직도 하얗던 아침. 녀석은 새벽부터
지영이를 깨워 세수를 시키고 밥도 먹게 하고 어딜 데리고 간다고
서두르고 있었다. 겨울철이라 조경공사는 중단된 지 오래됐다. 내일
이면 크리스마스이브가 되는 오늘이 12월 23일 아침이었다.

"크리스마스를 앞두고 어딜 가려고?"

내가 잠에서 깨어 방문을 열고 녀석에게 물었다.

"오빠 더 자. 지영이와 나만 다녀올 곳이 있어."

녀석은 나를 다시 방으로 밀어 넣고 문까지 닫아 버린다.

"어딜 가려고 저러지!"

난 의문이 생겼지만 녀석을 항상 믿기에 그냥 다시 잠이 들었다. 어제 늦게까지 장작을 패서 몹시 피곤하기도 했지만 일이 없으니 나도 모르게 게을러진 탓도 있었다. 난 녀석과 지영이가 어디를 갔는지 모른 체 해가 중천에 떠있을 때까지 잠들어 있었다.

똑똑….

누군가 방문을 두드리는 소리에 난 잠에서 깼다.

"누구세요?"

나는 녀석과 지영이가 없다는 것을 알기에 동네 사람들이 날 찾아 온 것으로 생각했다.

"오빠! 나야!"

뜻밖에도 집에 들어와 내 방문을 두드린 사람은 여지였다.

"여지. 어떻게? 바쁘지 않아?"

"우리라고 늘 바쁘나. 3일간 휴가에요."

여지가 휴가를 내어 놀러 온 모양이다.

"오! 잘 됐네. 잠깐만."

난 얼른 방문을 닫고 옷을 갈아입었다.

내가 옷을 갈아입는 동안 여지는 주방에서 차를 끓이고 있었다. 나는 소파에 앉았다. 녀석이 인동초 꽃차가 어디 있는지 가르쳐 준 모양이다. 여지는 인동초 꽃차를 두 잔 가지고 내 앞으로 와서 앉았다.

"드세요."

여지가 차 한 잔을 내 앞에 놓았다.

"아침은?"

내가 찻잔을 들어 차를 입으로 가져가며 물었다. 나도 아침을 먹기 전이므로 여지와 식사를 하려고 물은 것이다.

"오빠도 아직 식사 전이잖아요? 차부터 마시고 내가 준비할게요."

여지가 급할 것 없다는 투로 말했다.

"애들이 다 어딜 가서…."

나는 녀석과 지영이가 아침부터 어딜 갔으므로 그 말을 하는 것이었다.

"알아요! 동생들은 여행 갔어요."

"여행? 어디로?"

나는 무척 놀랐다. 녀석이 지영이를 데리고 여행을 갔다는 것도 그렇고 그걸 여지가 알고 있다는 것도 그랬다.

"아마 지금쯤 울릉도로 향하는 배를 타려고 할 거예요."

"울릉도? 추운 날씨에 울릉도는 왜?"

"지현이가 오빠와 나하고 즐거운 시간 보내라고 자리 비켜준 거예요."

"뭐? 그럼! 그때부터 이미?"

"네!"

여지가 얼굴을 붉힌다. 녀석이 이미 먼저 번 여지와 같이 승용차를 타고 오면서 계획한 것이 이것이었던 모양이다. 나와 여지에게 시간을 만들어 주려고 지영이를 데리고 여행을 갈 계획을 미리 준비한 것이었다.

녀석이 이젠 나와 결혼하겠다는 생각을 접은 모양인데 왜 그럴까. 내 마음은 허전해졌다. 어차피 친동생으로 생각하고 살아가기로 했으니 잘 된 일이지만 왜일까? 자꾸 허전해지는 느낌은.

"잘 됐네! 우리 둘이 재미있는 크리스마스를 보내야지."

"네! 우선 밥부터 먹죠. 배고파요."

여지는 차를 다 마시고 주방으로 걸어갔다.

"나하고 같이 준비하자. 여지는 뭘 잘 만들지?"

"전… 별로 해본 것이 없어서…. 그래도 밥은 잘해요."

"그럼 여지는 밥하고 난 된장찌개를 끓일게. 우리 지현이가 담근 된장인데 맛있어."

"동생이 된장도 담아요?"

여지는 놀랍다는 표정이다.

"된장뿐이겠어? 고추장에 간장까지. 메주도 직접 만들고 다해."

"그래요?"

여지가 놀라는 표정은 무척 이상했다. 놀라는 표정 뒤에 심각함이 깃들어 있었다.

"왜? 여지 표정이 왜 그래?"

나는 여지 표정을 보고 의문을 생겼다.

"아, 아니에요."

여지는 얼른 표정을 바꾸며 억지로 밝게 미소를 지어 보였다.

"…"

나는 여지가 왜 갑자기 심각한 표정을 지었으며 억지웃음을 내게 보이려고 하는지 의문이 생겼지만 음식을 준비하느라 그냥 지나치고 말았다.

"동생이 음식도 잘하죠?"

여지가 쌀을 씻으며 고개도 돌리지 않은 채 나에게 물었다.

"잘하지 그럼. 녀석은 못하는 것이 없어. 음식도 잘하지. 사업도 잘하지."

"네!"

여지는 개운치 않은 대답을 했다. 여지 대답이 또 신경 쓰였지만 여지 컨디션이 좋지 않은 모양이다 생각하며 그냥 흘려보내고 말았다.

음식 준비를 하던 나는 녀석이 배를 타면 멀미를 할 것을 생각하고 전화를 했다.

"너! 지영이 데리고 어딜 간다고?"

"울릉도 구경 가려고 히히…. 오빠 혼자 심심할까봐. 여지 언니 오라 했는데 왔어?"

"너! 멀미할 텐데? 거기가 어디라고 구경을 가? 얼마나 먼데…. 멀미약은 챙겨 먹었어?"

"웅! 챙겨 먹었어. 한 3일 걸릴 테니까 여지 언니랑 즐겁게 크리스마스 보내. 알았지?"

"그냥 돌아오면 안 돼? 너무 멀어서 힘들단 말이야. 멀미도 많이 하면서?"

"히히… 지영이가 옆에 있으니 너무 걱정 마. 그럼 즐거운 크리스마스 보내."

녀석은 얼른 전화를 끊어 버렸다. 나는 다시 전화를 걸었지만 녀석은 전화를 받지 않았다. 나는 결국 지영이에게 전화를 했다.

"네! 오빠!"

"우리 지현이 괜찮아? 멀미 잘하는데?"

"네! 배가 너무 흔들려서 저도 죽겠어요. 으으…."

지영이가 고통스러운 말투다.

"그런 소리를 왜 해?"

옆에서 녀석이 소리치며 지영이 전화까지 뺏어 끊어 버린 모양이다. 녀석도 지영이도 다시는 전화를 받지 않는다.

난 찌개를 끓일 냄비에 물은 계속 끓는데… 녀석 걱정에 멍하니 서있기만 했다. 그런 내 모습을 여지는 심각하게 바라보고 있었던 것이다.

"동생이 어린애도 아니고 옆에 지영이도 있으니 너무 걱정 마세요."

나를 심각하게 바라보던 여지가 위로의 말을 했다. 나는 여지 말에 정신을 차리고 다시 찌개를 만들기 시작했다.

하지만 녀석 걱정에 나는 다시 멍하니 서있게 됐다.

"울릉도가 얼마나 먼데… 큰 배도 아니고 멀미가 심할 텐데…."

나도 모르게 중얼거림이 입 밖으로 튀어 나왔다.

"이런! 동생 걱정 때문에 이러다가 밥이나 먹겠어요?"

여지가 다시 나를 위로하며 내 옆구리를 손으로 툭 쳤다.

"아! 미안."

난 다시 여지 앞에서 내가 실수를 한 것을 알고 억지 미소를 보여주며 다시 찌개를 끓이기 시작했다.

여지와 식사를 마치고 난 계속해서 녀석과 지영이에게 전화를 걸었지만 전화기가 꺼져있었다.

"오빠! 그렇게 걱정되면 따라가 보세요."

보다 못한 여지가 그 말을 했을 때 난 여지를 앞에 놓고 너무 녀석 생각만 한다는 것을 알았다.

"우리 영화나 보러 갈까?"

여지에게 미안해서 나는 얼른 근심 가득한 얼굴을 감추고 억지로 미소를 띠며 여지를 데리고 양평 Y극장에 갔다.

극장에 들어가 영화를 보는 내내 나는 녀석 걱정에 영화 내용은 하나도 기억하지 못했다.

"영화 재미있죠? 특히 중간에 주인공이 자동차를 쫓아가며 막 소리치는 그 장면이 멋있었어요. 오빤 무슨 장면이 좋았어요?"

여지가 극장을 나오며 물었을 때 난 아무 대답도 못했다. 녀석 걱정 때문에 기억나는 장면이 하나도 없었기 때문이다.

그걸 눈치 못 챌 여지가 아니었다.

극장을 나와 나를 바라보는 여지 눈엔 반짝거리는 눈물방울이 보였다.

그 순간 나는 여지에게 못할 짓을 하고 있구나 하는 죄책감이 들었다. 어디 가서 여지를 즐겁게 해줘야겠다는 생각이 들었다.

"우리 노래방 갈까?"

"네! 그래요."

여지는 내 뜻을 알고 얼른 따라 나섰다. 극장 근처에 노래방이 하나 있었다. 여지가 술도 못 마시고 춤도 잘 안 추는 것으로 알기 때문에 나이트클럽은 여지에겐 맞지 않았다. 해서 선택한 것이 노래방이었다.

여지와 나는 노래방에서 몇 곡을 교대로 불렀다.

한참 분위기 띄우고 즐겁게 놀다가 갑자기 문제가 생겼다.

"오빠!"

여지가 내 곁으로 다가오며 들어가는 소리도 나를 불렀다.

"응?"

"나 좀 안아줘!"

"응! 그래!"

난 여지를 안기위해 팔을 벌렸다. 헌데… 갑자기 녀석 생각이 떠올랐다. 킁킁…. 코로 내 몸에 냄새를 맡으며 어느 여시야? 하고 토끼눈을 뜨는 녀석 모습이 각인되면서 도저히 여지를 안을 수 없어서 팔을 벌린 채 그냥 서있는 꼴이 되고 말았다.

"…"

여지는 내 가슴에 기대고 있다가 내가 팔을 벌린 채 가만히 있자 다시 떨어져 나가며 나를 바라보았다. 여지 눈엔 실망이 가득했다.

"나가죠!"

여지는 손가방과 벗어 놓았던 웃옷을 챙겨들고 먼저 노래방을 나가 버렸다.

노래방을 나간 여지는 바로 나의 집으로 데려다 달라고 해서 자기 승용차를 타고 서울로 올라가 버렸다.

"오빠와 저 사이에는 건너기 힘든 너무도 큰 강이 있었네요. 이제야 그걸 알게 됐다는 것이 후회돼요. 일찍 알았다면 오빠와 더 빨리 만나서 오빠를 사랑할 것을 그랬어요. 동생 찾기 전에… 후후… 하지만 이미 늦었네요. 지현 씨와 오빠 사이엔 아무도 끼어들수 없다는 것을 알았어요. 이제 오빠와 저는 그냥 아는 오빠와 동생으로 남을 수밖에 없을 것 같아요. 다음에 만나면 오빠라 부르지 않고 그냥 선배라 부를게요."

그날 밤 여지가 서울로 올라가며 남긴 말이다. 떠나는 여지 눈엔 눈물이 가득 담겨 있었다.

말없이 여지를 떠나보내고 난 급히 내 승용차를 몰고 동해로 향했다.

깊은 밤 고속도로 위를 달리는 내 승용차는 무척 급하게 속도를 내고 있었다.

내 마음과 같이 승용차도 급했던 것인데….

녀석이 멀미를 하고 아파할 것을 생각하며 내 마음은 녀석에게 달려가고 있었던 것이다.

허나 급하면 꼭 사고가 터진다.

진눈깨비가 쫙 깔린 고속도로위를 속도를 내서 달리는 것은 자살행위나 다름없었다.

대관령을 눈앞에 두고 터널을 빠져나간 내 승용차는 급커브에 속도를 줄이지 못하고 도로를 이탈하고 말았다.

작은 소나무를 비스듬히 들이받는 내 승용차는 옆으로 한 바퀴 돌며 밭으로 떨어지고 말았다. 정신이 아득했다. 아무것도 떠오르지 않고 머릿속이 하얗게 변했다.

며칠이 지났는지 모른다. 내가 정신을 차렸을 땐 병원 침대 위에서 주사기를 꽂고 누워있었다. 머리가 몹시 아팠다. 내 머리엔 붕대가 칭칭 감겨 있는 것으로 보아 머리를 다친 모양이었다. 가슴에도 답답함을 느껴 내려다보니. 내 가슴에 녀석이 엎드려 잠들어 있었다. 잠이든 녀석 얼굴엔 온통 눈물자국으로 얼룩져 있었다.

나는 주사기 꽂힌 손을 들어 녀석 얼굴을 살짝 만졌다. 녀석이 꿈틀댄다. 잠에서 깨려나보다. 나는 얼른 녀석 얼굴에서 손을 내리고 눈을 감았다. 아직 정신을 차리지 못한 척하려는 것이다. 내가 왜 그런 생각을 했는지 나 자신도 알지 못했다.

덜컹.

병실 문이 열리는 소리가 들렸다. 누군가 들어 온 모양이다.

"야! 일어나!"

지영이 목소리였다. 지영이가 병실에 들어와 녀석을 깨우는 모양이다.

"왔어?"

녀석이 잠에서 깨어 내 가슴에서 머리를 치웠다.

"아픈 오빠를 그렇게 베고 자면 어떻게?"

지연이가 녀석을 호통치고 있었다. 신기한 일이다. 지영이는 녀석에게 늘 꼼짝 못하는데 지금은 야단을 치고 있었다.

"아! 미안! 그만 깜빡 잠들었어."

더욱 신기한 것은 녀석이 꼼짝 못한다는 것이다.

난 계속 자는 척하며 둘의 대화를 듣고 있었다.

"오빤?"

지영이가 내 상태를 녀석에게 묻는 모양이다.

"아직… 흑흑…"

녀석이 갑자기 울기 시작한다.

"울긴 뭘 울어? 다 너 때문이잖아. 오빠가 잘못 되면 어쩔래? 뭐? 여지 언니가 뭐 어떻다고? 강력한 적이 나타났다고? 그래서 그게 여지 언니를 오빠 곁에서 쫓아내는 방법이라고? 네 생각대로 여지 언니는 오빠 곁에서 떠났지만 오빤 너 걱정하느라고 달려오다가 사고가 났잖아? 으앙…."

지영이가 울음을 터뜨렸다.

헌데… 지영이 이야기를 듣고 있던 나는 무척 놀랐다.

녀석이 여지를 강력한 적으로 생각했다는 것도 놀랐지만 내 곁에서 여지를 몰아낼 생각으로 일부러 울릉도 여행 이야기를 하며 내가 녀석을 걱정하게 만들었다는 것이 너무 기막혔다.

이 마귀할멈 같은 녀석이 또 날 갖고 놀았단 말인가. 난 무척 화났다.

여지를 처음 만날 때부터 여지가 자신에게 가장 강력한 경쟁자다, 적이다 이렇게 결론을 내리고 내 곁에서 스스로 물러나게 만들기 위해 여지가 크리스마스이브에 맞춰 내게 오도록 미리부터 치밀한 계획을 세우고 울릉도 여행 어쩌고 하면서 배가 흔들려서 어쩌고 하면서 내가 자기 걱정을 하게 만들었던 것이다. 결국은 여지 스스로 나와 녀석 사이에 끼어들 수 없다는 것을 깨달고 떠나게 만들었던 것이다.

무서운 녀석. 역시 녀석은 내가 감히 어떻게 할 수도 없는 마귀할멈이었다. 난 무척 화났다. 당장 일어나 녀석을 혼내주고 싶었다. 하지만 녀석과 지영이 대화를 더 들어 보기로 했다.

"으앙…."

녀석도 울음을 터뜨렸다.

"오빠가 깨어나지 못하면 어쩔 거야?"

지영이가 눈물 섞인 목소리로 녀석에 물었다.

"오빠가 죽으면 나도 같이 죽을 거야. 오빠가 깨어나지 못하면 나

도 항상 오빠 곁에 있을 거야. 난 오빠를 사랑하니까. 너무 사랑하
니까. 그러니 너무 뭐라 하지 말란 말이야. 나도 지금 죽고 싶으니
깐. 으앙…."

녀석이 지영이에게 악을 쓰며 말하고 다시 울음을 터뜨렸다.

"난 그래도 너를 친구 이전에 무척 존경했어. 네가 가진 그 결단
력. 깊은 생각과 빠른 머리회전. 무엇보다도 오빠를 향한 너의 그
간절함을 알기에 차마 난… 난… 오빠를 좋아하면서도 곁에 가려
는 생각조차 못했어. 네가 오빠를 사랑하는 그 숭고함을 난 너무
존경했어. 오로지 오빠를 기다리며 매일 눈물로 지새우던 그 7년
세월을 난 아직도 잊지 못해. 그래서 나도 네 곁에 머물고 있었던
거야. 네가 어린 나이부터 그렇게 사랑하는 오빠가 돌아올 날을
기다리며 너에게 사업을 배우고 있었어. 그리고 네 사업수단에 난
무척 놀라고 너를 더욱 존경했다. 헌데, 이건 아니다. 오빠를 다치
게 한 건 정말 잘못이야. 네가 지금까지 살아오면서 처음으로 실수
를 한 거야."

지영이도 지지 않고 말했다.

"그래! 내 실수였어. 오빠가 날 걱정해서 그밤에 달려올 줄은 정
말 몰랐으니깐. 정말 오빠도 날 사랑하나봐. 동생이 아닌 여자로
사랑해줬으면 좋겠는데…."

녀석이 갑자기 내 가슴에 얼굴을 묻고 울기 시작한다. 녀석 몸이
심하게 떨리고 있었다.

나는 더 이상 잠든 척할 수가 없었다. 화났던 것도 언제부터인가
사라져버렸다. 녀석이 나를 향한 사랑이 그렇게 깊었다는 사실을
알고 내 마음도 녹아버린 것이다.

"끄으응."

난 이제 정신을 차린 듯 몸을 움직이며 눈을 뜨고 녀석과 지영이를 바라보았다.

"오빠! 정신이 들어요?"

나를 먼저 발견한 것은 지영이다. 녀석은 내 가슴에 엎드려 있다가 내가 움직이는 느낌에 고개를 들어서 좀 늦게 나를 봤다.

"으앙…. 내가 잘못했어! 오빠! 미안해!"

녀석이 내가 정신을 차린 것을 알고 눈물을 펑펑 흘리며 울기 시작했다. 저런 녀석을 어떻게 화난다고 야단을 칠 수 있을까. 도저히 여지를 내 곁에서 떨어지게 만들려고 음모를 꾸민 녀석을 야단칠 수가 없었다. 난 말없이 두 팔을 활짝 벌렸다. 녀석이 내 가슴에 얼굴을 묻고 울기 시작했다. 난 녀석을 포근히 감싸 안았다.

지영이가 그 장면을 보고 손으로 눈물을 닦으며 병실 밖으로 나가버렸다. 아마 자리를 피해준 모양이다.

"오빠! 살아줘서 고마워!"

녀석이 눈물이 범벅이 된 얼굴로 나를 바라보며 입가에 살짝 미소를 머금었다.

"녀석! 정말 나를 남자로 사랑해? 오빠가 아닌?"

난 녀석 눈물을 손가락으로 닦아주며 물었다.

"들었어? 웅! 그래! 난 오빠를 사랑해. 많이많이."

녀석은 다시 눈물을 흘리며 대답했다.

"알았어! 오빠도 노력해볼게. 너를 여자로…"

"고마워! 오빠!"

갑자기 녀석이 자기 입술을 내 입술에 포갰다. 난 잠깐 망설였지만 곧 녀석 입술을 받아들이고 말았다.

녀석과의 첫 키스는 오래도록 계속됐다.

다음날 나는 퇴원을 해서 곡수리 집으로 돌아왔다.

지영이는 그날 병실에서 자리를 피해주러 나간 후 아직 보이지 않았다. 나와 녀석의 긴 키스를 지켜보고 떠난 모양이다.

곡수리 집에는 나를 기다리는 손님이 와 있었다. 바로 새어머니 딸이었다.

"오빠! 안녕하세요?"

정장 차림을 한 그녀는 소복차림을 할 때와는 비교도 안 되는 무척 지적 미를 갖고 있는 미인이었다. 그녀의 등장에 녀석이 다시 토끼눈으로 날 쳐다보았다.

"우리 아버지가 늦게 새장가를 가셔서…. 그 새어머니 딸."

나는 녀석에게 얼른 그녀를 소개했다. 늦으면 무슨 말이 튀어나올지 몰라서 급히 소개를 한 것이다.

"아! 어서 오세요."

녀석은 인사를 하면서도 아직 경계는 풀지 않은 모습이다.

"반가워요. 오빠에게 전해드릴 것이 있어서 왔어요."

그녀가 편지봉투 하나를 가방에서 꺼내 나에게 줬다.

"이게?"

"아! 보상금이 너무 많아서…. 그래도 혼자 쓰는 건 도리가 아니다 싶어서…."

"왜 이런 걸? 그냥 다 쓰셔도 되는데…."

"보상금이라니?"

갑자기 녀석이 관심을 보인다.

"응! 아버지 사고로 돌아가셨다고 했잖아? 그때 가해차량 보험회사에서 보상금이 나왔나봐."

내가 대충 설명했다.

"그게 몇 년 전 이야긴데? 이제 와서?"

녀석이 나와 그녀를 번갈아 보며 물었다.

"제가 유학을 갔었어요. 그래서 좀 늦게 왔어요. 다시 외국으로 떠나게 돼서…. 혹시 오빠 결혼식이 있어도 못 뵈러 올 것 같아서 미리 축의금부터 드리는 거예요."

"아! 고마워요."

녀석이 내 손에서 봉투를 뺏어가며 말했다.

"그럼 전…."

그녀가 가려고 돌아선다.

"들어가서 차라도 한 잔 하시고."

"아니에요. 얼른 올라가야 해서요. 그럼 오빠! 나중에 뵐게요."

그녀가 나에게 고개를 숙여 인사를 했다. 아직 동생이라지만 이름도 몰랐다. 그건 예의가 아니다 싶었다.

"아직 동생 이름도 모르는데…."

"제 이름은 정희예요. 신정희. 오빠는 성기정 맞죠?"

"어! 내 이름은 알고 있었네?"

"그날 제게 보험금 양도하실 때 이름 썼잖아요."

"아! 그래! 동생 이름도 그날 써놓고 몰랐네."

난 괜히 쑥스러워 손으로 머리를 긁적였다.

"그럼 전 갈게요."

정희가 다시 인사를 하고 한 쪽에 세워둔 승용차를 향했다.

"운전 조심하고 외국에 나가도 건강하고 혹시 결혼할 남자 생기면 내게 소개도 시켜주고."

난 정희 뒤를 따라가며 말했다.

"당연하죠. 오빤데 결혼할 남자 생기면 제일 먼저 오빠한테 허락을 받을게요."

정희가 고개를 돌리며 빙긋 미소를 지었다.

"그래! 우린 남매니까. 잘 가라!"

"네! 그럼."

정희는 승용차를 타고 사라졌다.

"후아! 다행이다."

녀석이 한숨을 쉬며 말했다.

"뭐가?"

"오빠 동생 말이야. 난 그녀를 보는 순간 여지 언니보다 더 강력한 적이 나타났다 하고 바싹 긴장했지. 동생이라니깐 다행이지만…."

"뭔 소리야? 나도 이제 두 번째 보는데…. 정희가 내가 보험금을 준 것이 고마워서 그냥 오빠라 부르는 것뿐이야."

"쳇! 완전 숙맥이 오빠야. 저런 숙맥이 뭐가 좋다고 여자들이 한 번만 보면 줄줄 매달린단 말이야. 바보야! 아마 저 정희도 오빠와 새엄마 새아버지 관계가 아니었으면 그중 한 여자가 됐을 걸. 눈을 보면 다 알아."

"무슨 말이야? 뭘 알아?"

"여자는 여자가 더 잘 안다고 히히…."

녀석이 정희가 준 봉투를 들어 흔들며 집으로 들어갔다.

"배고프다. 네가 끓여주는 김치찌개가 먹고 싶다."

나는 녀석 뒤를 따라 들어가며 응석을 부렸다.

"알았어! 잠시만 기다려."

녀석은 정희가 준 봉투를 열어보고 있었다.

"켁! 하여간 쥐뿔도 없으면서 배포만 크다니깐. 도대체 얼마나 많은 보상금을 다 동생에게 몰아준 거야?"

녀석이 한심하다는 투로 물었다.

"뭘? 왜 그래?"

"이게 얼만 줄 알아?"

"몰라! 관심도 없어."

"그래? 그럼 이건 내 돈이다?"

"알았어! 너 가져라."

"히히… 오늘 땡잡았네."

녀석이 봉투를 주머니에 넣고 주방으로 향한다.

"김치찌개에 두부를 많이 넣어. 돼지고기는 먹기 싫다."

"으이그. 저 투정을 부리면 착한 아이가 못 된다고 그렇게 말해도."

녀석이 배시시 웃는다. 녀석이 기분이 좋으면 저렇게 농담도 잘하고 배시시 웃는다. 녀석이 기분이 좋으면 나도 덩달아 기분이 좋아진다. 녀석이 아프면 나도 아프고 녀석이 우울하면 나도 우울해진다. 언제부터인가 나는 녀석과 일심동체가 됐다.

녀석이 음식을 준비하는 동안 어느덧 어둠이 깔리고 있었다. 막 저녁을 먹으려는 순간 지영이가 케이크를 사가지고 왔다.

"어서 와! 어디 갔었어?"

내가 지영이를 반기며 물었다.

"아빠 엄마 산소에 갔다가 왔어요. 꼭 드릴 말씀도 있고 해서…."

"그래? 손에든 케이크는 뭐야?"

"오빠 퇴원 축하해야죠. 호호…."

지영이가 밝게 웃었다. 저렇게 웃는 모습이 꽤 오랜만이었다. 지영이 마음속의 무거운 짐을 다 털어버린 그런 모습이었다.

"축하는 무슨! 며칠이나 누워 있었다고."

난 당치도 않다는 투로 말했다.

"며칠이라니요? 벌써 7일째구만요."

"7일? 내가 그렇게 오래 누워있었어? 그럼 오늘이?"

"네! 연말이잖아요. 오빠 퇴원도 축하할 겸 가는 해도 잘 가라고 인사를 해야죠. 올해가 아주 뜻 깊은 해잖아요. 지현이랑 오빠가 7년 만에 만났고 오빠도 7일 만에 깨어났고 재판도 이겼고 정말 다 사다난했던 한 해가 가네요."

지영이가 감자기 어른스러운 말을 했다.

"너! 어디 아프니?"

내가 걱정스런 표정으로 물었다.

녀석은 이미 알고 있다는 듯 아무 말도 없이 지영이를 바라보는 표정이 덤덤하다.

"여지 언니가 그랬듯 저도 오빠를 그냥 오빠로 삼기로 했어요. 그러니 우리 자매가 된 기념으로 또 축하를 해야죠."

"친자매? 그거 좋지!"

내가 좋아하는 표정을 보는 지영이는 몹시 서운함이 깃들어 있었다.

지영이 역시 녀석과 나 사이에 끼어들 수 없는 장벽을 실감하고 그냥 동생으로 남겠다는 생각을 굳혔다.

우린 그렇게 나의 퇴원 축하 겸. 지영이와 나의 자매가 된 기념 축하까지 겹들인 저녁 시간을 보내고 있었다.

즐거운 시간에 TV연예계 뉴스가 방송됐다.

(유명 여배우 H씨가 결혼 8개월 만에 이혼을 하고 전 남편을 상대로 고소장을 제출했습니다. H씨에 따르면 남편에 폭력이 있었다고 했습니다.)

"참 요즘 이혼들 잘해. 처음엔 좋아서 결혼을 하다가 왜 이혼을 하면 서로 원수가 되지."

난 뉴스를 보며 도통 이해할 수 없었다.

"정말 이혼을 하면 서로 저렇게 싸울까?"

녀석도 이해할 수 없다는 투다.

가는 해를 보내며 들은 그 뉴스는 나와 녀석의 가슴 속에 깊이 자리를 잡았다.

해가 바뀌고 겨울도 다 지나가는 길목에서 변수가 생기고 있었다.

안치혁.

나의 시골 친구가 나를 찾아왔다.

녀석이 드디어 시골집을 떠난 것이었다. 늙은 부모님을 동생에게 맡기고 가출을 한 것인데 서울이 아닌 나를 찾아온 것이다.

마침 날씨도 풀리면서 일거리가 늘어나던 조경 사업에 일꾼이 모자라던 나는 친구가 반가웠다. 치혁은 우리 집 방 하나에 거주하며 일을 하기 시작했는데….

녀석이 치혁을 보는 시선이 이상하다. 완전히 푹 꽂힌 표정이다. 녀석을 챙겨주는 것 하며 늘 같이 다니려고 하는 것 또한 완전히 치혁에게 녀석이 넘어가 버렸다.

그렇게 동생으로 남기고 싶어 하던 나는 이상하게 녀석이 치혁에게 잘해주는 것이 눈에 거슬렸다. 질투가 생기기 시작했다. 녀석 말대로 가장 강력한 적이 출현했다고 해야 하나?

곱상한 얼굴의 치혁은 마음도 무척 착했다. 그 자상한 마음씨가 녀석을 완전히 사로잡은 것이었다.

그 시기에 여지에게서 소식이 왔다.

약혼식을 올린다는 것이었다. 아버지도 안 계시고 홀로 사는 어머니가 딸의 결혼을 서두르면서 같은 검사 청년과 선을 본 모양이다.

나는 여지 약혼식에 초대를 받고 서울로 향했다.

"내가 오빠랑 같이 갔다 올게?"

"응! 갔다 와!"

지영이가 녀석에게 허락을 받고 내 차에 올라탔다.

정말 녀석은 나를 향하던 마음이 치혁에게로 돌아선 것인가. 지영이가 나와 동행을 한다 해도 별로 신경 쓰는 눈치가 아니었다.

나는 지영이와 함께 승용차를 타고 여주 쪽으로 차를 몰기 시작했다. 고속도로를 이용하려는 생각이다.

"오빠! 서운하시죠?"

지영이가 운전을 하는 내 옆에 앉아 나에게 물었다.

"뭐가?"

"지현이 말이에요. 그 오빠 친구 분을 너무 좋아해서요."

"아! 그 얘기야? 좀 서운한 감이 없진 않지만…. 녀석이 지금이라도 나를 친오빠로 여기고 그 친구를 사랑하게 된다면 다행 아닐까?"

"정말 그렇게 생각하세요?"

"그럼! 나는 아직도 녀석을 내 친동생으로 생각하는 것이 좋다. 웬 줄 알아?"

"지현이를 여자로 사랑하지는 않아서?"

"아니야! 나 역시 녀석을 누구보다 사랑해. 동생이 아닌 여자로…. 녀석이 내 옆에 없으면 난 정말 살 수 없어. 그래서 녀석과 결혼을 못 하는 거야."

"그건 또 무슨 말씀이세요?"

"요즘 툭하면 이혼 하더라. 처음엔 부부가 서로 사랑해서 결혼하는데 이게 그냥 친구나 자매 같으면 싸우지 않아도 될 문제로 꼭 싸우고 헤어지더라고 나도 녀석과 결혼을 하면 그렇게 될까 그게 두려워."

"그런 말이 어디 있어요? 사랑하면 결혼해서 싸우지 말고 죽을 때까지 사랑하면서 살면 되죠. 오빠 너무 나쁜 쪽으로 생각하시는 것 아니에요?"

"아니! 결혼을 했다가 헤어지면 남보다 못한 사이가 되더라고 모두 보면 다 그래. 난 녀석과 평생 헤어지지 말고 살아야 하거든. 왜냐하면 녀석과 헤어지면 난 정말 죽을 거야."

"오빠를 전 이해 못하겠어요. 결혼하면 서로 사랑하며 재미있게 살 수 있는데 연예인들은 아마 과거문제나 성격차이가 심해서 그렇지 않을까요? 저는 이해가 안 가요. 처음부터 결혼을 하지 말든가 사랑한다고 말을 하지 말든가 그래야죠. 결혼해서 싸우고 헤어질 것을 사랑해서 결혼했다고 할 수는 없죠. 이해타산을 생각한 결혼이면 모를까."

"이해타산?"

"네! 연예인들은 서로 어떤 인기문제로 또는 돈 문제로 엮어지는 경우가 있는 것 같아요. 그런 사람들이 꼭 싸우고 헤어질 거예요. 그러니 오빠 지현이랑 그런 걱정은 하지 마세요."

"요즘 녀석도 그래서 내 친구를 좋아하는 것은 아닐까?"

"아마도요. 제가 본 오빠와 지현이는 생각하는 것부터가 똑같아요. 오빠가 그런 생각을 했다면 지현이도 그런 생각을 했을 거예요."

"그래! 그래서 아마 내 친구를 좋아하려고 애쓰는 것 같기도 해."

"지현이가 그 오빠 친구 분이랑 결혼을 한다 하면요…"

"응?"

"오빠는 저와 결혼하실 수 있어요?"

지영이 얼굴이 붉게 변한다.

"너와?"

"네! 저하고요."

"음!"

난 한 동안 대답을 못했다.

"저하고도 싫죠?"

"아니야! 난 처음부터 여지도 여자로 보이지 않았고 녀석도 그랬는데…. 넌 여자로 보였거든. 괜히 가슴이 쿵쿵 뛰고 네 얼굴을 바로 쳐다볼 수 없을 정도로…"

내 말은 진심이었다. 언제부터인가. 내 마음 깊은 곳에 지영이는 여자로 자리를 잡고 있었다.

"정말이세요?"

지영이가 무척 반기는 표정이다.

"그래! 진심이야."

"그럼! 이렇게 해요."

"어떻게?"

"지현이는 그 친구 분이랑 결혼하게 두고요. 오빠 저와…."

지영이가 마치 홍당무처럼 얼굴이 붉어졌다. 지영이 말을 듣고 있는 나 역시 자꾸만 가슴이 쿵쿵 뛰었다.

"그래!"

난 나도 모르게 대답을 하고 말았다.

차가 신호대기를 위해 멈춘 순간 지영이 입술이 내 입술위로 포개졌다. 잠깐이지만 지영이와의 키스는 무척 달콤했다.

서울로 올라와 여지의 화려한 약혼식을 지켜보고 돌아오는 길이었다.

고속도로를 타지 않고 한강을 따라 양평방향으로 차를 몰았다.

오가는 차가 뜸한 도로변에 차를 세우고 두 번째 지영이와 키스를 했다. 이번 키스는 무척 길게 이어졌다.

그리고 그 길로. 양평 입구에 있는 모텔로 들어가고 말았다.

지영이는 기회를 놓치기 싫은 듯 적극적으로 모든 것을 내게 줬다.

나와 똑같은 생각을 하는 녀석도 행동까지 똑같이 해서 치혁이와 사고를 치고 있었다.

남녀가 만나면 꼭 육체적인 사랑을 해야 그것이 사랑은 아니다. 피를 나누지도 않은 남과여가 만나서 서로 사랑하는 남매가 된다면 그것 역시 가장 아름다운 사랑이 아닐까?

그리고 그날 지영이는 이런 말을 했다.

녀석이 가장 강력한 적으로 여지를 생각하며 그녀를 내 곁에서 떨어지게 만들려는 계획도 지영이가 동의를 했고 저물어가는 해를 보내며 들었던 연예인들 이혼에 관한 그 뉴스도 지영이 자신이 방송에 뉴스로 나온다는 사실을 알고 TV를 틀었다는 것이다.

녀석은 가장 강력한 적을 옆에 두고 몰랐던 것이다.

그해.

봄이 오고 아카시아 꽃이 피었다.

곡수리 마을회관.

마을 사람들이 다 모인 자리에서 결혼식이 있었다.

"자! 신부입장이요."

나는 전통 결혼식을 했다. 신랑 복을 입고 신부를 기다리는데 이장님이 신부 입장을 알렸다.

나도 모르게 들어오는 신부를 바라보았다.

"헉!"

나는 무척 놀랐다. 들어오는 신부가 바로 녀석이기 때문이다.

"네가 여길 왜?"

내가 신부가 되어 들어오는 녀석을 보며 물었다.

"아! 신부가 바뀌었네요."

이장이 다시 익살을 떨며 말했다.

"어서 신부를 바꿔 오세요."

옆집 아저씨가 재미있다는 표정으로 말했다.

다시 녀석은 옆 결혼식장으로 가고 지영이가 들어왔다. 오늘 나와 지영이 치혁이와 지현이가 동시에 결혼식을 올렸다.

흥겨운 술판이 거나하게 벌어지고 동네 사람들 모두 즐거워하는 동네 잔치였다.

"잊지 마! 영원히 곁에 있어야 한다는 것. 그래서 우린 남매로 남는 거니까."

녀석은 그 말을 하려고 신부복을 입고 나한테 온 모양이다. 녀석은 옆 결혼식장으로 가면서 그 말을 남겼다.

"물론 우린 일심동체의 남매니까."

나도 녀석에게 그 말을 해줬다.

〈끝〉